Jack Vance

CHARMANTS VOISINS
&
TRIPLE MEURTRE À RIVERVIEW

Traductions de l'anglais (États-Unis)
par Jacqueline Lenclud et Patrick Dusoulier

Révision et harmonisation
par Patrick Dusoulier

Jack Vance chez Spatterlight

L'Autobiographie
Mon nom est Vance, Jack Vance (2017) *

Les Mystères
Déjà parus :
– 2016 –
L'homme en cage *
Les Îles de la mort *
Sombre Océan *
Drôles de gens *
– 2017 –
Un plat qui se mange froid
Charmants Voisins
&
Triple meurtre à Riverview *

À paraître en 2017 :
Le Masque de chair *
Méchante Fille
Lily Street

* Première parution en français.

Jack Vance

Charmants Voisins
&
Triple meurtre à Riverview

Charmants Voisins a été publié aux États-Unis par
Bobbs-Merrill, Indianapolis, 1967,
sous le titre :
THE PLEASANT GROVE MURDERS
© Jack Vance, 1967, 2005
Traduit par Jacqueline Lenclud
Texte révisé et harmonisé par Patrick Dusoulier

Triple meurtre à Riverview a été publié aux États-Unis par
The Vance Integral Edition, Oakland, 2005,
sous le titre :
THE GENESEE SLOUGH MURDERS
© Jack Vance, 2005
Traduit par Patrick Dusoulier

Amstelveen
Pays-Bas

www.jackvance.com

Jack Vance
CHARMANTS VOISINS

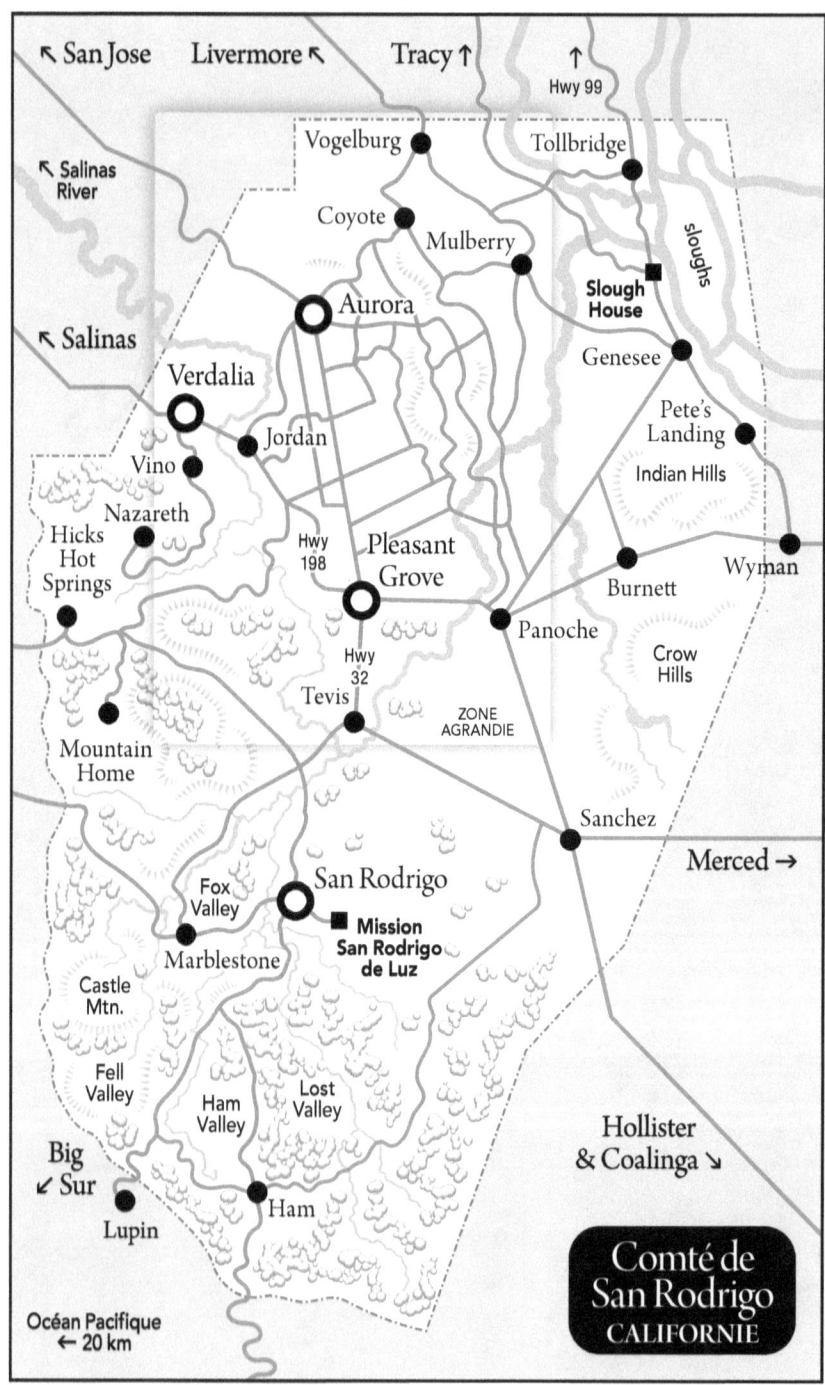

← San Jose   Livermore ↖   Tracy ↑   ↑
Hwy 99

Vogelburg   Tollbridge
← Salinas
River
Coyote   Mulberry
sloughs
← Salinas   Aurora   Slough
House
Verdalia   Genesee

Jordan   Pete's
Landing

Vino   Indian Hills

Hicks   Nazareth
Hot
Springs   Hwy   Pleasant   Wyman
198   Grove
Burnett
Panoche
Hwy   Crow
32   Hills
Tevis
ZONE
AGRANDIE
Mountain
Home
Sanchez

Merced →

Fox   San Rodrigo
Valley
Mission
San Rodrigo
Marblestone   de Luz

Castle
Mtn.
Hollister
Fell   & Coalinga ↘
Valley
Ham   Lost
Valley   Valley
Big
↙ Sur   Ham
Lupin

Océan Pacifique
← 20 km

**Comté de
San Rodrigo
CALIFORNIE**

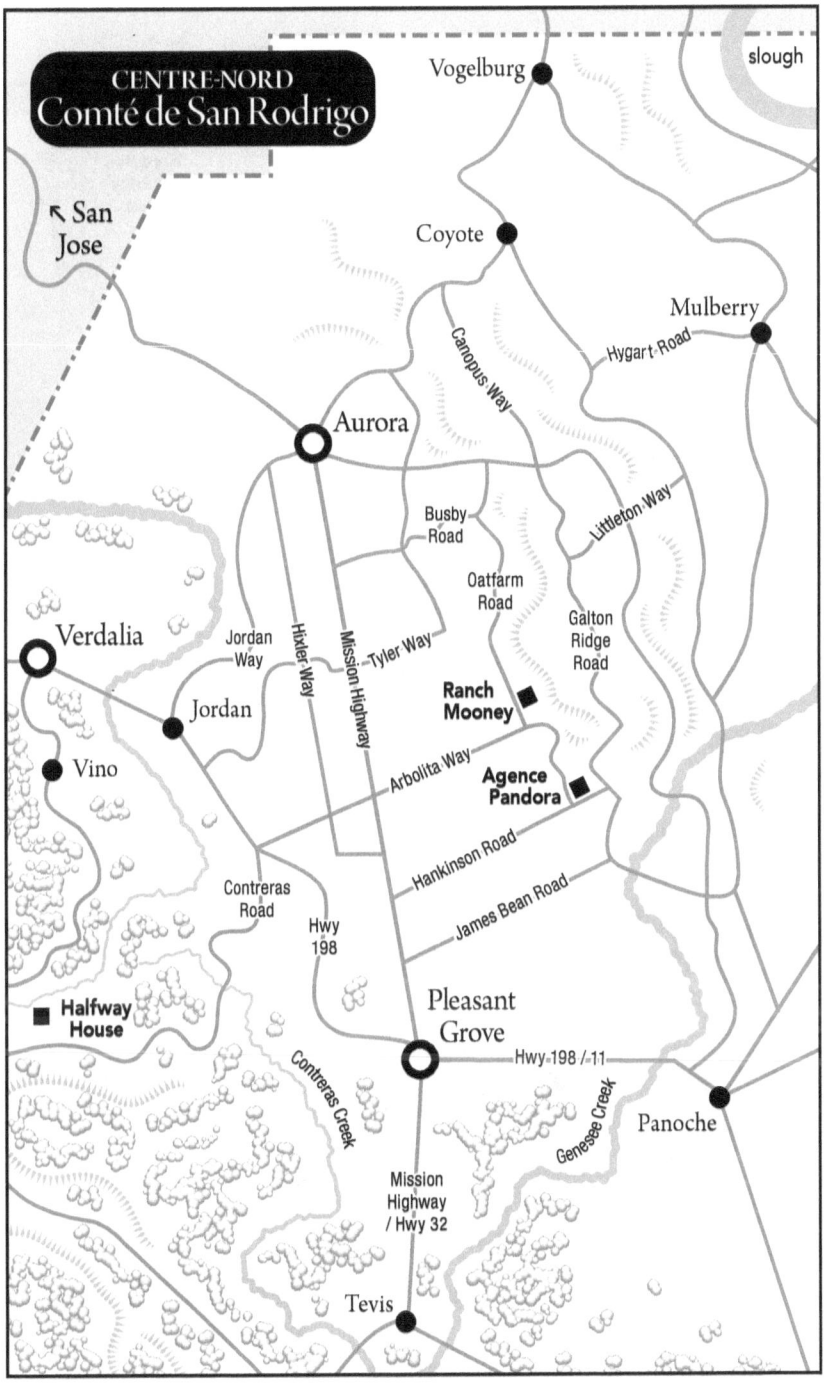

CENTRE-NORD
Comté de San Rodrigo

Vogelburg

slough

↖ San
Jose

Coyote

Mulberry

Canopus Way

Hygart Road

Aurora

Busby
Road

Littleton Way

Oatfarm
Road

Galton
Ridge
Road

Verdalia

Jordan
Way

Tyler Way

Ranch
Mooney

Hixler Way

Mission Highway

Jordan

Vino

Arbolita Way

Agence
Pandora

Hankinson Road

Contreras
Road

Hwy
198

James Bean Road

Halfway
House

Pleasant
Grove

Hwy 198 /-11

Contreras Creek

Genesee Creek

Panoche

Mission
Highway
/ Hwy 32

Tevis

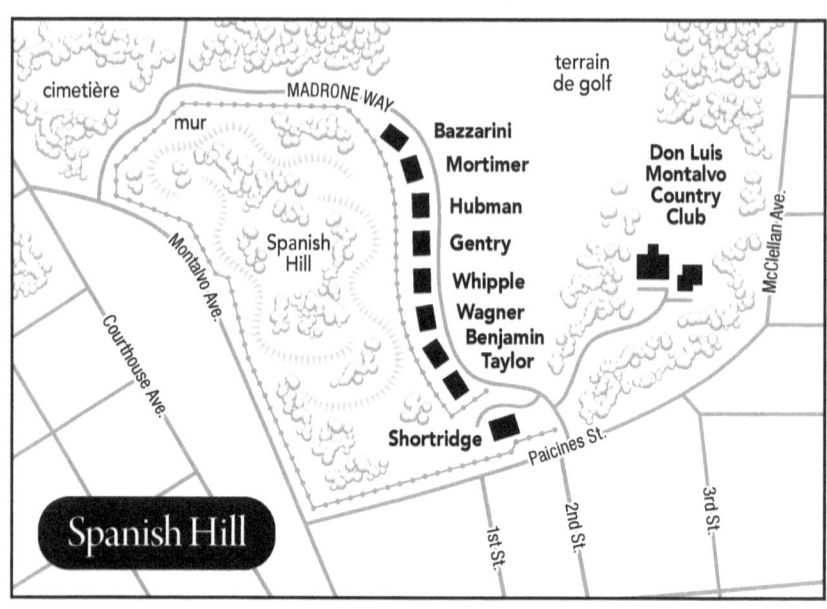

Spanish Hill

cimetière
terrain de golf
MADRONE WAY
mur
Spanish Hill
Montalvo Ave.
Courthouse Ave.

Bazzarini
Mortimer
Hubman
Gentry
Whipple
Wagner
Benjamin
Taylor
Shortridge

Don Luis Montalvo Country Club

McClellan Ave.

Paicines St.

1st St.
2nd St.
3rd St.

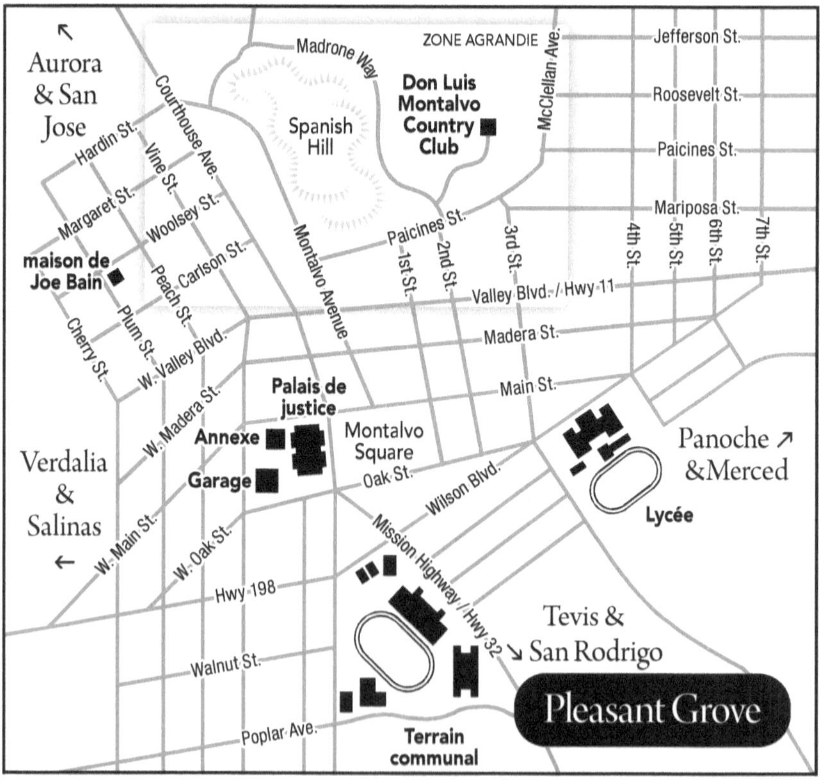

Pleasant Grove

Aurora & San Jose

ZONE AGRANDIE
Jefferson St.
Roosevelt St.
Paicines St.
Mariposa St.

Madrone Way
Don Luis Montalvo Country Club
Spanish Hill
McClellan Ave.

Courthouse Ave.
Hardin St.
Vine St.
Margaret St.
Woolsey St.
Carlson St.
Peach St.
Plum St.
Cherry St.

maison de Joe Bain

Paicines St.
1st St.
2nd St.
3rd St.
4th St.
5th St.
6th St.
7th St.

Montalvo Avenue

Valley Blvd. / Hwy 11
W. Valley Blvd.
W. Madera St.
Madera St.

Palais de justice
Annexe
Garage
Montalvo Square
Main St.

Oak St.
Wilson Blvd.

Verdalia & Salinas

W. Main St.
W. Oak St.
Hwy 198
Walnut St.
Poplar Ave.

Mission Highway / Hwy 32

Panoche & Merced

Lycée

Tevis & San Rodrigo

Terrain communal

Pleasant Grove

CHAPITRE I

1

Starr Shortridge était une enfant notoirement hautaine, et l'avait toujours été aussi loin qu'on se souvienne. L'explication en était fort simple : Starr s'était comparée au commun des mortels, et avait jugé que le commun des mortels ne lui arrivait pas à la cheville.

À douze ans, tout le monde la trouvait insupportable – tout le monde, sauf son père Sam Shortridge, et si celui-ci avait parfois quelques doutes, il lui suffisait de penser à son fils Marsh, de six ans plus âgé que Starr. Marsh était un garçon au visage creux, très prudent avec son argent, très méticuleux avec ses vêtements, très assidu au caté-chisme… bref, un affreux petit parangon de vertu.

Les deux enfants étaient totalement différents. Marsh parvenait à désarmer ses aînés grâce à ses dons précoces pour la rhétorique. Ceux qui critiquaient Starr, bien que toujours prompts à s'exprimer sur ce sujet, étaient bien en peine de préciser ce qu'ils lui reprochaient. D'être entêtée ? Cela sous-entendait une stupidité bovine dont elle était absolument dépourvue. Possessive ? Starr distribuait ses affaires avec une condescendance insultante. Impolie ? Lorsqu'elle quittait une compagnie qui l'ennuyait, Starr s'excusait le plus courtoisement du monde. Si elle était obligée de rester, elle le faisait en gardant simplement le silence. Coquette ? Starr était une jolie fille, un peu grande pour son âge, avec de longues jambes et des bras bien formés, des traits aristocratiques, des cheveux châtains souples et soyeux, des yeux gris-vert étonnamment clairs. Elle était très soignée, mais elle ne se souciait guère de ce qu'elle portait et manifestait très peu d'intérêt pour les garçons. En fait, les défauts de Starr étaient indéfinissables. Son intelligence était extrême, son imagination extravagante. Elle trouvait les autres gens ternes et sans intérêt, et c'était là qu'il fallait chercher la raison des critiques dont elle était l'objet : les gens craignaient qu'elle n'ait raison. Sa famille possédait le magasin le plus important de Pleasant Grove et constituait l'élite de la ville. Il était donc beaucoup plus facile d'invoquer la richesse et le standing des Shortridge pour expliquer la morgue de la jeune fille.

Son grand-père, qui avait fondé les Galeries Shortridge, avait également acheté Spanish Hill juste au nord de la ville. En 1910, il y avait fait bâtir une grande demeure dans le style des manoirs normands, et avait entouré la propriété d'un haut mur de pierre pour ne pas être dérangé. Passionné d'horticulture, il avait arraché les ronciers et les sumacs vénéneux, développé les chênes et les arbousiers, planté des cyprès, des ormes, des marronniers, des frênes et des noyers, et acclimaté un certain nombre d'essences exotiques.

Un demi-siècle plus tard, les plantations avaient prospéré : les arbres étaient grands et les feuillages touffus. Par un beau dimanche matin, Starr Shortridge s'en alla se promener dans le parc avec Henry, un berger allemand. Elle prit le sentier gravillonné qui serpentait sur le flanc de la colline au milieu de massifs de rhododendrons, de chênes-lièges, d'ifs et de pins parasols. Le sentier menait à une butte rocheuse d'où l'on avait une vue panoramique sur les champs et les vergers entourant la ville de Pleasant Grove. On apercevait entre les arbres la vieille demeure avec son toit mansardé et ses deux ailes. À l'ouest s'élevait le Coast Range, tandis qu'à l'est s'étendait l'immense vallée de San Joaquin.

Starr siffla pour rappeler son chien qui courait après un écureuil, et poursuivit sa promenade vers le nord en longeant la crête. Le feuillage dense d'une haute chênaie ne laissait filtrer que de timides rayons de soleil. Dans cet univers végétal d'où n'émergeaient de loin en loin que des rochers couverts de mousse, Starr pouvait aisément s'imaginer perdue au cœur d'une ancienne forêt celtique...

Elle s'arrêta net. Le sol était jonché de copeaux de bois et de sacs en papier chiffonnés, au milieu desquels était posé un vieux marteau ébréché. Elle leva les yeux et vit sur une grosse branche d'un chêne une sorte de cabane dont la construction dénotait beaucoup d'habileté et une grande ambition.

Les yeux de Starr lancèrent des éclairs. Non seulement son instinct de propriétaire était outragé car quelqu'un s'était introduit illégalement dans le parc, mais surtout, l'illusion d'être dans une forêt sauvage avait été détruite. Elle ramassa le vieux marteau, grimpa sur la première planche de l'échelle et commença à faire sauter les supports de la cabane.

Un garçon d'une quinzaine d'années passa la tête par la porte et hurla :

— Hé, qu'est-ce que tu fous ? Fiche le camp d'ici !

Starr reconnut Bill Whipple, un garçon de basse extraction et à la réputation douteuse dont le père possédait un garage et un atelier de dépannage dans Courthouse Avenue.

Bill sortit sur la petite planche qu'il avait installée en guise de perron. Tandis que Starr reculait, il descendit avec agilité et se mit à la toiser d'un air féroce. C'était un jeune homme remarquable : grand et mince, au visage dur, avec des cheveux blonds et drus, un nez en bec d'aigle. S'il avait conscience de son statut social inférieur ou du fait qu'il se trouvait dans une propriété privée, il n'en montrait aucun signe. En fait, il se comportait avec une assurance insolente, comme si c'était Starr qui empiétait sur son domaine. Il la détaillait avec une concentration intense : le ruban noir dans ses cheveux, son visage, sa jupe et son chemisier, ses jambes nues, ses chaussures et ses socquettes blanches. Soudain, il sauta à terre et lui arracha le marteau des mains en feignant l'indignation :

— Tu as cassé le bout !

— Pas du tout, répondit Starr. Il était déjà comme ça quand je l'ai pris.

— Bah, pourquoi se faire du souci ? dit Bill en souriant. Tu t'en fais, toi ?

— Non.

— Alors, si tu ne t'en fais pas, moi non plus, conclut-il

Il jeta le marteau par terre et s'approcha de Starr, qui recula d'un pas. Elle était encore trop jeune pour s'intéresser à autre chose qu'aux chevaux, aux chiens et aux héros de livres d'enfant, mais la proximité de ce garçon éveillait en elle une réaction instinctive qui lui donnait des frissons.

Bill semblait apprécier sa présence. Il sourit de nouveau.

— Allez, viens, dit-il. Je vais te faire visiter ma maison.

Starr secoua la tête et recula encore. Bill la retint en passant le doigt dans le col de son chemisier.

— Attends deux secondes, dit-il. Tu sais ce qui arrive aux petites filles qui fourrent leur nez là où il ne faut pas ?

Starr regarda par-dessus son épaule.

— Henry ! (Henry arriva en trottinant.) *Attaque !*

Avec un grondement sourd, le chien se rua sur Bill qui remonta précipitamment l'échelle.

Avec un sourire satisfait, Starr saisit Henry par son collier et le tira en arrière.

— Tu ferais mieux de t'en aller, lança-t-elle à Bill. Ici, c'est une propriété privée. Nous ne voulons pas qu'on y dépose des ordures, que ce soit toi ou ta cabane. Et ne reviens pas.

Après avoir évalué la situation, Bill descendit lentement l'échelle. Henry tirait sur son collier en montrant les crocs. Le garçon fit une petite grimace et regarda fixement Starr pendant quelques secondes, puis il tourna les talons. Il s'éloigna sans hâte, sans la moindre gêne, réussissant même à prendre un air bravache.

Starr le regarda disparaître au milieu des arbres. Elle reprit le chemin de la maison en fronçant les sourcils. Sa promenade avait été gâchée et le charme rompu. L'illusion ne reviendrait peut-être jamais. Plus jamais la forêt ne lui semblerait enchantée. Elle poussa un profond soupir. Je suis sans doute trop vieille pour ce genre de choses… songea-t-elle. Je ne suis plus une enfant.

Le dimanche, chez les Shortridge, on servait à deux heures de l'après-midi un fastueux déjeuner à l'ancienne auquel étaient en général conviés des invités. Sam Shortridge était un homme sociable qui aimait recevoir. Aujourd'hui, il y avait les nouveaux voisins, un couple qui venait d'acheter la vieille maison des Roberts dans Madrone Way : Guy et Grace Benjamin, accompagnés de leur fille Alice, une ravissante adolescente de l'âge de Starr. Celle-ci, avec sa réserve habituelle, se contentait d'écouter et d'observer, et finit par conclure qu'Alice ne lui déplaisait pas. Malgré ses cheveux d'un blond éclatant, ses yeux bleus et ses traits délicats, elle semblait plutôt timide et pas du tout

« vulgaire », ainsi que Starr classait les filles qui cherchaient à plaire aux garçons et à trop se mettre en valeur. À la rentrée d'automne, Starr et Alice se retrouveraient ensemble en sixième.

Starr profita d'un silence dans la conversation pour mentionner l'existence de la cabane. Sam fronça les sourcils et allait donner son avis quand Marsh s'exclama sur un ton grandiloquent :

— Quel aplomb ! Construire une chose pareille sur notre propriété ! Je pense que nous devons agir sans attendre !

— Excellente idée, approuva son père. Tu peux y aller cet après-midi pour la démolir.

Marsh ouvrit la bouche pour protester, mais il la referma aussitôt. Apparemment, il avait irrité son père, mais du diable s'il comprenait pourquoi...

Après le déjeuner, il se mit en route, accompagné des deux fillettes, pour faire disparaître ladite cabane. Son père n'étant pas là pour le faire taire, il se fit plus pontifiant que jamais. À l'entendre, la construction de cette cabane était d'autant plus odieuse que le coupable était Bill Whipple, un garçon que Marsh détestait et dont il se méfiait. Comme Starr ne prêtait aucune attention au discours de son frère, celui-ci s'adressait à Alice, qui lui répondait avec politesse et amabilité. Starr la trouvait jeune pour son âge et en même temps très mûre – innocente et pourtant parfaitement posée. Elle observait avec amusement les tentatives de Marsh pour éblouir Alice par la profondeur de ses pensées. Apprenant que les Benjamin étaient catholiques, l'épiscopalien qu'était Marsh se lança dans une analyse comparée des deux religions, en essayant d'inciter son auditrice à s'engager sur le chemin de la vérité telle qu'il l'entendait. Alice, avec un petit sourire en coin vers Starr, secouait doucement la tête.

Ils arrivèrent au pied de l'arbre où se nichait la cabane, et Marsh manifesta de nouveau son indignation devant la présomption de Bill Whipple.

— Pourquoi donc croit-il que nous avons construit un mur autour de la propriété ? Si nous voulions que n'importe qui puisse venir, nous ouvririons un jardin public !

— C'est une jolie cabane, dit Alice. Il a dû se donner beaucoup de mal.

Cette remarque déplut à Marsh. Alice ne semblait pas comprendre la nature sacro-sainte de la propriété privée, et l'énormité du crime de Bill Whipple. Décidé à montrer son énergie, il entreprit de démolir l'échelle. Starr lui dit d'une voix douce :

— Si tu fais ça, tu ne pourras pas monter dans la cabane.

Marsh fit semblant de ne pas avoir entendu, mais il finit par grimper les échelons. Une fois dans l'arbre, il se mit à taper, frapper et fracasser en soufflant comme un phoque. La cabane tomba à terre, une caricature grotesque de ce qu'elle avait été. Les jeunes filles assistèrent avec un sentiment de malaise à la démolition, sentant confusément la portée symbolique de l'acte.

— Voilà une bonne chose de faite, conclut Marsh en contemplant l'amas de planches brisées. Demain, j'enverrai Manuel pour brûler tout ça, ou l'évacuer... Le jeune Whipple serait bien avisé de ne plus remettre les pieds ici.

Alice dit d'une petite voix timide :

— Nous habitons juste au-dessous, tu sais. Ça t'ennuierait si je montais ici de temps en temps ?

— Mais non, bien sûr, dit Marsh en lui tapotant paternellement les cheveux. Viens aussi souvent que tu voudras. Simplement, ne va pas construire des cabanes dans les arbres, ni laisser des détritus par terre.

Croisant le regard de Starr, Alice faillit éclater de rire. Starr eut son petit sourire entendu. Malgré son sérieux et sa foi catholique – que Starr rangeait dans le même sac que les convictions épiscopaliennes de son frère –, Alice lui plaisait assez.

Quand ils furent rentrés tous les trois à la maison, Starr observa les parents d'Alice avec un intérêt accru. Guy Benjamin était un ingénieur des travaux publics employé par le Service des Autoroutes de l'État. Grace Benjamin était une femme dépourvue d'humour, d'une distinction méticuleuse et d'une beauté glaçante. Elle rappelait à Starr ces femmes puritaines représentées dans son manuel d'Histoire. Guy, lui, évoquait plutôt un capitaine de l'armée sudiste : un homme plein d'aisance, à la voix douce, avec de beaux cheveux dorés, une moustache conquérante, et une tendance à l'humour pince-sans-rire. Grace n'était portée ni sur l'euphémisme ni sur l'enjolivement : elle se contentait d'asséner ses opinions, faisant parfois plisser légèrement la moustache de son mari. C'était d'elle que venait la foi catholique d'Alice. Benjamin, lui, reconnut bien volontiers qu'il ne mettait jamais les pieds à l'église, ce qui lui valut un regard désapprobateur de son épouse.

Ils finirent par prendre congé, et Sam Shortridge, après les avoir raccompagnés jusqu'à la porte, revint en déclarant qu'ils semblaient de fort bonne compagnie et feraient certainement d'excellents voisins.

— Alice est absolument ravissante, dit Miriam Shortridge. Une vraie petite figurine de Saxe !

Sam acquiesça d'un grognement, et Marsh renchérit :

— Oui, elle est très jolie, n'est-ce pas ?

— Alors, demanda Sam d'un ton bourru, qu'est-ce que tu en as fait, de cette cabane ?

— Je l'ai complètement démolie. Je pensais demander à Manuel de brûler les débris.

Sam écarta aussitôt ce projet.

— Il mettrait le feu à la colline. Vas-y avec lui, rassemblez ce bazar et redescendez-le ici.

— Mais Papa ! Ça doit bien peser une tonne !

— Allons ! Si Bill Whimple a pu monter tout ça là-haut, Manuel et toi, vous pouvez bien le redescendre.

— On devrait obliger Bill Whipple à débarrasser, grommela Marsh. C'est lui le responsable.

— Pourquoi en faire toute une histoire ? intervint Miriam avec une touche d'impatience. Après tout, ce n'est qu'une cabane. Moins nous aurons affaire à des gens comme les Whipple, mieux ce sera.

Sam allongea les jambes et se cala confortablement dans son fauteuil. Ses opinions sur la stratification sociale n'étaient pas aussi tranchées que celles de sa femme, ce qui ne l'empêchait pas de considérer l'égalitarisme comme un idéal débilitant, et c'est dans cet esprit qu'il avait instruit ses enfants – qui, chacun à sa manière, n'avaient nul besoin d'une telle instruction.

2

La deuxième maison au nord de celle des Benjamin avait été celle de Mr et Mrs John Roberts, anciens propriétaires du domaine occupé maintenant par le Country Club. À la mort de son mari, Mrs Roberts avait mis la maison en vente et était partie vivre auprès de son fils à San Jose. Fred et Sheila Whipple, les propriétaires du garage Whipple's, s'en portèrent acquéreurs. Peu de temps après, Fred devint le concessionnaire local de Chevrolet et se rendit désormais à son travail en chemise blanche et nœud papillon.

Après une délibération glaciale, les Whipple furent admis comme résidents de Madrone Way par le Conseil de voisinage. Les Benjamin, eux, furent aussitôt acceptés, bien qu'ils fussent loin d'être riches. Il leur arrivait parfois d'être traités avec une certaine condescendance, mais cela ne troublait guère Guy, qui était rarement chez lui. Quand ils se produisaient, Grace supportait ces affronts subtils sans sourciller. Alice, aussi charmante qu'elle était belle, et sans une once de vanité, ne s'en apercevait même pas.

Chapitre II

1

Le comté de San Rodrigo, situé à quelques heures de voiture au sud-est de San Francisco, avait la chance d'être à l'écart des zones de développement forcené qui détruisaient une bonne partie des paysages de la Californie. Les autoroutes reliant San Francisco et Los Angeles passaient à l'est et à l'ouest. Les stations balnéaires à la mode et les sites touristiques – Monterey, Carmel, Pebble Beach, Big Sur, San Simeon – se trouvaient en bordure du Pacifique, de l'autre côté du Coast Range. La seule attraction touristique du comté était la Mission San Rodrigo de Luz, un bâtiment qui tombait en ruine, bien que le vieux palais de justice ait été cité dans l'ouvrage de Werner Neubarth, *Vers un siècle nouveau*, comme l'exemple le plus extrême de ce qu'il appellait « le style gothique de halle aux poissons ».

Pleasant Grove était bordé au nord et à l'est par de petites collines basses, une avancée du Diablo Range. C'est au milieu de ces collines, dans un vieux ranch délabré, que Ken Mooney avait vu le jour.

Les Mooney habitaient le comté de San Rodrigo depuis des temps immémoriaux. Au départ, la famille comptait des notables dans ses rangs : le juge Mooney avait siégé lors de la première session au palais de justice du comté ; Herman Mooney avait été le propriétaire du Valley Hotel à Aurora, entièrement détruit par un incendie en 1882. Après le sinistre, il avait fait construire Halfway House dans Contreras Road..

C'est après la Première Guerre mondiale que la famille commença à décliner, jusqu'à ce que seuls quelques vieillards se souviennent de ses gloires passées.

Ken, un grand gaillard décontracté, était élève au lycée de Pleasant

Grove, où il brillait principalement sur le terrain de football. C'était d'ailleurs la plus belle période de son existence. Tout le monde l'aimait. Son amabilité avait le don de désarmer les individus les plus bourrus, à l'exception de son père qui voulait que Ken passe plus de temps à travailler à la maison, au lieu de traîner dehors après les cours.

La faiblesse principale de Ken était les filles. Il aimait leurs visages, leurs voix, leur façon de marcher et de s'asseoir, leur parfum, leur contact. Il avait ses préférences, mais il n'était pas trop difficile. Une fille était toujours une fille, et s'il ne pouvait pas sortir avec une, il tentait sa chance avec une autre, ou encore une autre, jusqu'à ce qu'il parvienne à établir une bonne relation, même si c'était la pire des laiderons.

Il était en terminale quand une ravissante blonde du nom d'Alice Benjamin entra en sixième. Comme tous les autres garçons du lycée, il en tomba éperdument amoureux, et ne cessait de se répéter « Alice, Alice, Alice ».

Malheureusement, elle habitait Madrone Way, en face du Country Club, et sa mère était une bigote ultra-stricte et ultra-snob. Ken Mooney, le brave gars pas spécialement distingué vivant dans un ranch au milieu des collines, n'avait aucune chance.

Starr Shortridge était dans la même classe qu'Alice. Sa mère avait voulu l'envoyer en pension à San Francisco, dans l'établissement très sélect de Miss Hamelin, mais Starr avait refusé catégoriquement. Toujours aussi orgueilleuse, distante, déraisonnable et fantasque, Starr entra au lycée de Pleasant Grove, où ses caprices exaspérèrent ses professeurs autant que sa famille. Alice Benjamin trouvait Starr merveilleuse. Elle admirait son indépendance, son assurance. Starr aimait Alice parce que Alice l'aimait. Alice n'avait que des bonnes notes, des A et des B. Starr refusait d'étudier et rapportait à la maison, sans honte aucune, des C, des D et des F. Sam Shortridge tempêtait, Miriam Shortridge la réprimandait vertement, Marsh ricanait avec mépris. Reproches, persuasion, menaces, rien n'y faisait. Même Alice essaya timidement de lui faire entendre raison.

— La barbe, dit Starr. Tout ça, c'est de la frime. « Silas Marner » est un ramassis de bêtises. « Hamlet » est incompréhensible. Le latin est une langue tellement morte qu'elle pue. À quoi ça peut me servir, l'équation du second degré ? Je n'ai pas l'intention d'être ingénieur.

— Mais si tu veux aller à l'université ?

— Je n'ai pas envie d'y aller.

— Qu'est-ce que tu veux faire, au juste ?

— Eh bien, dès que je pourrai partir de chez moi, j'irai en Europe, je m'achèterai une moto et je chercherai des châteaux hantés en Roumanie, et peut-être des loups-garous, des choses comme ça.

— Ça a l'air drôlement amusant, dit Alice d'un air pensif. J'aimerais bien y aller, moi aussi. (Elle soupira.) Mais jamais ma mère ne m'autoriserait.

Starr eut un ricanement irrespectueux. Elle avait une opinion peu flatteuse de Grace Benjamin, qu'elle considérait entre autres comme une grenouille de bénitier.

— Si tu as vraiment envie de faire quelque chose, dit-elle, vas-y et fais-le. Si tu ne le fais pas, tu ne peux t'en prendre qu'à toi-même.

— Tu as sûrement raison, convint Alice en souriant tristement, mais…

— Mais quoi ?

— Je n'aime pas faire de la peine aux gens.

— Moi non plus, et c'est pour ça que je ne leur parle pas beaucoup.

— Starr, tu es franchement impossible… Mais n'empêche, ça me plairait bien d'aller en Europe. Et un jour, j'irai ! On pourrait peut-être y aller ensemble !

— Ça, ce serait drôlement bien. C'est peut-être faisable.

Bill Whipple s'assit à côté d'elles.

— Peut-on savoir ce que vous complotez toutes les deux ?

Starr ne daigna pas répondre. Alice, embarrassée par le silence, se sentit obligée de le faire :

— Nous faisions des projets de voyage… en Europe.

— Super, dit Bill. Moi, je veux aller à Paris. Hou la la ! Et aussi sur la Riviera, pour chasser le bikini sauvage.

Alice rit poliment. Starr regarda Bill en fronçant les sourcils. Elle se demanda pourquoi elle le détestait autant. Il lui inspirait des frissons de dégoût le long de son système nerveux. Il n'était pas vilain garçon, pourtant, ou plutôt, il était d'une laideur non dénuée de charme.

Ken Mooney s'arrêta à son tour devant elles, espérant contre tout espoir faire bonne impression sur Alice. Starr avait à peine conscience de son existence. Elle connaissait juste son nom, savait vaguement qu'il jouait au football et que c'était un des amis de Bill Whipple.

La cloche sonna, et ils se rendirent à leurs cours respectifs.

Environ une semaine plus tard, sur l'insistance d'Alice, Starr participa à un pique-nique organisé par un club de l'école au Camp de Bella Creek, dans la montagne à l'ouest de Jordan.

Ken Mooney et Bill Whipple y vinrent eux aussi. Le coffre de la voiture de Bill était rempli de cannettes de bière. Mrs Tremons, la conseillère du lycée, leur ordonna de quitter les lieux, mais les deux garçons restèrent dans les parages.

— Regarde, dit Bill en pointant avec une cannette à moitié vide. C'est Starr, là-bas. Une sacrée petite… (et il utilisa un mot trop grossier pour être imprimé).

Ken regarda attentivement dans la direction indiquée. Starr était une fille, et par conséquent, Ken était intéressé.

— Tu sais quoi ? dit Bill. Voilà ce qu'on pourrait faire…

Et il fit une suggestion surprenante qui scandalisa Ken.

— Ah, bon sang, jamais je ne ferais un truc pareil. Starr est une fille bien. Tu devrais avoir honte.

— Elle est tellement bêcheuse ! C'est tout ce qu'elle mérite, et ça lui ferait tous les biens.

— Alors, vas-y tout seul. Ne me mêle pas à ça. De toute façon, je ne crois pas que c'est une bêcheuse. Elle vit dans son petit monde, voilà tout.

— Ne te fais pas d'illusions, mon gars. Je la connais, elle se croit au-dessus du reste de l'humanité.

— Bon, d'accord, tu la connais. Décapsule une cannette, mais laisse-m'en un peu.

C'est alors que Mr Beasley, le sous-directeur, s'approcha et les pria de déguerpir. Ken présenta ses excuses pour le dérangement et Beasley lui donna une tape amicale dans le dos.

— Nous ne voulons pas que ces demoiselles soient troublées pendant leur pique-nique. Bon, allez-y, mais conduisez prudemment. Je sais que vous avez bu, et je ne voudrais pas que vous ayez un accident.

Puis ce fut la fin du trimestre. Ken et Bill obtinrent leurs diplômes. Les notes de Bill étaient bonnes, il était doué pour les études, en lettres comme en maths. On lui offrit une bourse de football à l'université de San Jose, qu'il accepta. Ken partit directement dans l'armée, où il servit deux ans avant d'être réformé.

À son retour à Pleasant Grove, Ken décréta que la vie d'éleveur n'était pas à son goût : trop d'heures de travail, le soleil était trop chaud, on se sentait trop seul dans les montagnes. En outre, ça ne lui plaisait qu'à moitié d'avoir son père comme patron. Clarence Mooney était un homme bien, il devait le reconnaître, mais pas facile à vivre, et de plus, extrêmement près de ses sous.

Ken trouva un emploi à la poste qui offrait des horaires raisonnables, un travail facile et un salaire régulier.

C'est vers cette époque que l'oncle de Ken, Charles Mooney, mourut. Son frère Clarence, en tant que seul héritier, prit possession de Halfway House.

Clarence Mooney fit venir Ken et lui exposa la situation.

— Maintenant, j'ai cette maison sur les bras. Tu sais comment elle est, tu y es déjà allé.

— Oui, répondit prudemment le jeune homme, c'est une vieille baraque sympa, mais elle aurait besoin de pas mal de travaux.

— Voici ce que je te propose, poursuivit Clarence. Tu la retapes, tu répares tout pour que ce soit impeccable, et c'est toi qui géreras la boutique. Il y a un bar avec l'autorisation de servir de l'alcool, et un restaurant. Il y a même un hôtel, si tu veux le remettre en route. Un endroit comme ça, bien géré, ça peut rapporter gros. On partagera les bénéfices moitié-moitié, et à ma mort, tu seras le seul bénéficiaire. Qu'est-ce que tu en dis ? Ça ne te coûtera pas un centime à part ce que tu mettras pour les améliorations – et tu le récupéreras sur le long terme.

Ken se frotta le menton en se demandant ce qui pouvait se cacher derrière cette proposition, dont la générosité était étonnante de la part d'un homme aussi regardant que son père.

— Si ça ne te convient pas, reprit Clarence, je mettrai la propriété en vente. Je ne sais pas combien j'en tirerai, mais il y aura forcément un acheteur. C'est un coin à touristes, et il y a largement de quoi la rentabiliser.

Estimant que son père n'avait pas de mobile caché et que la proposition était honnête, Ken accepta le marché.

— Bon, OK. Je remets tout ça en état, et tu prends la moitié des bénéfices. Mais il faut qu'on soit bien d'accord sur une chose : je gérerai la boîte à mon idée. Je ne veux pas me retrouver à faire quelque chose et que tu me tombes dessus pour me dire que j'ai tort.

Cette condition ne plaisait pas beaucoup à Clarence, mais il l'accepta. Le père et le fils se serrèrent la main. Marché conclu.

Quand le jeune homme vint examiner les lieux, il trouva la bâtisse plus délabrée qu'il ne le pensait. Tout nécessitait des travaux urgents. Cela étant, il était content de son acquisition : le bâtiment était merveilleusement situé, à l'ombre d'un bosquet de séquoias. La véranda, les fenêtres, les poutres, tout ce style ancien évoquait le bon vieux temps. Le bar était décoré de vieilles photos et encombré de bibelots. Il y avait même une petite piste de danse. Un superbe endroit pour organiser des fêtes, songea Ken. Un superbe endroit pour amener des filles, avec l'hôtel si pratique à côté... Il s'arrangea avec un vieil homme nommé Wilbur Baker pour qu'il s'occupe du bar, dont les bénéfices suffisaient à payer les impôts et l'électricité, avec quelques dollars supplémentaires pour Baker.

Chaque week-end, Ken venait faire des travaux, consolidant la charpente, remplaçant les vitres cassées, réparant la véranda, passant à l'encaustique les boiseries du bar. Mais petit à petit, son enthousiasme se mit à décliner devant l'ampleur de la tâche. De son côté, son père s'impatientait, et il finit par reprocher à Ken de ne pas consacrer assez de temps et d'argent à la réfection des lieux.

— Je fais ce que je peux, répliqua Ken. Je ne peux pas en faire plus. Je ne gagne pas assez d'argent pour ça.

— Eh bien, tu n'as qu'à emprunter ! Remets la baraque en état, c'est comme ça que tu gagneras de l'argent !

— D'accord, je veux bien. Mais si j'emprunte, je veux que les remboursements soient d'abord déduits des bénéfices.

— Pas question. L'emprunt sera remboursé sur ta part, il n'y a aucune raison de faire autrement. Tout te reviendra à ma mort. Tu ne veux quand même pas priver ta mère, moi et tes petites sœurs d'un peu de confort ?

Ken haussa les épaules.

— Comme tu voudras. Je n'ai pas l'intention de vous priver de quoi que ce soit.

Mais quand il fit sa demande d'emprunt, la banque exigea que le propriétaire légal de Halfway House se porte caution, ce que Clarence refusa. Les affaires en restèrent donc là.

2

Le premier mariage de Marsh Shortridge eut lieu pendant sa dernière année à Stanford et dura un mois et demi. La jeune fille s'appelait Beverley Bancock. Elle était très grande, mince et active comme un lévrier, et jouait de la clarinette dans l'orchestre de majorettes. Ils s'étaient connus lors d'une rencontre arrangée. Beverley montra à Marsh quelques prises de judo et le plaqua en riant sur une descente de lit en peau d'ours. Voulant faire la démonstration de ses propres talents, Marsh la fit rouler jusque dans la chambre d'à côté, dont la porte fut refermée d'un coup de pied. Deux jours plus tard, ils fonçaient en voiture jusqu'à Carson City, où ils se marièrent.

L'événement surprit tout le monde à Pleasant Grove, à l'exception de Starr et peut-être d'Alice. Peu de temps auparavant, elle était sortie deux fois avec Marsh, avec la bénédiction de sa mère. Lors du premier rendez-vous, il s'était montré pressant, et possessif au deuxième. Quand il avait téléphoné pour une troisième fois, Alice avait marmonné des excuses embarrassées, que Marsh avait écoutées dans un silence glacial. Un mois plus tard, il épousait Beverley Bancock, et divorçait presque aussi vite. Alice se sentit un peu coupable et déprimée, comme si elle était responsable de ce mariage. Starr trouva que cette histoire était à mourir de rire. Elle raconta à Alice que Beverley avait emporté sa clarinette en voyage de noces, et qu'elle avait consciencieusement fait ses gammes deux heures par jour.

Pendant l'année qui suivit, Marsh évita Alice. Et puis, peu à peu, sa rancœur s'estompa : d'abord une froide politesse, suivie d'amabilités de bon voisinage, puis de la camaraderie, des parties de tennis, et même une journée passée ensemble au festival de jazz de Monterey. Pour finir, au moment de la remise des diplômes au lycée de Pleasant Grove, Marsh se proposa comme cavalier servant pour les cérémonies. Alice accepta sans enthousiasme et Marsh, en s'inclinant très bas, lui baisa la main. Tout était pardonné.

Starr reçut également son diplôme de fin d'études, le corps enseignant ayant hâte d'en être débarrassé. Elle n'avait nullement l'intention d'assister aux cérémonies, et ce n'est qu'à la dernière minute qu'elle céda aux remontrances de ses parents. Elle se soumit au port de la toque et de la cape, et reçut son diplôme avec indifférence. Pendant les discours, elle observa les visages de ses camarades en essayant d'imaginer ce que serait leur avenir… et le sien. Avec sa toque et sa cape blanche, ses beaux cheveux blonds, ses yeux rêveurs et sa bouche plissée dans un sourire mélancolique, Alice était absolument ravissante. Pour une raison indéfinissable, Starr éprouvait une certaine pitié pour elle. Alice semblait si sensible, si vulnérable… Sa beauté allait forcément focaliser sur elle les émotions d'autres gens. Starr porta un instant son attention vers Grace Benjamin, assise au troisième rang, l'air attentive. Guy Benjamin n'était pas là : il travaillait en ce moment sur un barrage au Pérou. Le bruit courait qu'il avait pris ce poste à l'étranger afin d'échapper aux rigueurs de l'existence au 23 Madrone Way.

Ce fut la conclusion des cérémonies. Après avoir accepté quelques félicitations polies, Starr s'éloigna et attendit ses parents, qui discutaient avec Caspar Hubman, le directeur du lycée, et sa femme Laura. Les Hubman habitaient au bout de Madrone Way, et on les considérait comme des gens intelligents et quelque peu bohèmes. Starr se doutait qu'elle était le sujet de la conversation. Ils pouvaient parler tant qu'ils voudraient…

Starr se rendit dans le grand hall d'entrée, où elle vit Alice entourée d'amis, dont Marsh. Starr les observa, impassible.

Un jeune homme en pantalon marron et veste pied-de-poule tourna la tête et l'aperçut. Elle reconnut Bill Whipple, qui suivait des cours de gestion à l'université de San Jose. Elle se sentit parcourue de frissons : réaction instinctive à sa virilité ? Simple antagonisme ? En tout cas, une chose était sûre : il ne s'agissait ni de désir, ni de sympathie.

Il s'approcha avec sa longue démarche souple caractéristique. En croisant le regard de Starr, il tenta un sourire poli. Elle répondit par une simple inclinaison de tête.

Bill la félicita.

— Merci.

— Est-ce que tu as des projets pour après ? demanda-t-il d'un ton hésitant. Je veux dire, une soirée ou quelque chose comme ça ?

— Non.

— Bien. Allons quelque part pour nous relaxer un peu. Un ou deux martinis, peut-être. Ou pourquoi pas du champagne ? C'est exactement ce qu'il nous faut, pour un événement pareil ! Du champagne !

Starr secoua lentement la tête.

— Non, merci.

Bill fit une petite grimace et la dévisagea attentivement.

— Je ne crois pas que je te plaise, dit-il enfin.

— Tu as tout à fait raison.

— Mais pourquoi ? insista Bill en haussant le ton. Est-ce que je suis repoussant ? J'ai mauvaise haleine ? Je suis lépreux ?

— Il se trouve que personne ne me plaît vraiment.

— Et moi encore moins que les autres, hein, c'est ça ?

Starr se contenta de hausser les épaules. Malgré sa vitalité et son attitude de défi, Bill l'ennuyait. Ses idées lui semblaient superficielles, ses ambitions futiles. Elle voulait quelque chose de différent : un garçon passionné, intelligent, peut-être un peu dénué d'esprit pratique, mais généreux et gai. Là, elle aurait tant à lui donner ! Cela pourrait même être... oui, ce serait probablement un coup de foudre. Starr était tout à fait prête à prendre ce risque.

— Starr, reprit Bill d'une voix hésitante, marions-nous.

Starr fut réellement stupéfaite.

— Pourquoi voudrais-tu m'épouser ?

— Pour les raisons habituelles.

Starr jeta un coup d'œil vers le fond du hall.

— Si jamais je me marie un jour, dit-elle, ce sera pour des raisons inhabituelles avec un homme tout aussi inhabituel.

— Qu'est-ce que tu trouves de si « habituel » chez moi ?

— Pourquoi entrer dans les détails ?

— Bah, marmonna Bill, je regrette d'avoir évoqué ce sujet. Et si je n'étais pas un gentleman...

Marsh fit son apparition en compagnie de la ravissante Alice, et Bill cessa naturellement de s'intéresser à Starr. Il semblait fasciné, et ses lèvres frémissaient. Starr eut un petit sourire sarcastique.

— Hello, Bill, fit Marsh d'une voix neutre qui exprimait simplement la politesse due à un voisin. Starr, tu es prête, on peut y aller ?

— Oui, je vous suis.

Marsh remarqua l'intérêt de Bill pour Alice. Très calmement, avec l'apparence d'une longue pratique, il entraîna les deux jeunes filles avec lui.

Bill leur lança un regard furieux. En fait, Starr s'était trompée : il ne s'était pas détourné d'elle à cause d'Alice. Pour lui, ces deux jeunes filles étaient aux antipodes l'une de l'autre, et s'il l'avait pu, il se serait servi de chacune d'elles pour des plaisirs différents. Ce qu'il voulait d'Alice était simple et sans détour. Mais Starr ? Starr l'insolente, la discutailleuse, la moqueuse ? Ah, que ne lui ferait-il pas s'il en avait l'occasion… Il était même prêt à l'épouser. Il la dresserait comme on dresse une jument ! Elle n'aurait plus qu'à se soumettre, elle deviendrait l'ombre d'elle-même et, rongée par l'angoisse, elle se jetterait à ses pieds pour quémander un peu d'amour. L'orgueilleuse Starr complètement humiliée ! Bill respira profondément et quitta le hall à son tour.

3

L'été passa. Sam Shortridge emmena sa famille faire un périple au Canada. Starr aurait mieux aimé aller en Europe, seule de préférence, et elle avait même abordé le sujet. Sam et Miriam ayant déclaré leur opposition à ce projet, Starr s'était résignée aux paisibles distractions offertes par Banff, le Québec, la Gaspésie, le Maine, Cape Cod et New York. Arrivé là, Marsh, n'y tenant plus, quitta le groupe et prit l'avion pour retourner en Californie, en prétextant qu'il fallait quelqu'un pour garder un œil sur les affaires. Tout le monde savait que ce qu'il voulait, c'était garder un œil sur Alice.

Le reste de la famille rentra à Pleasant Grove au début du mois d'octobre, en passant par la Floride, la Nouvelle-Orléans et le Grand Canyon.

Starr se trouva à ne plus savoir que faire de son temps. Même si elle l'avait voulu, elle ne pouvait pas poursuivre ses études du fait de ses trop mauvaises notes au lycée. Elle exposa à ses parents son idée d'aller à San Francisco pour se trouver un travail.

— Quel genre de travail ? demanda son père d'un ton cinglant. Tu n'as aucun talent pour le commerce. Tu ne sais pas taper à la machine ni prendre des notes en sténo. C'est à peine si tu sais faire une addition. Tu veux travailler dans une conserverie ? Comme serveuse de restaurant ?

— Non, bien sûr, mais il y a d'autres possibilités. Je pourrais être réceptionniste, ou journaliste, ou vendre des choses…

La discussion se prolongea jusqu'à ce que Sam soit prêt à baisser les bras et à tout autoriser, mais c'est alors que Miriam lui fit une scène terrible, et Sam fut obligé de faire preuve d'autorité :

— Tu es trop jeune pour aller vagabonder toute seule. Tu viens à peine de terminer le lycée ! Si tu veux travailler, pas de problème, je te trouverai quelque chose au magasin. Tu pourrais t'occuper des vêtements de sport pour jeunes filles. Je te confierai la responsabilité entière. Ça devrait t'occuper à plein temps.

— Non merci, Papa, sans façon.

— Bon. Mais pas question que tu ailles à San Francisco, ni dans ces auberges de jeunesse en Europe. Je n'ose même pas imaginer ce qui s'y passe.

Starr haussa les sourcils, fit la grimace et rétorqua :

— Tu sais, si j'ai envie de faire des bêtises, c'est aussi facile ici qu'ailleurs.

— Peut-être bien, mais au moins, je n'aurai pas contribué au processus. Franchement, je ne sais pas quoi faire de toi.

Starr rit tristement, mais elle ne fit pas d'autres suggestions. Elle se mit à fréquenter assidûment le Country Club, s'adonnant au tennis, au golf et à la natation. De temps à autre, elle sortait avec un garçon. Sam et Miriam retenaient leur souffle, espérant qu'elle tomberait amoureuse d'un honnête jeune homme et qu'elle se marierait. Ce n'était pas qu'ils aient envie qu'elle quitte la maison, mais au moins, le mariage constituerait une assurance et une sécurité. La responsabilité de son avenir ne pèserait plus sur leurs épaules, et ils pourraient se détendre.

Noël approchait. Guy Benjamin revint du Pérou. Alice rentra à la maison avec de mauvaises nouvelles : elle n'avait pas fait un bon trimestre à l'université, et elle serait probablement renvoyée. Marsh déploya beaucoup d'efforts pour la consoler, et un beau soir, il annonça fièrement qu'Alice avait accepté de l'épouser. Sam et Miriam furent ravis. Ils appréciaient beaucoup Alice, tout en jugeant ses parents un peu difficiles. Starr, elle, fut triste pour son amie qui, à la vérité, ne semblait pas se réjouir outre mesure de ses fiançailles.

— Ça n'a rien d'étonnant, déclara Sally Wagner qui était la pire commère de Madrone Way. Il se connaissent depuis tant d'années que ça ne peut pas être très excitant. La pauvre petite Alice… Bon, d'un autre côté, elle aurait pu tomber sur pire. Comme disait Mrs Malaprop, « L'amour et l'aversion s'usent petit à petit dans le mariage, et donc, autant commencer par un peu d'aversion ».

Vers la fin du mois de février, Guy Benjamin fut envoyé en Inde pour diriger la construction d'un barrage sur la rivière Chabna. En avril, Alice s'envola vers l'Europe pour passer le printemps et l'été avec des amis de sa famille, ce qui incita Starr à adresser des reproches à son père :

— Si Alice a le droit d'aller en Europe toute seule, pourquoi pas moi ?

— D'abord, dit Sam en soupirant, elle est fiancée, ce qui n'est pas ton cas. Ensuite, ce n'est pas ma fille. Franchement, je suis étonné que Mrs Benjamin lui ait laissé une telle liberté. Troisièmement, elle et toi, vous appartenez à deux espèces différentes : Alice fait ce qu'on lui dit, et toi, c'est exactement le contraire, avec une obstination et une perversité rares.

— Papa, mon cher Papa ! J'ai dix-neuf ans !

— Je le sais bien. Dans deux ans, tu seras majeure. Ce que tu feras à ce moment-là, ce sera ton affaire. En attendant, tu es encore ma petite fille.

— Mais pourquoi je ne peux pas aller à Paris avec Alice ?

— Parce qu'elle y est avec des gens qui l'ont invitée, et pas toi.

— Je vois.

4

Grace Benjamin et Sally Wagner ne se parlaient plus, bien que voisines depuis de nombreuses années. L'incident qui avait provoqué la brouille était mineur, mais inévitable compte tenu de la volubilité incontrôlable de Sally et de la réserve glaciale de Grace. L'affaire, quoique n'ayant pas précédé immédiatement la mort de Sally, fut néanmoins un maillon important dans la chaîne des événements. Si Sally avait su retenir sa langue – lui permettant ainsi de rester en bons termes avec sa voisine –, son crâne n'aurait sans doute jamais été fracassé.

Sally Wagner et Grace Benjamin étaient des clientes régulières de la Pharmacie Levison, dans Courthouse Avenue. Mais un matin de la première semaine de mars, peu de temps après le départ de Guy Benjamin pour l'Inde, Sally Wagner se trouva à Aurora, à une trentaine de kilomètres au nord de Pleasant Grove, et là, dans une pharmacie Payless, elle aperçut Mrs Benjamin en train d'acheter plusieurs flacons de pilules de façon manifestement furtive. Avant même de saluer Mrs Benjamin, Sally jeta un coup d'œil à l'étiquette d'un des flacons et put y lire : « Capsules prénatales Stuart ». Grace, s'apercevant de la présence de Sally, eut un geste rapide comme pour cacher les flacons. Apparemment, elle avait été en train d'hésiter sur le nombre qu'elle devrait acheter. Sally Wagner, qui trouvait sa voisine assez collet monté, ne put résister à l'envie de lui lancer une pique. De sa voix rauque et puissante, elle s'écria :

— Grace Benjamin ! Ne me dites pas que vous êtes de nouveau enceinte ! À votre âge !

Le rose monta aux joues de Grace Benjamin. Elle avait quarante ans à l'époque, et était connue pour sa piété inflexible, et presque excessive. Le braiement vulgaire de Sally avait attiré des regards amusés d'autres clients. Les mots manquèrent à Grace. Elle ouvrit la bouche, la referma, une fois, deux fois, et puis, réagissant avec plus de véhémence que la situation ne semblait le justifier, elle répliqua :

— En admettant que ça vous regarde, eh bien, oui.

Et elle tourna le dos.

— Ça alors ! fit Sally Wagner avant de sortir à son tour.

Plus tard, quand elle raconta cet épisode à ses amies, elle se débrouilla pour ridiculiser au maximum Grace et son « état ». ce qui ne manqua pas de revenir aux oreilles de l'intéressée.

Telle fut l'origine de leur brouille et la raison pour laquelle – par voie de conséquence – Sally Wagner connut une fin tout à fait déplaisante.

Mais il y eut d'abord d'autres meurtres.

Le mardi 18 juin, à dix heures du matin, Ken Mooney s'engagea dans Madrone Way avec sa fourgonnette postale. Peu après, quelqu'un le tua net d'un coup de marteau.

Ce qui se passa ensuite suscita une profonde perplexité. Ken, sa fourgonnette et le courrier non encore distribué disparurent, et ne furent retrouvés que le lendemain matin au bout de Madrone Way, qui se termine en cul-de-sac.

Apparemment, personne n'avait touché au courrier : les sacs, dûment ficelés, n'avaient pas été ouverts, aucune lettre recommandée ne manquait.

En l'absence d'infraction aux lois postales, l'affaire était du ressort du shérif Joe Bain.

CHAPITRE III

1

Le mercredi 19 juin au matin, Joe arriva au QG, fit une brève inspection de la prison, échangea quelques mots avec Ace Wardell, le sergent chargé du dispatching et de la paperasse, et s'installa dans son bureau pour lire son courrier. Il y avait le lot habituel de notes et circulaires officielles, publicités, lettres de protestation ou d'accusation, demandes d'assistance, de protection, de conseils. Une certaine Mrs Wilson, domiciliée à Hygart Road près de Mulberry, se plaignait d'être la cible de jets de mottes de terre quand elle jardinait, sans savoir qui était l'agresseur. Bill C. Mazaretto, de Tevis, s'était fait voler un veau. Tony Silveira, de Blue Hill Road dans la banlieue de Verdalia, faisait savoir que sa cabane à outils avait été cambriolée, et joignait un croquis des gonds arrachés dans l'espoir de faciliter le travail des enquêteurs. Burt Rank, directeur du Programme de lutte anti-moustiques, avait déposé un mémo concernant une certaine Luna. Joe lut ce qui suit :

« Cette femme est cinglée. Ça ne serait encore pas trop grave en soi, mais elle élève des moustiques. Pas exprès, ou du moins, je l'espère. En fait, elle mène des expériences de communication interplanétaire à l'aide de grandes cuves remplies d'eau afin de concentrer les rayonnements mentaux. Les moustiques ne la gênent pas, parce qu'ils ne s'attaquent pas à elle – seulement à des gars comme moi qui transpirent trop et qui puent. Luna me prend pour un pauvre type quand je lui ordonne d'arrêter d'élever des moustiques. Merci d'aller la voir et de vider ses cuves. Elle habite derrière l'agence immobilière Pandora, dans Hankinson Road. »

Joe était mince, d'une taille légèrement au-dessus de la moyenne, avec des cheveux brun foncé et un teint mat. Son expression était parfois désabusée, parfois pensive. Il tria les lettres et en remit certaines à Ace Wardell, qui informerait les adjoints en patrouille. Puis, avec un soupir résigné, il se réinstalla devant les autres. Du temps d'Ernest Cucchinello, son prédécesseur, Mrs Rostvolt s'était chargée de ce genre de besogne qu'elle accomplissait avec une grande aisance. La nouvelle préposée, Miss Irene Curdy, précédemment employée à la prison pour femmes de Tehachapi, avait tendance à voir les choses strictement en noir et blanc. Là où Mrs Rostvolt savait se montrer habile et diplomate, Miss Curdy disait aux gens les choses telles qu'elles étaient… et Joe frissonnait en pensant à tous ces futurs votes qu'il perdait. Il allait sans doute être nécessaire de remplacer Miss Curdy, et vite. Mais la remplacer par qui ? Et comment l'informer qu'on n'avait plus besoin de ses services ? Le courage de Joe flanchait à cette perspective. Il fit une petite grimace…

Le téléphone sonna. Joe décrocha et entendit la voix de Frank Hardinger, le chef de la police municipale de Pleasant Grove.

— Shériff, un meurtre vient d'être commis. Un jeune facteur du nom de Ken Mooney. C'est un boulot pour vous.

— Que s'est-il passé ? demanda Joe en se redressant dans son fauteuil.

— On dirait que quelqu'un lui a fracassé le crâne.

— Vous avez une piste ?

— Je n'en sais pas plus que vous. Le corps est dans une fourgonnette postale, tout au bout de Madrone Way.

Après avoir téléphoné au médecin légiste, Joe convoqua Rex Kelly, un de ses nouveaux adjoints, pour l'accompagner sur les lieux du crime.

2

Joe remonta Courthouse Avenue à travers le vieux quartier nord, et s'engagea dans Madrone Way entre deux piliers en granit sculpté qui en marquaient l'entrée. Madrone Way décrivait un S, puis partait vers le nord le long d'une série de résidences élégantes, toutes en retrait de la rue au milieu d'arbres et de jardins. C'était là qu'habitait l'aristocratie de Pleasant Grove, les Shortridge, les Mortimer et les Gentry sur les hauteurs, et les Whipple tout en bas.

Au bout, en face de la maison de Mrs Mary Bazzarini, il aperçut la camionnette postale. Le corps avait été découvert par une certaine Miss Locke, l'infirmière de jour de Mrs Bazzarini. En arrivant à son travail, elle avait jeté un coup d'œil dans la camionnette apparemment vide, et elle avait découvert le cadavre de Ken Mooney au milieu de paquets de courrier répandus pêle-mêle.

Selon l'estimation du médecin légiste, le Dr William Hesketh, le décès remontait à vingt-quatre heures, aux environs de dix ou onze heures du matin. Ken Mooney avait été brutalement frappé par-derrière, sur le côté droit du crâne. Il avait reçu au moins trois coups, juste au-dessus de l'oreille et un peu plus haut dans le cuir chevelu. Les blessures avaient peu saigné, et son uniforme bleu-gris n'était pas taché. Sous la tête de la victime, en une sorte d'attention macabre, on avait glissé le numéro de *Life* de la semaine, dont l'étiquette d'adresse avait été arrachée. Deux inspecteurs des Postes de San Jose s'entretenaient à voix basse avec Henry Deardorf, le receveur, qui tenait ses registres à la main. Une fois le corps transporté dans l'ambulance du comté, les trois hommes déposèrent le courrier sur le trottoir et commencèrent à vérifier les paquets un par un.

Le shérif adjoint Rex Kelly s'affaira autour de la camionnette et à l'intérieur avec son insufflateur, répandant de la poudre à empreintes ici et là. Des centaines de taches apparurent ainsi que quelques empreintes digitales, qui toutes se révélèrent être celles de Ken Mooney.

Le premier acte officiel de Joe avait été de tâter le radiateur et le moteur. Ils étaient froids. La camionnette était donc restée sur place plusieurs heures, peut-être la plus grande partie de la nuit. L'examen des pneus, ainsi que de l'extérieur et de l'intérieur du véhicule, ne lui apporta rien d'intéressant – à part l'exemplaire de *Life* sous la tête de Ken. Là où l'étiquette portant l'adresse avait été arrachée, la page était chiffonnée et tachée. Dans le courrier non distribué se trouvaient d'autres exemplaires de ce magazine.

Joe alla interroger Miss Locke, qui observait les opérations accoudée à la fenêtre de Mrs Bazzarini. Elle ne put que lui répéter ce qu'elle avait dit au capitaine Hardinger, à savoir qu'en arrivant chez sa patiente, elle avait jeté un coup d'œil dans la camionnette, et qu'après avoir vu le cadavre, elle s'était empressée de téléphoner à la police.

Il posa ensuite quelques questions à Mrs Bazzarini, la veuve de Salvador Bazzarini, fondateur des Monteverde Wineries situés dans les contreforts montagneux à l'ouest de Pleasant Grove. Mrs Bazzarini avait dans les soixante-quinze ans. Elle avait un teint cireux, des cheveux blancs vaporeux et des joues rondes. Elle semblait extrêmement bouleversée par les circonstances, et ses yeux étaient bordés de rouge comme si elle avait pleuré.

— Ah, c'est affreux ! C'est affreux ! dit-elle à Joe.

— Oui, c'est bien vrai. Avez-vous remarqué quand la camionnette est arrivée devant chez vous ?

— Non, pas du tout. Je dormais à poings fermés. Pour une fois, j'ai passé une très bonne nuit. Elle a pu arriver à n'importe quel moment. C'était un si gentil garçon, si complaisant ! Qui a bien pu faire une chose pareille ?

— Je ferai tout mon possible pour le découvrir, dit Joe. Vous connaissiez bien Ken Mooney ?

— Oui, il entrait souvent pour bavarder un moment avec moi.

— Vous a-t-il jamais dit quelque chose qui pourrait avoir un rapport avec sa mort ?

— Non, rien. Oh, c'est horrible, vraiment horrible...

Joe retourna dehors pour réfléchir à la situation pendant que Rex Kelly et les deux inspecteurs des Postes terminaient leur travail. Deux éléments au moins méritaient d'être retenus : l'exemplaire de *Life* sous la tête de Ken, et le fait que le corps n'ait été découvert que vingt-quatre heures après le meurtre. Tout ce qui sort de l'ordinaire contribue à la résolution d'un crime, ainsi que Joe l'avait appris à l'Institut Chapman de criminologie. Dans le cas présent, songea-t-il, le meurtre de Ken Mooney ne devrait donc pas poser trop de problèmes... Il s'approcha du receveur principal, Henry Deardorf, un homme bedonnant aux épaules tombantes, avec de gros yeux ronds et marron que ses lunettes rendaient encore plus ronds et marron. Il considérait ce meurtre comme un outrage perpétré non seulement contre Ken et le Service postal des États-Unis, mais aussi contre lui personnellement.

— ... trente et un ans passés à la poste, dans tous les services, été comme hiver. Je peux dire que j'en ai vu, des choses, mais comme ça, jamais, dit-il en lançant des regards furibonds vers la camionnette.

— D'après vous, qu'est-ce qui a pu se passer ? demanda Joe.

— Je n'en sais rien. C'est certainement toutes ces histoires de délinquants juvéniles.

— Aviez-vous des problèmes avec Ken ?

— Je ne dirais pas ça. Non, pas de problèmes.

— Quel genre de garçon était-ce ?

Deardorf cligna des yeux, éprouvant visiblement des difficultés à se concentrer.

— Ma foi, c'est difficile à dire. Je le trouvais juste un peu trop insouciant, mais personne ne s'est jamais plaint de son travail. Il vient d'une très bonne famille, une des rares vieilles familles qu'il y ait encore par ici. Cela fait je ne sais combien de générations qu'il y a des Mooney dans le comté de San Rodrigo.

— Il habitait chez ses parents ?

— Oui, dans le vieux Ranch Mooney.

— Voyons un peu… Je devrais savoir où ça se trouve. (Joe réfléchit un instant.) Du côté d'Oatfarm Road, c'est ça ? Juste au pied d'une grosse colline toute ronde ?

— Oui, c'est bien là. Vous prenez Hankinson Road jusqu'à ce que vous tombiez sur l'agence immobilière Pandora. Là, vous tournez à gauche et c'est trois ou quatre kilomètres plus loin. Je n'imagine pas Ken passant beaucoup de temps chez lui. Clarence Mooney n'est pas un homme facile, il ne l'a jamais été.

— Il y a une chose qui m'étonne, dit Joe. Ken a été tué hier matin alors qu'il n'avait fait que la moitié de sa tournée. Que s'est-il passé quand il n'est pas revenu au bureau de poste ? Ou peut-être ne l'avez-vous pas remarqué ?

— Bien sûr que si, je l'ai remarqué, répondit Deardorf d'un air furieux. Je suis le receveur, c'est mon travail de remarquer les choses.

— Et donc, à quelle heure avez-vous remarqué son absence ?

— Oh, bien avant 15 heures, je dirais. Ken aurait dû être là à 14 heures.

— Personne ne vous a appelé pour réclamer son courrier ?

— Non, les gens ont dû penser que la tournée était en retard, ou qu'il n'y avait pas de lettres pour eux ce jour-là. À 16 heures, je suis parti à sa recherche, et comme je ne trouvais pas la camionnette, j'ai rappelé mon bureau. L'employée ne m'a pas bien compris (Deardorf secoua la tête en repensant à l'incompétence de sa subordonnée), et elle m'a laissé entendre que Ken était rentré. Comme je téléphonais de chez moi, je n'y ai plus pensé. Ce matin, j'ai appris ce qu'il en était vraiment, et j'ai appelé chez Ken. Ils ne l'avaient pas vu, et j'ai donc prévenu le capitaine Hardinger, et ensuite le bureau du district à San Jose. C'est à peu près à ce moment-là que l'infirmière a découvert le corps.

En somme, un simple malentendu. Deardorf se mit alors à expliquer en détail ce qu'il avait demandé à l'employée, ce qu'elle pensait qu'il avait demandé et ce qu'elle avait répondu, et comment lui-même avait mal interprété sa réponse.

— On ne peut même plus compter sur les gens pour s'exprimer clairement ! conclut-il.

— Oui, c'est vrai. Dites-moi, Ken devait avoir des amis, des relations. Vous en connaissiez quelques-uns ?

— Ah, non. Ce qu'il faisait en dehors des heures de travail, c'était son affaire, du moment que ça ne nuisait pas aux intérêts du Service des Postes. Il aimait beaucoup les filles. En fait, je lui ai fait des remarques à propos de ce que j'appelle une familiarité excessive. Il se montrait un peu trop amical avec les dames, et à mon avis, cela n'est pas plus acceptable chez un employé des Postes que chez un officier de police. Quand on porte l'uniforme, on doit s'abstenir de tous rapports personnels avec le public. C'est une règle d'airain que j'ai établie et que j'ai toujours fait respecter, et c'est pourquoi je n'ai jamais eu à déplorer de comportements inconvenants ou d'écarts de conduite tels qu'on peut en voir dans certains bureaux de poste.

— Hmm, fit Joe. Vous voulez dire que Ken s'est montré un peu trop aimable avec des dames pendant ses tournées ?

Joe eut droit à un regard lourd de colère et de reproche.

— Croyez-vous que je tolèrerais un tel comportement ? Jamais de la vie ! Mooney et le reste du personnel le savent pertinemment.

Les inspecteurs des Postes s'approchèrent, deux messieurs très affables, d'une politesse presque excessive. Ils exprimèrent leur satisfaction qu'aucun délit n'ait été commis contre le Service des Postes des États-Unis. Toutes les lettres recommandées avaient été pointées, le courrier avait été distribué tout le long de Madrone Way jusqu'à la maison de Mrs Bazzarini, et les sacs contenant le reste étaient intacts. Après avoir fort civilement salué Joe et Deardorf, ils montèrent dans leur voiture où l'un d'eux commença à dicter un rapport au magnétophone tandis que l'autre mordait gravement dans un sandwich tomate-laitue.

Le corps avait été transporté à la morgue. Ayant fini de relever les empreintes, Rex Kelly passait maintenant un aspirateur portatif sur le plancher de la camionnette. À une trentaine de mètres de là, les badauds se tordaient le cou pour observer avec émerveillement cette démonstration de criminologie en grandeur réelle – moins spectaculaire toutefois que ce qu'on pouvait voir à la télévision, et beaucoup moins intéressant. C'était plus lent, et en fait, il n'y avait pas d'action à proprement parler. Le shériff semblait indécis et perplexe, comme s'il ne savait pas par où commencer. Sentant peser sur lui des regards critiques, Joe emmena Deardorf de l'autre côté de la camionnette et lui demanda comment se déroulait généralement la journée de Ken.

— Comme pour tous les autres facteurs, répondit sèchement le receveur qui commençait à en avoir assez de toute cette histoire. Le courrier du matin est trié, on le répartit, et les postiers prennent la route.

— Chaque tournée est donc clairement organisée ?

— Jusque dans le moindre détail. Nous nous devons d'être efficaces, ou sinon, le courrier ne serait pas distribué correctement.

— Après en avoir terminé avec Madrone Way, où Mooney devait-il aller ?

— D'abord le Country Club, ensuite la partie sud de Paicines jusqu'à McClellan, et enfin dans ce que nous appelons le District Nord-Est N° 1.

— Mais il n'est même pas allé jusqu'au Country Club.

— C'est exact. Il a distribué du courrier dans cette maison là-bas, celle des Mortimer, et puis c'est tout. Le courrier de Mrs Bazzarini est encore dans la camionnette.

— Vraiment étrange, marmonna Joe. S'il est allé jusque chez les Mortimer, pourquoi pas chez les Bazzarini, la dernière maison de ce côté ?

— Ça me dépasse, dit Deardorf. Vous n'avez plus besoin de la camionnette ?

— Non, je crois que nous avons tout ce qu'il nous faut. Rex, tu vois autre chose ?

— Oui, juste ce numéro de *Life*. J'aimerais savoir à qui il était destiné.

— Je me pose la même question, dit Joe en hochant la tête, mais il est inutile de retarder davantage la distribution du courrier pour ça. La camionnette est à vous, Mr Deardorf.

Le receveur monta dans la camionnette et partit vers le nord le long de Madrone Way. Joe se tourna vers Hardinger.

— Vous avez prévenu les parents ?

— Oui, je leur ai téléphoné dès que nous avons appris la nouvelle. Pour ce genre de chose, autant le faire le plus vite possible.

— Hmm… Bon, si vous me parliez un peu de ces gens, maison par maison ?

Hardinger prit un air pensif.

— Je ne vois vraiment personne ici qui ait pu assommer Ken Mooney. Ce sont les meilleures familles de la ville ! Même pas la moindre contravention !

— À première vue, ça pourrait être quelqu'un chez les Mortimer, ou Mrs Bazzarini, puisque c'est là que la distribution s'est arrêtée.

— Je me garderais bien de dire au shérif comment faire son métier, dit Hardinger en contemplant le terrain de golf, mais Mary Bazzarini est clouée dans un fauteuil roulant, et Wilfred Mortimer est en ce moment à Honolulu avec toute sa famille. Sa maison est vide.

— Bon, alors, que dites-vous de ça ? Quelqu'un aborde Ken au moment où celui-ci glisse le courrier dans la boîte des Mortimer. Il le persuade de se rendre quelque part avec la camionnette. Là, il le tue et cache la camionnette jusqu'à la nuit tombée, et il la ramène ensuite ici.

Hardinger secoua la tête d'un air dubitatif.

— Ma foi, tout est possible.

— Rex, tu vas faire toutes les maisons. Essaie de savoir qui a vu quoi, demande où chacun était hier matin. Certains ont pu parler à Ken, ou remarquer quelqu'un d'autre dans la camionnette. Récolte tout ce que tu peux. Moi, je vais passer voir les Mooney.

CHAPITRE IV

1

Joe partit déjeuner dans sa petite maison de Plum Street, où il habitait malgré les allusions voilées de sa mère Marian Bain et le dégoût non dissimulé de sa fille Miranda, âgée de seize ans, qui était en seconde au lycée. La mère et la fille étaient très fières de Joe, mais elles estimaient qu'il ne se prenait pas suffisamment au sérieux, et que sa situation exigeait une adresse plus prestigieuse. Jusqu'à présent, il avait su résister à leurs arguments, mais la pression ne cessait de monter. Pendant le déjeuner, Miranda se plaignit des deux faux-poivriers qui poussaient dans le jardin devant la maison.

— Ils sont vraiment vilains, et juste trop écartés l'un de l'autre pour que je puisse y suspendre un hamac.

— Je dois dire une chose, fit remarquer Marian Bain. Rien ne peut pousser en dessous. Il y a trop d'huile dans les feuilles, ou c'est peut-être le poivre. Vous vous souvenez de ce qui est arrivé aux zinnias, l'an dernier ?

— Vraiment très triste, dit Joe. Passe-moi la salade.

— Quand nous déménagerons, déclara Miranda, je pense que nous devrions choisir une maison sans ce genre d'arbres.

— Qui parle de déménager ? répliqua Joe. Le toit est étanche et les voisins n'ont pas de chiens : voilà ce que j'appelle une maison idéale.

— C'est une maison miteuse, dit Miranda. Elle est vieille et décrépite. Quand on marche sur le plancher, les fenêtres tremblent. On entend la chasse d'eau à l'autre bout de la maison.

— Allons, fit Joe, tu exagères. Réfléchis, pour une fois ! Le loyer est de soixante-quinze dollars par mois. La maison est confortable, fraîche et calme. Pas d'impôts à payer, pas de pelouse à entretenir, il y a des pêchers et des pruniers dans le petit jardin derrière. Ce serait idiot de vouloir déménager !

— Mais Papa, tu es le *shérif* ! Tu ne te rends pas compte ? Tu dois maintenir les apparences en conséquence. Regarde où habitait le shérif Cucchinello : McClellan Avenue !

— Il avait aussi plus de sang-froid et d'assurance que moi. Allons, soyons raisonnables. Nous pourrions acheter une belle maison avec piscine et une Lincoln Continental, et les remboursements qui vont avec... mais si à la prochaine élection, je me fais battre, qu'est-ce qu'on devient, hein ? Mes seuls talents sont la cueillette de laitues et le poker, et aucune de ces deux activités ne rapporte beaucoup.

— Tu plaisantes, Papa. Tu sais très bien que les gens voteront pour toi.

— À condition que je me tienne bien. Autrefois, on parlait de « préserver sa réputation », et maintenant, il faut « soigner son image ». Imagine que j'apparaisse tout à coup coiffé d'un grand Stetson blanc, au volant d'une décapotable dernier cri, en compagnie de deux ou trois jolies blondes vêtues de dessous noirs. Tu sais ce que les gens vont dire ? « Ah ha, ce shérif Joe Bain, il a dû en toucher, des pots-de-vin ! »

— Moi, je trouve que tu devrais faire ce que tu crois devoir faire, et ne pas te soucier de ce que pensent les gens, dit Marian Bain.

— C'est une très bonne idée, sauf que ça conduit à d'autres problèmes. Prenons Howard Griselda et le *Messenger*, par exemple. Supposons que deux jeunes voyous braquent une station-service, et que Griselda écrive un article là-dessus : si je tire sur les voyous, c'est de la brutalité policière, et si c'est eux qui me tirent dessus, c'est de l'incompétence. S'ils sont mineurs, j'ai laissé se développer la délinquance juvénile. Si ce sont des vieux chevaux de retour, on me reprochera de ne pas les avoir surveillés.

— Ah, mon Dieu ! s'écria sa mère. Tu n'es pas le seul à avoir ce genre de problèmes, mais les autres n'en font pas tant d'histoires.

— Je n'y peux rien, je suis du genre inquiet.

— N'empêche que tu gagnes mieux ta vie maintenant, et que Miranda mériterait d'avoir une belle maison où amener ses flirts.

— Mais c'*est* une belle maison. Est-ce qu'on a besoin de statues en marbre dans le jardin ? À t'entendre, on croirait qu'on habite dans un taudis.

— Ma foi, tu sais comment sont les jeunes filles : elles aiment se mettre un peu en valeur.

— Elle amenait ses amis ici, avant. Il sont devenus snobs, tout à coup ?

— Non, bien sûr. C'est juste que…

— Écoute, le plus raisonnable, c'est de continuer de mettre de l'argent de côté. Et un de ces jours, nous achèterons un terrain et nous construirons une *vraie* maison. En attendant, tu peux arranger un peu celle-ci, peindre le plancher, planter des fleurs et des arbres, faire quelques broderies pour accrocher aux murs.

Marian se contenta de secouer la tête en soupirant. Miranda poussa un gémissement de désespoir et s'enfuit dans le salon. Joe sourit avec mélancolie. Sa fille lui rappelait un peu sa femme qui l'avait quitté quinze ans auparavant pour les beaux yeux d'un grand cow-boy guitariste, et dont on n'avait plus jamais entendu parler. Miranda était tout aussi jolie et vive, mais avec une bien meilleure nature – qu'elle tenait de sa grand-mère, songea Joe, certainement pas de lui… Il termina sa part de tarte à la noix de coco en l'accompagnant d'une bière, ce qui n'allait pas vraiment bien ensemble.

— Il y a eu un meurtre, dit-il à sa mère. Ça s'est passé hier, un jeune facteur. Maintenant, il faut que j'aille voir les parents.

— Ah, c'est affreux… Qui a pu faire une chose pareille ?

— Je finirai bien par le savoir. Jusqu'ici, j'y suis toujours arrivé.

— Qui était ce garçon ?

— Un jeune gars qui habitait au nord d'ici, Ken Mooney.

— Je ne crois pas que je connaisse la famille.

— À ce qu'on m'a dit, c'est une vieille famille du coin. Bon, il faut que j'y aille.

2

Il y avait deux itinéraires possibles pour se rendre au ranch des Mooney : soit sortir de Pleasant Grove par le nord jusqu'à Hankinson Road, puis aller vers Oatfarm Road à l'est, et remonter au nord jusqu'au ranch, soit prendre Valley Boulevard à l'est jusqu'à Galton Ridge Road, puis au nord vers Hankinson et faire un petit crochet pour rejoindre Oatfarm Road.

La maison de Joe étant dans Plum Street, il lui était plus commode de prendre l'itinéraire au nord, par Courthouse Avenue. La périphérie de Pleasant Grove s'étendait encore sur un ou deux kilomètres, avec Spanish Hill qui se dressait sur la droite. Il y avait des petites maisons poussiéreuses, dont certaines étaient ombragées par de grands eucalyptus vert foncé, et également des entreprises commerciales : stations-service, dépôts de ferraille, une usine d'engrais, un entrepôt de fournitures de plomberie, des restaurants aux façades en séquoia et en pierre, un Big Orange, un Frosty Freeze, un Giant Dog. Après une dernière station Bluebell et un dernier Chuckburger à 19 *cents*, la campagne apparut enfin : vergers – pêchers, abricotiers et amandiers –, petites laiteries, vignobles, exploitations maraîchères, champs de luzerne, et parfois un bout de terrain abandonné avec une grange en ruine et une maison à moitié effondrée. Sur la gauche se dressait le Coast Range. Sur la droite s'étendaient des collines brûlées par le soleil, l'extrémité sud des contreforts du Diablo Range.

Joe s'engagea dans Hankinson Road en direction des collines. Les fermes et les vergers devinrent progressivement plus petits et les vignes moins vertes. Joe franchit un énorme aqueduc destiné à l'irrigation, passa devant une sous-station de la compagnie Pacifie Gaz and Electric dont les transformateurs vibraient et bourdonnaient. Un croisement était annoncé, et Joe vit un panneau indiquant l'Agence immobilière Pandora. Agence Pandora… marmonna-t-il. Ce nom lui disait quelque chose, mais quoi ? Il prit Oatfarm Road vers le nord.

Les vergers disparurent et la luzerne devint plus rare. Sur la droite, les collines aux couleurs fauves ondulaient et se fondaient les unes dans les autres, évoquant des formes féminines. De temps en temps, à côté d'une boîte aux lettres, un chemin de terre sinueux s'éloignait vers une vallée. Parfois, un bosquet d'eucalyptus ou de chênes, un moulin, une grange vétuste, témoignaient d'une présence humaine.

Les Mooney habitaient à deux cents mètres en retrait de la route, une maison blanche avec un étage recouverte de bardeaux. Sur le devant s'étendait une pelouse jaunie avec deux citronniers chétifs. Derrière, un poulailler, deux resserres à outils, une citerne et une éolienne. Sur le côté, à moitié ensevelie sous les herbes et les chardons, gisait la carcasse de ce qui avait dû être une limousine noire, une Dodge 1926. Joe se gara à côté de la Chevrolet beige des Mooney qui devait bien avoir cinq ans. Il resta assis un moment, conscient de la désolation qui semblait émaner de la vieille bâtisse. Après s'être assuré qu'il n'y avait pas de chien en vue, il sortit et se dirigea vers la maison, dont la porte s'ouvrit à son approche. Un homme grand et maigre apparut sur le seuil. Il avait un crâne chauve parsemé de taches de rousseur, une couronne de cheveux gris-blond, un front saillant, un long nez et un menton pointu hérissé de poils gris. Il portait un pantalon de velours marron foncé, maintenu par des bretelles sur une chemise d'un bleu délavé.

— Vous êtes Mr Clarence Mooney ?

— Oui.

— Je suis le shérif Joe Bain. Je viens vous voir au sujet de Ken.

— Entrez, fit Clarence en hochant brièvement la tête.

Joe se retrouva dans un salon plongé dans la pénombre.

Une petite femme boulotte aux cheveux gris ébouriffés se tenait pelotonnée dans un fauteuil. Ce devait être la mère de Ken, prostrée sous le choc de la mort tragique de son fils. Deux adolescentes dégingandées étaient assises, droites et raides, sur un vieux canapé rouge violacé. Il y avait peu de meubles : une table ronde en chêne pour les repas, une bibliothèque contenant une vingtaine de livres, et au milieu du mur du fond, un magnifique combiné stéréo-télévision en couleurs flambant neuf – un appareil tellement luxueux qu'il en était presque incongru dans cette pièce. Joe se présenta encore une fois.

— Je suis vraiment désolé de venir vous troubler dans de telles circonstances, dit-il. Je sais ce que vous devez ressentir. Mais je tiens à mettre la main sur le coupable, et pour cela, j'ai besoin de votre aide.

Mrs Mooney baissa la tête et se mit à gémir, les épaules secouées de sanglots. Les deux filles étaient immobiles, comme hypnotisées. Clarence s'approcha de la table à pas lents et tira une chaise pour Joe avant d'aller se placer devant la cheminée.

— C'est une chose que je n'arrive pas à comprendre, dit-il. Non, je ne comprends pas. Tout le monde aimait Ken, il n'avait pas un seul ennemi au monde.

— Quelqu'un devait pourtant lui en vouloir, dit Joe. Suffisamment pour le tuer. Avez-vous une idée de qui ça pourrait être ?

Clarence secoua la tête.

— Non, je ne vois vraiment pas.

D'une voix hachée et tremblante, Mrs Mooney intervint :

— Quelle que soit la raison, ce n'est pas à Ken qu'on en voulait ! Ça devait être à cause du courrier !

Clarence fouilla dans un sac en papier et en retira une petite pincée de tabac qu'il roula entre ses doigts.

— Il manquait quelque chose ? demanda-t-il. De l'argent ? Des paquets ?

— Non, le courrier est absolument intact. Je me demande simplement si Ken ne se serait pas brouillé avec un de ses amis.

Clarence introduisit délicatement la chique dans sa bouche.

— En tout cas, il ne nous en a jamais parlé.

— Ken s'entendait bien avec tout le monde, déclara Mrs Mooney d'une voix un peu plus assurée.

— Que faisait-il de son salaire ?

— Qu'est-ce qu'il faisait de son salaire ? répéta Clarence d'un air étonné. La même chose que tout le monde : il dépensait selon ses besoins, et il mettait le reste de côté.

Joe hocha la tête d'un air entendu.

— Est-ce qu'il lui arrivait parfois de toucher de grosses sommes d'argent ?

Les yeux marron clair de Clarence se voilèrent.

— Qu'est-ce que vous voulez dire par là ?

— Oh, vous savez, dit Joe d'un air dégagé, l'argent est quelquefois à l'origine de ces affaires.

— Je ne sais pas à quoi vous pensez, dit Clarence Mooney, mais si vous soupçonnez Ken de malhonnêteté, vous faites fausse route. Même mourant de faim, mon fils aurait été incapable de voler quoi que ce soit.

— Je n'en doute pas, Mr Mooney, mais nous sommes bien obligés d'envisager toutes les possibilités. Vous ne l'avez jamais vu dépenser son argent de façon, disons, un peu trop insouciante ?

— Non, shérif, absolument pas, répondit sèchement Clarence.

— Vous parlait-il parfois des habitants de Madrone Way ?

— Non, pas beaucoup. Il connaissait Bill Whipple parce qu'ils avaient été au lycée ensemble. En dernière année, il tournait pas mal autour d'une fille – j'ai oublié son nom, mais je sais qu'elle habite dans ce coin.

— Alice Benjamin, précisa l'aînée des filles.

Son père lui lança un regard perçant qui lui fit baisser la tête et voûter le dos.

Joe fit semblant de n'avoir rien remarqué et poursuivit :

— Rien de bien sérieux, j'imagine ?

— Fichtre non. Les Benjamin sont des gens de la haute société, et nous ne sommes que de simples fermiers, bien que nous soyons une des plus anciennes familles de la région. Le nom d'Oatfarm Road vient de ce que mon grand-père avait semé son champ en avoine là-haut.

L'aînée des filles releva la tête et dit précipitamment :

— Ken et Bill Whipple avaient l'intention de se lancer dans une entreprise de transport, si Ken arrivait à vendre Halfway House.

Clarence, l'œil fixé sur le mur devant lequel trônait la télévision, dit sans hausser le ton :

— C'est absurde. Ken ne pouvait pas vendre ce bâtiment. Je le lui avais confié, mais c'est toujours moi qui détiens les titres de propriété.

— Alors, ce projet dont parle votre fille, insista Joe, c'était sérieux ?

Clarence Mooney haussa les épaules.

— De simples paroles en l'air. Ken n'avait pas le premier sou pour le financer. De toute façon, il n'avait pas l'étoffe pour ça. Il était totalement dépourvu de l'instinct carnassier nécessaire pour réussir dans la jungle du monde des affaires.

— Vous dites que vous lui aviez confié Halfway House. Vous voulez parler de cette vieille bâtisse dans Contreras Road ?

— Oui, c'est ça. Mon arrière-grand-père l'a fait construire il y a près d'un siècle. C'était une belle maison, à l'époque. Mais maintenant... (Clarence Mooney secoua tristement la tête.) Elle m'est revenue à la mort de mon frère. Je me suis dit que Ken pourrait la remettre en état, l'exploiter et gagner de l'argent pour nous tous. Mais au lieu de ça, il s'est contenté de petits bricolages.

— C'est pas mal à l'écart dans les collines, dit Joe. Ça fait un sacré chemin pour aller boire une bière.

— C'est justement ce que les gens recherchent, de nos jours. Un endroit comme au bon vieux temps. Vous n'avez qu'à voir le succès des danses et des chansons folkloriques à la télé. Comme s'ils avaient attrapé une sorte de maladie.

— Si vous avez une autorisation de vendre de l'alcool, dit Joe, cette maison a de la valeur. Peut-être dans les dix, douze mille dollars.

— Je le sais bien.

Quand Clarence Mooney parlait d'argent, sa voix prenait un ton différent, presque révérencieux. Mrs Mooney se redressa sur son siège, les deux filles levèrent les yeux au ciel comme des saintes en prière.

— Oui, poursuivit Clarence, il y a dix hectares de terrain autour. Ken voulait vendre le tout pour trois fois rien. Je l'en ai empêché. Tôt ou tard, je trouverai un acquéreur à mon prix.

— C'est bien possible ? Combien en demandez-vous ?

— Quarante... mille... dollars, répondit Clarence en énonçant lentement chaque mot comme s'ils lui laissaient un goût agréable dans la bouche.

— Et Ken, que voulait-il en faire ?

— Ah, là-dessus, on n'a jamais réussi à se mettre d'accord. Il allait y faire un tour de temps en temps, il bricolait un peu à droite à gauche, mais il ne s'y est jamais attelé sérieusement. Il n'avait tout simplement pas le *eutch-eutch-eutch.*

Là, en synchronisation avec ces sons bizarres, Clarence Mooney mima un mouvement de piston avec son avant-bras.

Joe revint à son hypothèse d'un chantage qui pourrait expliquer le meurtre de Ken.

— Est-ce que Ken avait mis de l'argent de côté ? Dans des investissements, ce genre de choses ?

— Il économisait, oui, bien sûr. Mais des « investissements » ? (D'un air méprisant, Clarence montra du doigt le combiné stéréo-télé.) Voilà à peu près le seul investissement qu'il ait jamais réalisé. Un cadeau à sa mère et à ses sœurs. Et à moi.

— Hmm. C'est un beau cadeau.

Mrs Mooney, dont l'attention avait été momentanément distraite du meurtre, se tassa de nouveau dans son fauteuil. Les filles clignèrent des yeux et se raidirent. Clarence grogna en détournant les yeux.

Joe se frotta le menton. Pour l'instant, il n'avait rien récolté d'intéressant. Quelle question poser, maintenant ? L'un d'eux devait bien savoir quelque chose, même s'ils ne s'en rendaient pas compte.

— Son travail lui plaisait ?

— Oui, c'était assez facile, répondit simplement Clarence.

— Il habitait ici avec vous ?

— Oui.

— Si vous n'y voyez pas d'inconvénient, j'aimerais voir sa chambre.

— C'est par là.

— Ne faites pas attention au désordre ! leur cria Mrs Mooney. Je n'ai pas pensé à faire le ménage.

— Ne t'inquiète pas pour ça, Maman, dit Clarence d'une voix creuse.

La chambre de Ken était à l'étage, une pièce minuscule avec un lit, une petite commode et un placard. Sa garde-robe était très banale, sans rien qui puisse évoquer sa personnalité. Au mur étaient accrochées deux photos du club de football du lycée de Pleasant Grove : les joueurs au grand complet, et l'équipe première. Joe s'en approcha pour les examiner. Clarence lui montra Ken, un solide gaillard avec une masse de cheveux brun foncé qui lui cachaient à moitié les yeux.

— Le voilà... À le voir comme ça, qui aurait pu imaginer qu'il finirait aussi mal ?

— Oui, effectivement...

— C'était vraiment un bon garçon... (La voix de Clarence Mooney s'altéra de nouveau.) Si je pouvais tenir entre mes mains celui qui lui a fait ça... (Il inspira profondément.) C'est sans doute idiot de dire ça. Sans doute idiot de dire quoi que ce soit. Les vivants doivent continuer de vivre.

Il désigna un autre joueur, le quarterback, un garçon aux traits bien dessinés qui se tenait au milieu du deuxième rang. Il arborait un large sourire et semblait assez content de lui.

— Lui, c'est Bill Whipple. Il a pu entrer à l'université grâce à une bourse de football. Ken jouait aussi bien, mais vous croyez qu'on lui en a donné une, à lui ? Rien du tout. Dans ce monde, on n'arrive à rien si on ne fait pas plus de bruit que les autres. C'est un monde bruyant. (Il secoua lentement la tête et ajouta tristement :) Ici, dans Oatfarm Road, vous pouvez toujours crier au meurtre, personne ne vous entendra.

— Les choses sont comme ça, dit Joe.

Il ouvrit le placard et fouilla les poches de Ken. Il y trouva un tube de rouge à lèvres et deux pièces de dix *cents*. Les tiroirs de la commode ne contenaient ni lettres ni papiers personnels. Ken était un jeune homme qui vivait au jour le jour.

L'aînée des filles entra timidement dans la chambre avec un album de photos de famille et celui de la terminale du lycée. Joe put voir Ken à tous les stades de son existence : nourrisson au berceau, bébé à quatre pattes, petit garçon, adolescent et adulte. Dans l'album du lycée, la fille de Clarence lui montra d'autres photos de lui. Joe en examina une où le jeune homme était agenouillé sur une marche avec deux jolies filles à côté de lui. En travers de la photo, d'une écriture féminine soignée, étaient écrits les mots : « Pour Ken, qu'on aime ! ». Il y avait deux signatures : « Alice Benjamin » et « Barbara Duncan ».

— C'étaient ses petites amies ? demanda ingénument Joe.

La sœur de Ken eut un petit sourire embarrassé.

— Pas vraiment. Ken n'a jamais eu de relation suivie. Il sortait chaque fois avec une fille différente.

— Il n'y en a jamais eu une qu'il aimait plus particulièrement ?

— Il disait qu'il les aimait toutes, et qu'il n'arrivait pas à se décider.

Joe redescendit au rez-de-chaussée, Mrs Mooney n'avait pas bougé de son fauteuil. La cadette avait allumé la télévision, mais la réception était mauvaise et l'on ne voyait à l'écran que des formes imprécises, comme des fantômes verts, rouges et orange.

Joe sortit et reprit la route vers le sud, dans Oatfarm Road. Il trouvait les collines particulièrement belles et sauvages, et les terres qui s'étendaient à l'ouest semblaient sans limites. Je crois que je suis en train de devenir un amoureux de la nature, marmonna-t-il. Quel soulagement de quitter cette maison sinistre…

3

De retour à son bureau, il trouva Miss Curdy parlementant avec une vieille Mexicaine.

— *¿Que paso?* demanda Joe. Qu'est-ce qui se passe ?

— Elle veut voir un des prisonniers, expliqua Miss Curdy. Comme ce n'est pas l'heure des visites, je lui ai dit non.

— *¡Si, si, si! Quiero hablar a Juan Carminez. ¡Es muy importante!*

— *¿Porque importante?* demanda Joe.

— *Su hijo está en el hospital. Muy enfermo.*

— Attendez deux secondes, dit Joe.

Il alla jeter un coup d'œil dans le bureau du fond et demanda à Ace Wardell :

— Où est Lew Gonzalez ?

— Il est en patrouille.

— Zut. Il y a quelqu'un ici qui parle l'espagnol un peu mieux que moi ?

— Il y a bien Carminez, dans la cage aux fauves.

Joe prit les clés, ouvrit la grille et fit sortir Carminez.

— Il y a une dame qui veut te parler, c'est au sujet de ton fils.

Après un rapide échange à une cadence de mitrailleuse, Carminez expliqua à Joe :

— Elle dit que mon gamin est malade. L'appendicite. Il veut me voir. Je ferais peut-être mieux d'y aller.

— Tu ferais peut-être mieux pas. C'est une prison, ici, pas un hôtel.

— Mais shérif ! C'est juste un petit garçon !

— Désolé, mais tu aurais dû y penser avant de flanquer un coup de couteau à ce type.

Carminez lança à Joe un regard lourd de reproche.

— Je ne pouvais pas savoir que mon gosse allait tomber malade ! Il va peut-être mourir, maintenant !

— Il ne va pas mourir, dit Joe. C'est juste une appendicite. J'ai trois hommes en patrouille, aucun en réserve. Je n'ai personne pour t'accompagner… Bon, d'accord, vas-y, va voir ton fils. Mais reviens ici en vitesse, compris ?

— Oui, shérif.

— Je veux te voir de retour à 18 heures. Il est dans quel hôpital ?

— L'hôpital du comté.

— Très bien. On a dit 18 heures.

— OK, shérif, merci. Je vais faire vite.

— Tu as intérêt.

Joe retourna dans son bureau. Ace Wardell passa la tête hors de son petit compartiment vitré.

— Qu'est-ce que qui se passe ?

— Une sorte d'évasion façon mexicaine. Miss Curdy me prend pour un fou, mais ce n'est pas grave.

— Il va revenir ?

— Pour le moment, j'ai d'autres soucis en tête. De toute façon, il y a trop de Mexicains en prison. On n'est pas à un ou deux près. Tâche de me trouver Kelly.

Ace dit quelques mots dans son micro, obtint une réponse.

— Il est en route.

Joe s'installa confortablement dans son fauteuil, les pieds sur le bureau. Ken Mooney, un facteur apparemment inoffensif, avait été assassiné. Pourquoi ? Comment ? Il appela le Dr Hesketh.

— C'est le shérif Joe Bain, docteur. Quelque chose d'intéressant sur Ken Mooney ?

— Non, pas grand-chose. L'estimation de l'heure du décès reste la même : vers dix heures hier matin, à une heure près. Le premier coup a probablement été fatal. Je dirais que l'arme était un marteau de charpentier ordinaire. Trois bons coups bien assénés, sans violence ni rage particulière.

— Alcool ? Drogues ?

— Non, aucune trace. Tous les organes sont en bon état. Il ne fumait même pas.

— Et pour ce qui est du sang ? Il n'y en avait pas beaucoup, dans la camionnette.

— Il a très peu saigné. Un coup comme celui qui l'a tué – eh bien, disons que ça enfonce une sorte de bouchon d'os et de tissu dans le cerveau. Le cœur s'arrête. Un peu de sang s'écoule des vaisseaux rompus dans l'épiderme, mais ça ne fait pas une grande flaque.

— Ce numéro de *Life* qu'on a trouvé... (là, Joe pensa soudain à une piste qu'il avait négligée)... vous croyez qu'il aurait pu absorber tout le sang ?

— Je pense que oui, mais je ne pourrais pas en jurer devant un tribunal.

— Merci, docteur.

Joe raccrocha. Il prit son stylo en forme de torpille dans le set de bureau en onyx noir que lui avait offert Miranda pour son anniversaire, et il écrivit sur une feuille vierge :

KEN MOONEY
Recenser les abonnements à Life *dans Madrone Way.*
Vérifier les marteaux, rechercher des traces de sang.

Cette affaire était bizarre, songea Joe – pour l'instant, tout du moins. D'après Henry Deardorf et Clarence Mooney, Ken n'avait pas un seul ennemi au monde – ce qui montrait une fois de plus qu'il ne faut pas toujours se fier aux apparences, car il en avait au moins un.

Bill Whipple ? Une possibilité qui venait tout de suite à l'esprit. Bill habitait Madrone Way, et c'était l'un des associés de Ken. Joe fit la grimace, comme s'il avait un mauvais goût dans la bouche. Il ne le connaissait pas, mais il avait du mal à imaginer Bill Whipple en meurtrier au marteau.

Bon, alors… Qui ? Telle était la question.

Joe resta plongé dans ses réflexions jusqu'à l'arrivée de Rex Kelly, un grand jeune homme sympathique au visage carré, aux cheveux châtains coiffés en brosse. Joe considérait que c'était de loin le meilleur homme de son équipe, même s'il manquait encore un peu d'expérience. Il avait une formation universitaire, il était intelligent, il avait de bons contacts avec le public et travaillait avec beaucoup de zèle. Sa seule lacune – un certain manque d'initiative ? d'audace ? – était en réalité une qualité qui en faisait un excellent subordonné. Joe redoutait que Rex Kelly ne se lasse un jour de son poste et aille chercher quelque chose de mieux ailleurs. Des adjoints intelligents et travailleurs, ça ne se trouvait pas sous le pied d'un cheval…

Kelly avait visité chaque maison de Madrone Way.

— J'ai d'abord essayé chez les Shortridge. La boîte aux lettres est juste à l'entrée de l'allée. En général, le facteur fourre simplement le courrier dedans, mais hier, il y avait un colis contre remboursement. Ken a perçu le montant auprès de Marsh Shortridge, qui se trouvait être chez lui. Starr était également là. Mr Sam Shortridge était au magasin, et Mrs Miriam Shortridge chez son coiffeur. Starr affirme ne pas avoir vu Ken. Elle dit qu'elle était en train de lire. Marsh a payé pour le colis, et il a bavardé trente secondes avec Ken, qui est reparti. Marsh n'a rien vu de suspect, pas de passager dans la camionnette. Ken semblait en pleine forme. Personne chez les Shortridge n'avait d'autres remarques à faire. J'ai du mal à me faire une opinion sur Starr. Difficile de dire si elle est insensible, distante ou tout simplement arrogante. C'est une très jolie fille, si on arrive à supporter son expression dédaigneuse. Marsh se marie le mois prochain avec une fille qui habite un peu plus haut dans la rue. Un type assez hautain, qui ne voulait même pas admettre qu'il connaissait Ken. Il en parlait en disant "le facteur".

« Dans la maison voisine, il y a un couple, Thomas et Ethel Taylor, et leurs quatre petits garçons. Il est président de la Caisse d'Épargne de la Vallée. J'ai parlé à Mrs Taylor, qui n'a pas vu Ken. Il a dû simplement mettre le courrier dans la boîte et poursuivre sa tournée.

« Troisième résidence, celle des Benjamin. Guy Benjamin est ingénieur des travaux publics. Il est actuellement en Inde pour un contrat de dix-huit mois. Mrs Benjamin est enceinte jusqu'au cou. Elle a la quarantaine bien sonnée. Une femme au visage glacial. C'est sa fille Alice que Marsh va bientôt épouser. Je ne lui envie pas sa future belle-mère. Alice est en ce moment en Europe, et elle ne rentrera que dans un mois environ. Mrs Benjamin admet qu'elle connaissait Ken de vue, mais elle en parle avec désapprobation – trop familier, trop impertinent. La maison est remplie de crucifix et de statuettes de la Vierge, c'est une catholique pure et dure. Ken s'est contenté de déposer le courrier dans la boîte et elle ne l'a pas vu.

« La maison suivante est celle de Mrs Sally Wagner, trente-sept ou trente-huit ans, pas vilaine, peut-être un peu trop grassouillette. C'est une incorrigible bavarde. C'est là qu'il faut aller si on s'intéresse aux ragots. Elle est divorcée, et son ex-mari habite à Beverley Hills. Je pense qu'elle vit de la pension alimentaire qu'il lui verse. Elle connaissait Ken, et elle trouve que sa mort est une affreuse tragédie. Elle m'a dit que "c'était un très gentil garçon, honnête et spontané". Elle ne l'a pas vu hier. Il a glissé le courrier par la fente de sa porte et il est parti. Elle pense qu'il a dû être tué par un voleur.

« Ses voisins sont Fred et Sheila Whipple, avec leur fils Bill. Mardi matin, Fred était à son travail. Sheila dit qu'en général, quand elle voyait

Ken, elle lui disait bonjour parce que c'était un camarade de Bill, mais ce matin-là, elle l'a juste aperçu. Il lui a semblé terriblement pressé. C'est une femme intelligente mais qui a peu d'instruction, je dirais, et elle est un peu amère en ce qui concerne ses voisins de Madrone Way. J'imagine que les Whipple n'ont pas dû être accueillis à bras ouverts. Bill est à l'université d'État de San Jose, et l'été, il travaille dans la concession Chevrolet de son père, où il s'occupe des ventes d'occasion. Mrs Whipple ne voit vraiment pas qui aurait pu vouloir tuer Ken, et dit que son fils est aussi perplexe qu'elle. Je n'ai parlé ni au père ni au fils.

« La maison suivante est celle de Milo Gentry, qui fait partie du Conseil de surveillance du comté, ce que vous savez déjà, bien sûr. En ce moment, sa femme et lui sont en visite chez leurs petits-enfants dans le Montana. La maison est donc vide, à part la femme de ménage, une vieille Noire, qui m'a dit ne jamais prêter attention au facteur. Elle ne savait même pas qu'il était mort avant que je le lui dise. Elle n'a rien remarqué de bizarre ou de suspect.

« Les voisins suivants sont Caspar Hubman, le directeur du lycée, et son épouse Laura. J'ai bien dû parler dix minutes avec lui avant qu'il daigne même reconnaître qu'il était vivant. C'est un type sentencieux qui se pique d'être un intellectuel. Il ne veut même pas dire s'il connaît Ken ou pas : il prétend que la question n'a pas de sens. Il explique qu'en tant qu'éducateur, il connaît les deux tiers des habitants de Pleasant Grove, mais qu'en tant que simple citoyen, il n'en connaît aucun. Faites votre choix. Mon sentiment est qu'il connaissait assez bien Ken, mais qu'il ne veut pas se trouver mêlé à cette affaire. Sa femme est une de ces passionnées d'artisanat : tissage de tapis, poterie. À propos, c'est la fille de Mrs Bazzarini. C'est peut-être de là que vient l'argent. Leur maison est élégante, pas trop grande – ils n'ont pas d'enfants –, mais pleine de jolis objets. Il est plus facile de parler avec elle qu'avec Caspar l'éducateur, mais elle vous file entre les doigts comme une anguille. Elle dit qu'elle échangeait un bonjour avec Ken, mais enfin, ce n'était que le facteur, et elle ignorait tout de sa vie privée. Ni l'un ni l'autre n'ont entendu ou vu quoi que ce soit de suspect mardi matin. Caspar travaillait (il écrit un livre), et Laura rempotait des plantes. Il est possible que l'un ou l'autre ait fracassé le crâne de Ken.

« Vient ensuite la maison des Mortimer, qui est tellement verrouillée qu'on dirait un coffre-fort. Si Ken y a surpris un cambrioleur, c'était un cambrioleur tellement incompétent que c'en est incroyable.

Joe intervint :

— Et si c'était un gamin en maraude ? Pas un professionnel, mais un jeune voyou dans les quatorze ou quinze ans ?

Rex Kelly haussa les épaules.

— Possible. C'est à la maison des Mortimer que Ken a cessé de distribuer le courrier, ce qui doit signifier quelque chose. J'ai passé le jardin au peigne fin, et il n'y avait pas un pissenlit de travers. Si vous voulez, je peux recommencer. Bon, passons à Mrs Bazzarini. Elle vit seule dans la maison, à part ses infirmières et son chien. Elle avait un fils, mais il est mort dans un accident de voiture. Elle n'a pas l'air d'aimer beaucoup les Hubman, mais il est certain qu'elle aimait bien Ken. Il avait l'habitude d'entrer un moment pour bavarder avec elle. Elle affirme qu'elle sait tout de lui – sa famille, ses petites amies, ses ambitions. Elle ne peut imaginer qu'on ait voulu le supprimer, et c'est d'ailleurs ce que disent tous les autres.

— OK, Rex, bon travail, dit Joe. On dirait que nous avons deux possibilités. Après que Ken a distribué le courrier chez les Mortimer, quelqu'un l'a convaincu de quitter Madrone Way dans sa camionnette, ou quelqu'un l'a tué sur place. Mais il y a aussi ce numéro de *Life* que le meurtrier a glissé sous sa tête pour étancher le sang, et dont il a pris soin de retirer ensuite l'étiquette pour qu'on ne sache pas son nom. Si l'étiquette n'avait pas eu d'importance, j'imagine qu'il ne se serait pas donné la peine de l'arracher. Voilà ce que je voudrais que tu fasses : commence par essayer de savoir quelles familles de Madrone Way sont abonnées à ce magazine, et demande à voir le dernier numéro. Explique-leur que ça te servira à éliminer leur nom de la liste des possibilités, fais ce qu'il faut pour les amadouer. Moi, de mon côté, je vais appeler Deardorf. Les magazines qui se trouvent encore dans la camionnette seront sans doute distribués dans la tournée normale de demain. Je vais lui dire de demander au facteur de vérifier les maisons qui faisaient partie du reste de la tournée de Ken. Il faudra peut-être qu'il établisse une liste des adresses et qu'il les coche en fonction de la distribution de la semaine prochaine. Ça devrait nous permettre de savoir si l'assassin a utilisé son exemplaire personnel, ou s'il en a pris un autre au hasard.

« Ensuite, le Dr Hesketh pense que l'arme du crime pourrait être un marteau – un marteau de charpentier ordinaire. Demande aux résidents de Madrone Way s'ils veulent bien te montrer leurs marteaux. Procède en douceur : dis-leur que tu sais bien qu'ils ne sont pas coupables, mais que tu soupçonnes qu'on a pu le leur voler. Tu rassembles les outils, tu mets des étiquettes pour les identifier, et tu les rapportes pour qu'on puisse chercher d'éventuelles traces de sang. Qui sait, ça pourrait donner quelque chose. Tu as bien tout noté ?

— Oui. Les numéros de *Life*, et vérifier les marteaux.

— Fais attention de ne pas accuser des gens importants. J'ai envie de rester shérif encore quelque temps.

Kelly repartit, tandis que Joe téléphonait au bureau de poste. On lui passa Henry Deardorf.

— Hello, Mr Deardorf. C'est le shérif Joe Bain à l'appareil.

— Oui, shérif. Vous avez du nouveau ?

— Pour l'instant, nous rassemblons les éléments. Vous pourriez m'aider en ce qui concerne le numéro de *Life* qui se trouvait sous la tête de Ken. Je voudrais savoir à qui il a été distribué.

— Là, je ne peux rien pour vous, l'étiquette a été arrachée.

— Voici ce que j'aimerais que vous fassiez. Demain, vous allez distribuer le reste de la tournée de Ken. À cette occasion, demandez à votre facteur de vérifier si des gens n'ont pas reçu leur exemplaire. Qu'il note les adresses des numéros restés dans la camionnette, et la semaine prochaine nous comparerons cette liste à la nouvelle fournée.

— Comment ça ? demanda Deardorf d'un ton méfiant.

Joe répéta ses explications, et le receveur accepta de donner ces instructions à son facteur.

— Ah, au fait, dit Deardorf, je dois vous signaler une chose assez étrange et que je ne m'explique pas

— Oui, Mr Deardorf ?

— Nous avons vérifié le courrier recommandé par rapport à notre registre, et tout était en règle. Mais l'une de ces lettres était destinée à Mrs Benjamin, et Mooney ne l'a pas remise.

— Hein ? Vous pouvez répéter ?

— Il y avait une lettre recommandée pour Mrs Benjamin. Mooney lui a remis les autres lettres, mais pas celle-là, ce qui est bien sûr tout à fait irrégulier.

— Il a pu être préoccupé par autre chose, et l'avoir oubliée ?

— Non, impossible. Il y a un ticket jaune que le facteur ajoute au paquet, justement pour ne pas oublier.

— Hmm, fit Joe. Je vais devoir y réfléchir. Tous ces petits détails bizarres doivent avoir une signification.

— Ma foi, j'espère que vous avez raison.

La conversation prit fin. Joe se cala dans son fauteuil et essaya de raisonner de façon logique. À qui profitait la mort de Ken ? Il n'avait pas d'argent, il ne possédait pas de propriétés, même pas Halfway House. Une histoire de chantage ? Peu vraisemblable, à en croire tous les jugements favorables portés sur son caractère. Un crime passionnel ? La vengeance d'un mari jaloux plutôt que celle d'une femme follement éprise. Le facteur avait-il été tué par erreur ? Quel que fût le mobile qu'on pouvait imaginer, il semblait tiré par les cheveux – et pourtant, il y avait bel et bien un cadavre.

Joe essaya de décider ce qu'il allait faire maintenant. Rex Kelly s'occupait de la question du magazine et du marteau. Bill Whipple était l'étape suivante la plus importante. Joe téléphona à la concession Chevrolet, mais on lui dit que Mr Bill Whipple n'était pas là.

Il téléphona ensuite à son domicile, et il apprit que Bill n'y était pas non plus. Découragé, il contempla le mur en face de lui en se disant que cette affaire présentait tous les signes d'un énorme casse-tête, et qu'il n'avait aucun moyen d'y échapper… Un meurtre avait été commis sur son territoire, et l'on attendait du shérif Joe Bain qu'il procède à l'arrestation du coupable. Il se sentait comme un acteur mort de trac avant la représentation. Quand il avait réussi à élucider l'énigme des meurtres de Fox Valley*, il avait été salué comme un expert en criminologie, un génie de la déduction – des compliments qu'il avait modestement écartés. Howard Griselda, propriétaire et rédacteur en chef du journal de Pleasant Grove, le *Messenger*, ne s'était pas joint à ce concert de louanges. C'était un Écossais à la mine austère, aux sourcils perpétuellement froncés, qui jouait à fond son rôle de

---

* Cf. *Un plat qui se mange froid*, publié par Spatterlight Press, 2017.

journaliste local. Pour lui, les éditoriaux incisifs, les croisades et les campagnes courageuses, étaient un mode de vie. Griselda soupçonnait Joe d'une certaine élasticité morale, et en ce moment même, il devait vigoureusement tirer sur sa pipe en essayant d'imaginer comment le meurtre de Ken pourrait être attribué aux dysfonctionnements des services du shérif.

Joe se passa nerveusement la main dans sa tignasse brune. Il fallait absolument qu'il obtienne des résultats, ou sinon…

Il jeta un coup d'œil à sa montre : 16 h 30. Il restait un aspect de la vie de Ken Mooney à explorer : Halfway House.

Joe informa Ace Wardell de sa destination, et dit très poliment à Miss Curdy qu'il serait absent pour le reste de l'après-midi. Elle lui sembla encore plus revêche que d'habitude – elle m'en veut encore pour la permission de sortie que j'ai accordée à Juan Carminez, songea Joe. Bon, qu'elle boude tant qu'elle voudra, du moment qu'elle fait son travail. Si ça ne lui plaît pas, elle peut toujours se présenter aux prochaines élections et devenir shérif à ma place…

CHAPITRE V

1

Joe prit la route de Jordan, vers l'ouest. À quinze kilomètres de la ville, Contreras Road traversait les contreforts montagneux – une portion de l'ancienne route des diligences qui reliait Monterey à Vallejo et à Sonoma. Sur deux ou trois kilomètres, elle longeait le cours du Contreras Creek qui obliquait ensuite vers le sud pour rejoindre le Genesee Creek. La route s'enfonçait alors dans une forêt de séquoias au feuillage assez dense pour bloquer les rayons du soleil. Peu après, quand la forêt fut un peu plus clairsemée, Joe vit sur la droite une allée gravillonnée qui le mena, au bout d'une centaine de mètres, à une vieille bâtisse en bois de séquoia et en pierre. Au-dessus de la terrasse, soutenue par des piliers, il y avait une galerie d'où pendait une enseigne aux teintes fanées. On pouvait y lire, en lettres d'or sur fond noir :

➤ HALFWAY HOUSE ◄

RELAIS DE POSTE HISTORIQUE

Bières — Vins — Spiritueux

BONNE CUISINE
CHAMBRES

Il y avait trois portes à double battant sur la terrasse, mais seule celle du bar montrait des signes d'utilisation récente. Joe descendit de voiture et inspecta la façade : le bâtiment avait certes besoin d'être retapé, mais avec un peu d'argent et d'huile de coude, cela ne devrait pas être insurmontable. L'opinion de Clarence Mooney sur son fils était peut-être justifiée... Joe se dit que s'il en était propriétaire, il s'attellerait à la tâche avec amour. Les vitraux des portes, par exemple, étaient de très grande qualité, et devaient dater du début du siècle. Non, ce n'était pas une simple bicoque…

Joe vit s'approcher un vieil homme corpulent aux cheveux grisonnants et au faciès de bouledogue. Il était vêtu d'un pantalon marron et d'une chemise kaki, et coiffé d'un vieux chapeau de toile tout cabossé.

— Salut ! Vous êtes le shériff ou l'adjoint ?

— Je suis le shériff Joe Bain.

— Enchanté. Je suis Wilbur Baker, c'est moi le gardien, ici.

Les deux hommes se serrèrent la main.

— Vraiment belle, cette vieille maison, dit Joe. Mais vous ne devez pas avoir beaucoup de clients, j'imagine.

— Non, c'est vrai. Plus maintenant. On a pratiquement fermé, peut-être pour toujours. J'y ai vécu de bons moments, du temps de la Prohibition. J'étais encore un gamin, à l'époque.

— Ah, moi, je n'ai pas connu ça. Vous avez travaillé pour Ken, à ce qu'on m'a dit ?

— Je lui donnais juste un petit coup de main. L'an dernier, j'ai fait marcher le bar, ça mettait un peu de beurre dans les épinards. Mais j'ai fini par en avoir marre. Je ne sais pas ce que Ken a en tête. C'est un gentil garçon et tout, mais il n'a pas l'air bien fixé. (Wilbur Baker jeta un regard en coin vers la voiture officielle.) Qu'est-ce qui vous amène par ici, shériff ?

— J'enquête sur un meurtre. En fait, Ken Mooney a été assassiné.

Wilbur Baker ouvrit de grands yeux.

— Vous voulez dire… Ken ? Il est mort ?

— Tout ce qu'il y a de plus mort.

— Ah ben ça, alors ! C'est incroyable… Qui a fait ça ?

— Je ne sais pas, répondit Joe. Cette affaire n'a ni rime ni raison. J'ai pensé venir ici pour vous poser quelques questions.

— Oui, bien sûr. Je dois dire que ça me secoue… Imaginez un peu ! Ken ! Qu'est-ce qui lui est arrivé ?

— Quelqu'un lui a tapé sur le crâne à coups de marteau. Il semblerait que ce soit un de ses amis.

Wilbur Baker lâcha un juron.

— Vous parlez d'un ami !

— Vous les connaissiez, ses amis ?

— Non, non, Ken n'était pas de ma génération. En tout cas, ce que je peux dire, c'est qu'il était très correct avec moi. C'était facile de s'entendre avec lui, plus qu'avec moi, certainement.

— Il venait souvent ici ?

Wilbur Baker réfléchit en plissant les yeux.

— Après la mort de Charley Mooney, il est venu assez souvent. Il voulait retaper la maison, remettre les affaires en route. Mais il n'a jamais pu trouver l'argent nécessaire. Pendant quelque temps, il est venu tous les week-ends. Il a vidé la maison de tout le bazar, il a repeint, remplacé les carreaux cassés. Il a réparé la piste de danse, et il a même installé un grand miroir tout neuf derrière le bar. Ça a dû lui coûter un paquet, et il s'est vraiment donné beaucoup de mal. Il avait un copain qui l'aidait.

— Qui ça ?

— Bill quelque chose. Un jeune gars qui n'avait pas froid aux yeux, le genre à croire qu'il sait tout. C'était lui le chef, il disait à Ken ce qu'il fallait faire et comment, et il l'engueulait quand ça n'allait pas comme il voulait. Moi, ça ne m'a pas plu, alors je suis parti.

— Et ce Bill, c'était le seul de ses amis à l'aider ?

— Oui, je crois bien. Ces six derniers mois, Ken n'est plus venu très souvent – deux ou trois fois, peut-être. À mon avis, il n'avait plus un sou.

Joe regarda sa montre. Il tenait à rentrer chez lui à temps pour le dîner.

— Si ça ne vous dérange pas, j'aimerais jeter un coup d'œil à l'intérieur.

Wilbur Baker haussa les épaules.

— Bien sûr que ça ne me dérange pas, si vous croyez que ça peut vous aider.

— Dans ce genre d'affaires, on ne sait jamais.

Ils gravirent les marches de pierre. Wilbur défit un cadenas et poussa les battants de la porte donnant sur le bar. L'acajou du mobilier luisait dans la pénombre, et le grand miroir installé par Ken était impressionnant. La salle était remplie de souvenirs, vieilles photos et bibelots. Il y flottait une odeur agréable, un mélange de vieux bois, de vieille cire, de vieux whisky et de bière éventée. On aurait cru percevoir de faibles échos de musique et de rires d'autrefois, des tintements de glaçons dans les verres : des fantômes du passé. Joe inspira profondément et secoua la tête. Ce genre d'endroit l'attirait, lui inspirait une nostalgie du bon vieux temps. Ici, à Halfway House, il y avait plus que ça. La maison n'était pas morte, elle possédait encore de la vitalité : elle ne demandait qu'à revivre. Joe imaginait déjà les voitures garées devant la terrasse, les guirlandes d'ampoules multicolores scintillant au-dessus de la piste de danse, avec peut-être un orchestre de quatre musiciens…

Par terre, contre un mur, était posée une caisse contenant une douzaine de bouteilles de champagne vides. Joe dit à Wilbur Baker :

— On dirait que vous avez des goûts de luxe.

— Hein, quoi ? Ah, ça. Non, ce n'est pas moi. Je ne bois pas. C'est ce qui reste d'une fête que Ken a organisée l'automne dernier. Ah, non, bon sang… C'était plutôt un peu avant Noël. Il avait amené sa petite amie – un joli brin de fille, je dois dire –, et un autre couple. Ils ont allumé un grand feu, bu du champagne et fait la nouba jusqu'au petit matin. Dieu sait ce qui a bien pu s'y passer… Moi, je n'étais pas invité.

— Hmm. Ken en organisait souvent, des fêtes de ce genre ?

— Comme celle-là, jamais.

— Qui était l'autre garçon ? Ce « Bill » dont vous m'avez parlé ?

— Oui, c'est ça. Mais n'allez pas croire que je les ai espionnés. Vous seriez étonné à quel point je sais ne pas me mêler des affaires des autres.

— C'est une excellente attitude, dit Joe, même si, dans le cas présent, ça m'aurait bien rendu service que vous soyez un peu plus curieux.

Il alla jeter un coup d'œil dans la salle à manger et le hall. D'après Wilbur Baker, il y avait à l'étage dix chambres et deux salles de bains. Joe aurait aimé effectuer une visite plus approfondie, mais le soleil était déjà caché derrière les montagnes et il commençait à se faire tard.

Il ressortit de l'auberge et contempla un instant le bâtiment. Tout cela valait-il quarante mille dollars ? Peut-être pas. De nombreux travaux étaient nécessaires : refaire la plomberie et l'électricité, remplacer le mobilier, sans doute installer une cuisine moderne… Tout cela coûtait beaucoup d'argent. Joe fit un rapide calcul de tête : dix hectares de terres, environ quatre mille dollars. Une autorisation de vente d'alcool, dix ou douze mille. Ce qui mettait la valeur du bâtiment proprement dit à vingt-cinq mille dollars. Joe fit une grimace dubitative. De fait,

pour ce prix-là, il serait impossible d'en reconstruire un à la place...
du moins si on prenait soin d'utiliser de bons matériaux, comme
autrefois. La malédiction de l'âge moderne : matériaux médiocres,
pensée médiocre, gens médiocres... Dans les supermarchés, la viande
était éclairée par des lampes rouges ; les haut-parleurs diffusaient de la
musique pour vous faire trottiner dans les allées et acheter n'importe
quoi. Sans parler des brasseries qui faisaient des cannettes avec trois
centilitres de moins, histoire de priver l'honnête buveur de sa dernière
gorgée. Au temps jadis, quand les seigneurs cupides vous prenaient
votre or, c'était du brigandage honnête, et sans rancune. Maintenant,
c'était du vol à la petite semaine, mesquin et hypocrite. D'une main, les
grandes compagnies vous faisaient les poches, et de l'autre, elles vous
grattaient le dos. Elles appelaient ça leur « image publique ». Bon, tout
ça n'avait rien à voir avec lui. Quand le juge disait : « Trente jours »,
Joe faisait en sorte que le prisonnier fasse bien ses trente jours – qu'il
en ait pour son argent, en quelque sorte... Enfin, c'est ce qu'il faisait
en général. Il se demanda si Carminez était bien rentré. Avec un peu
de chance, Howard Griselda n'entendrait pas parler de l'incident...
Joe remonta dans sa voiture. Demain, ou au plus tard après-demain, il
reviendrait pour examiner les lieux plus en détail, jeter un coup d'œil
dans la cuisine et dans les chambres. Cet endroit avait l'air confortable.
Mais quarante mille dollars ? Oui, peut-être, pour un antiquaire ayant
les moyens. Pour ce prix-là, on pouvait s'acheter une bonne dose de
romance – un mot dont Clarence Mooney ignorait probablement le
sens. À vingt-cinq mille dollars, ça pourrait être une bonne affaire. S'il
possédait une somme pareille, il pourrait envisager de faire une offre...
Non, c'était une idée absurde...

— J'y vais ! lança-t-il à Wilbur Baker. Si quoi que ce soit vous revient
en tête, passez-moi un coup de fil.

L'homme s'approcha en frottant son menton râpeux.

— Je n'ai plus de raison d'être ici, maintenant que Ken est mort. Je
pense que je vais rester jusqu'à ce que quelqu'un me dise de partir.

— C'est le père de Ken qui a les titres de propriété, dit Joe. Il va sans
doute vous contacter.

2

Le trajet de retour vers Pleasant Grove lui donna l'impression de passer d'un univers à un autre. À Halfway House, même la meurtre de Ken avait semblé lointain et irréel… Joe repensa à Juan Carminez et contacta le QG par radio. Il apprit que le Mexicain n'était pas encore rentré, et que Miss Curdy se permettait des remarques sarcastiques.

— Dis à Miss Curdy d'aller voir dans le lac si j'y suis.

— Dis-le-lui toi-même, répliqua Ace Wardell. C'est toi le shériff, pas moi… Ah, voilà Carminez qui arrive. Bon sang, dans quel état ! On dirait qu'il revient de la guerre…

— Je serai là dans un quart d'heure. Préviens chez moi que j'ai été retenu.

— Entendu.

Quand Joe arriva à son QG, Carminez avait réintégré sa cellule, et Miss Curdy, qui s'apprêtait à quitter le bureau, était au téléphone.

— … Juan Carminez ? Il est dans sa cellule. Mais oui, j'en suis sûre. Il vient juste de…

Joe travers la pièce d'un bond et lui arracha le combiné des mains.

— Shériff Bain, à l'appareil. Que se passe-t-il ?

Une voix féminine surexcitée retentit à son oreille.

— Ils disent que c'est Juan Carminez qui a frappé mon fils. Je dis que non, Carminez est en prison. Ils disent qu'il ressemblait drôlement à Juan. Je veux savoir, Juan Carminez est en prison ou pas ?

— Juan Carminez est dans sa cellule, déclara Joe. Que s'est-il passé ?

— Je ne sais pas. Ils m'appellent de la Fiesta, vous connaissez ?

— Oui, oui, dit Joe d'une voix creuse, je connais l'endroit.

— Ils disent que Carminez est entré, il a jeté un coup d'œil et il est allé frapper mon fils. Si ça n'est pas Carminez, qui est-ce ?

— Eh bien, madame, je vais enquêter. Voulez-vous porter plainte contre Juan Carminez, pour qu'il soit jugé par un tribunal ?

Il y eut un silence, puis d'une voix hésitante :

— Vous dites qu'il est en prison ?

— Absolument. Cellule 10. Venez ici, vous verrez par vous-même.

— Mais alors, qui a frappé mon fils ?

— Y a-t-il des témoins ?

La voix se fit de nouveau plus aiguë :

— Mon garçon dit que c'est Juan. Il dit que Juan Carminez est venu le frapper en disant : « Espèce de fils de pute, qu'est-ce que tu dis de ça ? » Et mon garçon, il lui a flanqué son poing dans la figure en disant : « Et toi, ça te plaît, ça ? » Et alors, Juan Carminez lui a flanqué un coup avec un gros camion en plastique, et il a dit : « Et ça, qu'est-ce que t'en dis ? » Et il est parti.

— Je vois. Votre fils l'a identifié comme étant Juan Carminez ?

— Il dit que c'est Juan Carminez.

— Comment s'appelle votre fils ?

— Ramon Aguilar.

— Envoyez-le-moi, je lui montrerai Carminez dans la cellule 10.

Nouveau silence.

— Votre fils avait-il bu, Mrs Aguilar ? demanda Joe poliment.

— Oui, peut-être... Je lui dis que ce n'est pas bon pour sa santé. Il boit de la bière et du whisky tout le temps, je n'arrive pas à l'en empêcher. C'est mauvais pour lui, ça lui coûte de l'argent. Il ne s'arrête pas.

— Dites-lui que le shérif Bain lui conseille d'arrêter de se soûler, ou sinon, il pourrait bien se retrouver dans une cellule à côté de celle de Juan Carminez.

— Entendu, shérif, je lui ferai la commission. Vous savez, ce n'est pas vraiment un méchant garçon, c'est juste qu'il aime boire de la bière.

Joe raccrocha. Miss Curdy, encore debout au milieu de la pièce, le regardait avec une expression indéchiffrable. Joe secoua la tête d'un air dégoûté et se rendit dans le bloc des cellules. Juan Carminez passa le nez entre les barreaux.

— Alors, Juan, comment va ton gamin ?

— Je crois que ça va bien, maintenant, mais il était drôlement malade...

— Avoue que c'est bizarre. Mrs Aguilar dit qu'un type qui te ressemble a frappé son fils avec un jouet en plastique, un camion.

Carminez plissa les lèvres d'un air pensif.

— Elle s'est peut-être trompée.

— Tout ce que je peux dire, Juan, c'est que tu as réussi un joli coup. Miss Curdy me prend pour un fou, et Mrs Aguilar croit que je dirige un club de vacances. Si je l'écoutais, je te ligoterais avec des grosses chaînes pour que tu ne puisses plus aller cogner son fils Ramon.

Juan réussit à esquisser un pauvre sourire.

— Ne croyez pas tout ce qu'on vous raconte, shérif. Ce Ramon Aguilar, il cherche à me faire des ennuis.

— Oui, peut-être. N'empêche, Juan, tu m'as beaucoup déçu. Demain, je vais demander à Miss Curdy de venir te parler.

— Ne vous inquiétez pas, shérif, ne vous donnez pas tout ce mal. Je suis vraiment un bon gars.

— Je suis heureux de te l'entendre dire. Je veux que tu passes ta nuit à remuer des pensées vertueuses. Je veux que tu pries pour que Ramon Aguilar n'ait pas trop mal au crâne. Et je veux que tu aies ce même air d'innocence blessée quand Howard Griselda sera là.

Juan Carminez haussa les épaules, prêt à accepter les moindres caprices de Joe.

— Je ferai comme vous voudrez, shérif.

Joe rentra chez lui et se laissa tomber dans un vieux fauteuil en osier, une cannette de bière à la main. De la cuisine flottait une odeur de corned-beef et de choux. De la salle de bain provenait le bruit de la douche mêlé aux bêlements d'un quatuor vocal à la mode : un son exaspérant, mais paradoxalement réconfortant. Ce n'était peut-être le cas nulle part ailleurs, mais ici, il régnait une atmosphère de normalité.

Joe but une deuxième bière, et même le meurtre de Ken Mooney lui sembla moins troublant. Mystérieux et déconcertant, certes, mais il n'y avait pas de quoi s'affoler. Le moment venu, les pièces du puzzle s'emboîteraient, et tout serait résolu : il n'aurait plus qu'à arrêter le coupable.

Malgré le regard réprobateur de sa mère, Joe décapsula une trois-ième cannette.

— Je vais servir un bon dîner dans trois minutes, dit-elle, et je ne veux pas que tu viennes à table complètement éméché. Ton père m'a suffi.

— « Éméché » ? Avec deux malheureuses cannettes de bière ? C'est ridicule.

— Trois cannettes, et Dieu sait combien tu en avais déjà bu en ville. Miranda, à table ! … Miranda, qu'est-ce que tu fais ?

— Je m'habille… à moins que tu ne préfères me voir arriver drapée dans une serviette de bain ?

— Dépêche-toi ! Ah, mon Dieu, j'ai oublié le raifort ! Ton père va piquer sa crise.

Au bout de quelques minutes, Miranda demanda à Joe, avec une certaine impertinence, s'il avait quelque chose de nouveau et d'intéressant à raconter.

— Oh, pas grand-chose. Juste un meurtre, et tu n'as probablement jamais rencontré la victime. Il était plusieurs années au-dessus de toi au lycée.

— De qui s'agit-il ?

— Un jeune gars du nom de Ken Mooney.

— Il y a une Mooney en troisième.

— C'est sa sœur.

— Oh, comme c'est triste. Qui l'a tué ?

— J'aimerais bien le savoir. Tu connais sans doute Alice Benjamin et Starr Shortridge ?

— Je les connais de vue. Elles sont deux classes au-dessus de moi.

Marian Bain intervint :

— Tu ne veux pas dire que la famille Shortridge est impliquée dans cette affaire ?

— Je ne veux rien dire du tout. Je ne sais rien, mais je finirai bien par découvrir le coupable.

— Tu as toujours été un enfant déterminé, dit Marian Bain. Jamais je n'oublierai cette fois où tu voulais absolument avoir un vélo, et où tu as écalé toutes ces noix.

— Ce vélo, je ne l'ai jamais eu.

— Ton père était un vaurien, aucun doute là-dessus. Mais il avait aussi ses bons côtés.

— Essayer de compléter une quinte n'en était pas un. En fait, on dit que c'est à cause de ça qu'il s'est fait poignarder.

Marian Bain prit un air réprobateur. Joe n'était pas censé parler de la mort violente de Blacky Bain devant Miranda.

— Ma foi, enchaîna Joe, tout ça, c'est de l'histoire ancienne. À ce propos, ça vous plairait de diriger un vieil hôtel ?

— Qu'est-ce que tu veux dire ?

— Je me suis arrêté devant Halfway House, aujourd'hui, dans Contreras Road. J'ai vu que c'était à vendre.

— Tu nous fais marcher, dit Marian Bain. Je suis sûre que tu nous fais marcher.

— Oui, sans doute. C'est un endroit vraiment charmant, une bâtisse ancienne sur dix hectares plantés de magnifiques séquoias. Elle a besoin de travaux – il faudrait nettoyer, changer les vitres, les rideaux, l'ameublement, enfin tu vois le topo.

— Mais qui voudrait aller dans Contreras Road pour y passer la nuit ? demanda Miranda. Pourquoi ne pas rester chez soi, tout simplement ?

— Les gens qui habitent à San Francisco et à San Jose, par exemple. Les vieilles auberges de campagne ont beaucoup de succès, de nos jours, surtout quand on peut y acheter de l'alcool.

Marian Bain secoua la tête.

— Ah, non, l'alcool, j'en ai assez vu pour toute une vie.

— Voyons, Grand-mère, protesta Miranda, c'est juste un vieil hôtel. Je suis déjà passée devant. Il y a une belle salle à manger à l'ancienne, et des chambres qui donnent sur un grand balcon. Ça a l'air vraiment bien. On pourrait avoir des chevaux, une piscine et un court de tennis.

— Oui, fit Joe. Sans oublier un terrain de golf, des hors-bord et une grande roue comme dans les fêtes foraines.

— Ne sois pas bête, Papa !

— Effectivement, Joe, renchérit Marian, ne sois pas bête. C'est irréaliste.

— Je t'assure que ça n'a rien d'impossible. C'est un investissement. J'ai pensé que vous pourriez gérer le restaurant et l'hôtel. Pour le bar, on embaucherait quelqu'un, bien sûr.

— Grand-mère pourrait s'en occuper, dit malicieusement Miranda. Et moi, je serais barmaid.

— Il n'en est pas question ! Tous ces buveurs et ces fêtards ? Ce n'est absolument pas un endroit où élever une jeune fille.

— Je ne suis pas si jeune que ça ! Réfléchis ! Tu pourrais servir du corned-beef aux choux, et faire des tartes aux mûres.

— Je pense que ça marcherait bien, dit Joe. Les gens aiment venir dans des endroits calmes pour se détendre. Pas de juke-box, pas de télé, peut-être un peu de danse le samedi soir, mais rien d'autre.

Marian sourit avec nostalgie.

— C'était comme ça, autrefois. J'avais dix, onze ans quand nous sommes allés en vacances dans l'Idaho. Je n'oublierai jamais ces merveilleux endroits où nous passions la nuit. Je suis triste quand j'y pense : toutes ces auberges ont été détruites, j'imagine.

— Halfway House est le même genre d'hôtel. Il faut seulement beaucoup de travail pour le remettre en état.

Marian pinça les lèvres.

— Le travail ne me fait pas peur, Joe, tu le sais bien. Mais il faudrait que je me fasse une idée par moi-même avant d'aller plus loin. Un tel projet pourrait se révéler épuisant.

— Moi aussi, je travaillerais, dit Miranda. J'adorerais ça. Je demanderais même à mes amis de donner un coup de main, ils seraient ravis. Qu'est-ce que ce serait amusant !

— Je vois tout à fait le genre de coup de main qu'ils donneraient, répliqua sèchement Marian Bain. Surtout ce jeune Gilpepper. Je n'ai aucune confiance en lui. Il a un air fuyant.

— Oh, Grand-mère ! Warren est agaçant, mais il est gentil. Il me bat aux échecs. Il bat tout le monde aux échecs.

— Ce n'est pas avec les échecs qu'il va gagner sa vie. Dis-moi, Joe, ils en veulent combien, de cette maison ?

— Le propriétaire en demande quarante mille dollars.

— Quarante mille dollars, répéta Marian en ouvrant de grands yeux. Et c'est toi qui nous prêches de faire des économies ? Comment peux-tu même imaginer de dépenser autant d'argent ? Même si tu avais cette somme ?

— C'est à ça que servent les banques, dit Joe. Je suis shérif, horriblement mal payé malgré une augmentation, mais n'empêche, douze cents dollars par mois, c'est mieux que rien.

— C'est plus que ce que ton père et moi pouvions gagner en un an.

— Autre chose, poursuivit Joe. Je n'ai pas l'intention d'y mettre quarante mille dollars. Clarence Mooney sautera de joie si je parle de, disons… vingt-cinq mille.

— Ça me semble vraiment très risqué, Joe, alors que tout va si bien maintenant…

— Ha ! Moi qui croyais que vous mouriez d'envie de quitter cette vieille bicoque !

— Oui, d'une certaine façon, mais c'est une autre sorte de maison que j'avais en tête, pas un projet aussi fou que ceux de ton père. Tu lui ressembles beaucoup, par certains côtés.

— Papa, allons la voir, cette maison, tu veux bien ? intervint Miranda.

— Ce soir ?

— Tout de suite.

— Demande à ta grand-mère si elle veut y aller.

— Oh, je veux bien venir pour la promenade en voiture, mais c'est tout. Je ne vais pas faire de visite à une heure pareille.

— Bon, fit Joe, allons-y.

3

Wilbur Baker sortit en bougonnant de sa cabane et enclencha l'interrupteur principal.

— Pensez à couper le courant et fermer à clé en partant. Moi, je retourne me coucher.

— Merci beaucoup, Mr Baker.

Miranda entra dans le bar et regarda autour d'elle avec admiration.

— On se croirait exactement dans les années 20. On imagine très bien les gens dansant le charleston et le shimmy.

— Ta grand-mère pourrait t'en dire plus que moi sur ce sujet. Je crois savoir qu'elle dansait sacrément bien le cake-walk.

— Jamais de la vie, répliqua Marian Bain. C'était déjà démodé de mon temps. Nous dansions le fox-trot et la valse, et aussi le tango. J'étais une très bonne danseuse. Évidemment, on ne dirait pas à me voir maintenant.

— Vas-y, dit Joe, fais-nous quelques pas de valse dans la cuisine. Elle n'a pas l'air trop mal. Elle est même propre.

— Je suis étonnée, dit Marian Bain, vraiment étonnée. C'est bien une cuisinière à bois que je vois là ? Mais oui, effectivement. Je ne vois pas de réfrigérateur.

— Nous installerions un équipement moderne, dit Joe. On remplacerait aussi le carrelage.

— Ce n'est pas difficile, assura Miranda. Je peux le faire moi-même. Des carreaux jaunes et blancs, ce serait parfait. Et je peindrais les murs en jaune aussi. Et le plafond en bleu ciel.

— Le marron foncé est plus raisonnable, dit Joe. Comme ça, on ne voit pas la saleté.

Marian Bain se retourna, scandalisée.

— Tu es bien la première personne à m'accuser d'avoir une cuisine sale.

— Non, non, je ne t'ai accusée de rien. Je disais simplement que s'il y avait des saletés…

— Peu importe. L'essentiel, c'est qu'il n'est pas question qu'on peigne ma cuisine en marron foncé ou en noir. Ah, regarde ces grandes fenêtres ! Ce serait l'endroit idéal pour mes violettes d'Afrique.

Pendant ce temps, Miranda s'était précipitée dans la salle à manger.

— Elle n'est pas terrible, dit-elle quand son père et sa grand-mère l'eurent rejointe. Je crois que nous devrions mettre des nappes à carreaux rouges et bleus et des bougies sur les tables, comme à l'Isola Bella à Monterey. Ici, je peindrais les murs en blanc, et j'accrocherais quelques tableaux. Des Picasso, ce serait bien.

— Sois raisonnable, dit Joe. Nous ne voulons pas couper l'appétit à nos clients.

— Papa, tu n'es qu'un barbare. Tu n'as aucun sens artistique.

— C'est fort possible… Venez, le hall d'entrée est par là.

Miranda fouilla derrière le comptoir et trouva un vieux registre tout poussiéreux.

— Regardez un peu ça ! s'écria-t-elle. Ça remonte au commencement des temps ! (Elle se mit à feuilleter le registre en remontant le fil des années.) 1930 – 1928 – 1924. Voici la page du samedi 21 juillet 1924 : « Mr et Mrs Albert Hall, Walnut Creek », « Mr et Mrs Henry Jones, San Francisco », « Mr et Mrs William Clark, San Jose », « Mr et Mrs John Wilson, Oakland ».

— Des tas de Jones, Smith et Wilson, dit Joe avec un petit sourire.

Il regarda la page la plus récente, qui était datée du 19 décembre de l'année précédente : *Ken Mooney et…* Là, il y avait un gribouillis comme si quelqu'un lui avait arraché le stylo des mains pour griffonner *Theda Bara*.

Au-dessous, quelqu'un d'autre avait écrit *Rudolph Valentino* et *Mae Murray*.

Joe examina attentivement les signatures.

— Les amis de Ken semblent avoir un robuste sens de l'humour.

— Il a dû donner une petite fête ici, décréta Miranda.

— Ça m'en a tout l'air, dit Joe. Une réception très élégante, à en juger par le nombre de bouteilles de champagne qu'ils ont bues.

Il feuilleta les autres pages, sans rien trouver qui puisse l'intéresser. Sa mère décida qu'elle en avait vu assez, et ils retournèrent à la voiture.

— Alors, qu'est-ce que tu en penses ? lui demanda Joe.

— Je n'ai pas de conseil à te donner. C'est ton argent et ta responsabilité.

— Je sais bien, mais c'est toi qui t'en occuperais. Moi, je ne pourrais pas.

— Eh bien… ne prenons pas de décision précipitée. Je pense que tu devrais examiner l'endroit beaucoup plus en détail.

D'un ton dégagé, Miranda intervint :

— J'aurais probablement besoin d'une voiture pour aller en classe, mais de toute façon, il nous en faut une autre. Une Volkswagen, peut-être, ou bien…

— Je savais qu'il y aurait un problème, dit Marian Bain.

— Il y a un car de ramassage scolaire qui ne passe pas très loin, dit Joe. Sans doute un peu plus bas dans Contreras Road.

— Ah, ces affreux petits cars, protesta Miranda. Il n'y a que les ballots et les gamins qui les prennent. Tous les autres ont leur voiture personnelle.

— N'es-tu pas de celles dont on suit l'exemple ? Lance une nouvelle mode, un mouvement anti-automobile.

— Mais j'ai *besoin* d'une voiture !

— Oui, à peu près comme moi j'ai besoin d'une épouse.

— Oh, Papa ! fit Miranda absolument dégoûtée.

— Ne t'inquiète pas, Miranda, dit sa grand-mère. Il n'a même pas encore divorcé de la précédente.

— Ma *précédente* ? Tu veux dire ma *première* !

— Je ne vois vraiment pas le rapport avec le fait que j'aie une voiture.

— Pour commencer, tu es trop jeune. Deuxièmement, c'est trop dangereux et c'est trop cher. Troisièmement, je m'y oppose. Et quatriè-mement, tu n'en as pas besoin parce qu'il y a toutes les chances pour que Halfway House ne soit qu'un rêve irréalisable.

Miranda se réfugia dans un silence boudeur. Au bout d'un moment, Marian Bain demanda :

— À qui ça appartient, au juste ? Ou tu me l'as peut-être déjà dit ?

— Je t'avais parlé de Ken Mooney, le jeune gars qu'on a retrouvé le crâne fracassé. Eh bien, Halfway House appartient à sa famille.

— Hmmf… Qui l'a tué, à ton avis ?

— Je n'en ai pas la moindre idée. Plus j'y réfléchis, plus je m'y perds. Pour préserver ma santé mentale, j'ai arrêté d'y réfléchir.

— J'aimerais bien que tu sois un peu sérieux, de temps en temps.

— Mais je *suis* sérieux. Cette affaire est un mystère. Demain, il faut que j'enquête vraiment plus à fond, mais pour ça, malheureusement, je vais devoir interroger tous les gros bonnets qui habitent dans cette rue. Une perspective qui ne me réjouit guère. Je vais peut-être confier ce travail à Miss Curdy. Quand tu seras grande, Miranda, et que tu seras arrêtée par la police, évite de te faire envoyer à Tehachapi. Miss Curdy a été jugée trop tendre, là-bas. Ça donne une bonne idée de ce que doit être l'équipe en place.

— Si Miss Curdy est aussi épouvantable que ce que tu dis, pourquoi ne pas la renvoyer, tout simplement ? demanda Marian Bain.

— Je n'ai personne d'autre pour faire le boulot. Tiens, pourquoi pas toi ? Ce n'est pas très sorcier, il y a juste à remplir des imprimés et fouil-ler des femmes saoules, en leur flanquant peut-être une ou deux baffes de temps en temps.

— Quelle idée !

Joe sourit.

— On dirait que Miss Curdy n'a pas de souci à se faire pour son poste.

Chapitre VI

1

Le lendemain matin, Joe se mit en route pour aller interroger les résidents de Madrone Way.

La propriété des Shortridge se trouvait à une centaine de mètres en retrait de la rue, au bout d'une allée en forme de S. Ce fut Miriam Shortridge en personne qui vint lui ouvrir.

— Oui ?

— Mrs Shortridge ? Je me présente : Shériff Joe Bain. Puis-je entrer ?

— Bien sûr. Vous venez sans doute enquêter sur le meurtre.

Elle le conduisit dans un vaste salon décoré dans le style connu sous le nom de « Provincial français ».

— Asseyez-vous, je vous en prie.

C'était une belle femme d'une cinquantaine d'années qui consacrait manifestement beaucoup d'efforts à son apparence. Ses cheveux étaient soigneusement coiffés, son teint était clair et son visage lisse. Elle se montrait polie, mais sans cordialité.

— Ce que j'aimerais que vous me disiez, Mrs Shortridge, c'est tout ce que vous savez qui pourrait avoir un rapport avec la situation. Par exemple, avez-vous jamais observé Ken Mooney bavardant avec quelqu'un dans la rue ? Est-il arrivé qu'il vous fasse une remarque particulière ? Tout ce que vous pourrez me dire a des chances d'être utile.

— Je ne connaissais pas ce pauvre garçon, répondit-elle. Je ne sais rien de lui ni des circonstances de sa mort.

— Je m'en doutais un peu, mais il arrive qu'une personne observatrice remarque quelque chose qui lui semble sortir de l'ordinaire.

— Je suis navrée, mais je ne peux vraiment rien vous dire.

— Votre fils ou votre fille le connaissaient-ils ?

— Il vaudrait mieux le leur demander.

— Vous, vous ne savez pas ?

— Je crois que Marshall a connu Ken Mooney au lycée, et Starr aussi, sans doute. Je n'imagine pas un instant qu'ils l'aient considéré comme un ami.

— On m'a dit que, mardi matin, Mr Shortridge était au magasin et que vous-même étiez au salon de beauté, c'est bien ça ?

— J'étais effectivement chez mon coiffeur, répondit-elle d'une voix neutre, et Mr Shortridge était à son bureau.

— Êtes-vous abonnée à *Life*, Mrs Shortridge ?

— Ma foi, oui. (Mrs Shortridge semblait intriguée.) Pourquoi cette question ?

— Je préfère ne pas vous l'expliquer pour l'instant. Pourriez-vous me montrer le numéro que vous avez reçu mardi dernier ?

Mrs Shortridge traversa la pièce pour aller prendre un magazine sur une table en noyer sculpté.

— Je crois que c'est le plus récent.

Joe le retourna pour lire l'étiquette d'adressage collée au dos. Tout semblait en règle.

— Merci beaucoup, Mrs Shortridge. Marsh est-il à la maison ?

— Je vais l'appeler.

Elle quitta la pièce, et Joe en profita pour jeter un coup d'œil autour de lui : meubles anciens, tapis d'Orient, tableaux sur les murs, pendule ancienne sur la cheminée, rayonnages remplis de livres soigneusement rangés… Marsh Shortridge entra. C'était un jeune homme au visage rond et assez plat, avec un petit nez, une petite bouche, des yeux assez écartés, des cheveux châtain clair, et une expression semblable à celle de sa mère.

— Oui, shérif ?

— J'aimerais parler de Ken Mooney avec vous, Mr Shortridge.

— J'ai bien peur de ne pas pouvoir vous être d'une grande utilité.

— On ne sait jamais. Dans une enquête pour meurtre, nous devons fouiller dans toutes sortes de recoins afin de dénicher des informations, et vous êtes un de ceux-là.

Marsh haussa les sourcils d'un air intrigué.

— Je vais évidemment faire de mon mieux pour vous aider.

— Vous connaissiez bien Ken Mooney ?

— Suffisamment pour lui dire bonjour. Je ne l'ai pas vraiment revu depuis que nous avons quitté le lycée.

— Saviez-vous que Bill Whipple était l'un de ses amis ?

Marsh haussa les épaules d'un air profondément dédaigneux.

— Bill Whipple, Ken Mooney…

Il n'en dit pas plus.

— Bill Whipple est-il un de vos bons amis ?

— Non.

— Je vois… Bien. Avez-vous une théorie, ou même une simple idée concernant le meurtre ?

— J'imagine que ce doit être l'œuvre d'un fou homicide. J'ai cru comprendre que le courrier était intact.

— C'est une possibilité, bien sûr, mais qui ne colle pas avec les faits. Après le meurtre de Ken, la camionnette est restée cachée toute la journée, et amenée ensuite tout au bout de Madrone Way pendant la nuit. Cela laisse à penser qu'elle était cachée quelque part dans la rue… et donc que c'est un de ses habitants qui est l'assassin.

Marsh eut un petit sourire tranquille.

— La plupart des gens qui habitent ici sont de bons citoyens, shérif. Des conservateurs d'excellente réputation. À une ou deux exceptions près, bien sûr, mais je ne peux pas imaginer qu'un habitant de Madrone Way ait pu tuer Ken – quelle qu'en soit la raison.

— Supposons par exemple qu'il y ait eu quelque chose dans le courrier susceptible de détruire la réputation de quelqu'un – disons, un colis éventré d'où s'échappent quelques grammes de cocaïne ? Ou une carte postale comportant un texte compromettant, que Ken aurait lu ?

Marsh réfléchit soigneusement avant de demander :

— N'est-ce pas un peu hypothétique, tout ça ?

Joe le regarda avec étonnement.

— Oui, bien sûr que c'est hypothétique. Comment faire autrement ? Je ne dispose d'aucun élément, et j'essaie donc d'en faire émerger quelques-uns.

Marsh haussa les épaules.

— Je ferai tout mon possible pour vous aider.

— Vous avez vu Ken mardi matin, je crois.

— Oui, il m'a apporté un colis contre remboursement. Quelques livres. Je l'ai payé, et c'est tout.

— Vous deviez combien ?

— Dix dollars soixante-sept *cents*. (Marsh fronça les sourcils.) Maintenant que j'y pense, il s'est passé quelque chose de bizarre. J'ai commencé à lui faire un chèque, et il m'a demandé de le payer en liquide. Je lui ai dit que je n'avais pas cette somme sur moi. Il m'a alors demandé de faire un chèque de dix dollars et de lui donner le reste en petite monnaie, ce que j'ai fait.

Joe resta songeur un instant.

— Deardorf, qui a récupéré l'ensemble des colis et des lettres recommandées, ne s'est plaint d'aucune irrégularité. Je pense donc que de ce côté-là, tout a fini par s'équilibrer. Ma foi, on verra. Votre sœur est-elle là ?

— Je vais l'appeler, dit Marsh qui s'empressa de quitter la pièce.

Quelques instants plus tard, Starr entra dans le salon. Elle portait un pantalon noir, un chemisier en jersey gris et des sandales. Elle s'approcha d'une démarche nonchalante.

— Je ne sais pas du tout qui a tué Ken Mooney, déclara-t-elle à Joe. Je ne le connaissais que de vue, et je ne lui ai jamais adressé la parole. Je n'ai jamais entendu personne exprimer de la haine à son égard. Je ne sais pas s'il avait une relation amoureuse avec… ma foi, avec qui que ce soit.

— Avez-vous entendu des rumeurs ?

— Non.

— Asseyez-vous donc, dit Joe. De vous voir danser d'un pied sur l'autre, ça me donne le tournis.

Starr faillit répliquer, mais elle se ravisa et s'assit sur le canapé avec un petit sourire en coin.

— Revenons-en aux rumeurs, dit Joe. Quelqu'un a tué Ken Mooney. Que vous le connaissiez ou non, que vous ayez eu ou non de la sympathie pour lui, cela n'a aucune importance. Il a été assassiné, et l'assassin pourrait tuer quelqu'un d'autre si nous n'arrivons pas à l'attraper. Les rumeurs, les ragots, nous aideront peut-être à le démasquer.

— Ce que je m'apprêtais à vous dire ne mérite même pas le

qualificatif de « ragot ». Ce n'était rien de plus qu'une remarque sarcastique.

— Allez-y, dites-moi. J'ai besoin de savoir le genre de gens à qui j'ai affaire.

— C'est tout à fait insignifiant – une chose qu'Alice Benjamin m'a confiée, pour plaisanter. Sa mère n'aime pas Mrs Wagner qui, disons, manque de raffinement, et qui est parfois... très spontanée. Mrs Benjamin est particulièrement à cheval sur les principes. Elle trouvait Mrs Wagner beaucoup trop familière avec Ken. Voilà pour le ragot.

— Je vois. Rien d'autre sur Ken ?

— Je me souviens seulement de ce qu'on disait sur lui au lycée. Il avait la réputation d'être un coureur de jupons, et de ne pas être trop regardant dans ses choix.

Joe hocha la tête.

— Connaissez-vous bien les autres habitants de Madrone Way ?

— Pas très, déclara la jeune fille en reprenant son air distant.

— Alice Benjamin ?

— C'est une exception.

— Bill Whipple ?

— Très peu.

— Marsh est fiancé avec Alice, à ce qu'on m'a dit.

— Oui, dit Starr avec un frémissement presque imperceptible des lèvres.

— Le mariage est prévu pour quand ?

— À l'automne.

Joe eut l'impression que son interlocutrice ne tenait pas à parler de ce sujet.

— D'après vous, qui a tué Ken ?

— Je pourrais vous répondre Bill Whipple, fit Starr en haussant les épaules, mais c'est seulement parce qu'ils se connaissaient. C'est une raison tellement insuffisante pour le soupçonner que je ne l'évoque pas sérieusement.

— Êtes-vous jamais sortie avec Ken ?

Starr regarda Joe fixement un instant, emplie d'une indignation et d'un dégoût trop forts pour être exprimés par des mots. Elle dit enfin :

— Non. Si c'est tout ce que vous vouliez me demander…

Joe prit congé et s'éloigna lentement dans l'allée. Apercevant au passage Manuel, le jardinier et homme de peine des Shortridge, il lui demanda si, le mardi matin, il avait vu la camionnette postale garée quelque part dans la propriété.

Manuel secoua lentement la tête.

— Pas un endroit pour garer une camionnette.

— Peut-être sous les arbres, ou derrière un buisson, quelque chose comme ça ?

Manuel haussa les épaules.

— Vous me montrez où.

Joe jeta un coup d'œil de chaque côté de l'allée.

— Je me disais que vous le sauriez peut-être…

Sans un mot, Manuel se remit à sa tâche.

Joe rejoignit Madrone Way. Le parcours de golf était de l'autre côté. Des joueurs avaient pu remarquer quelque chose d'intéressant. Encore un travail pour Rex Kelly, ou peut-être pour Fay Insley.

2

Joe poursuivit son chemin dans Madrone Way, en longeant sur sa gauche le haut mur de pierre qui entourait la propriété des Shortridge. Ce mur remontait ensuite jusqu'au sommet de Spanish Hill, laissant place à une pelouse en pente douce. Au bout de la pelouse se dressait une maison en stuc blanc coiffée d'un toit de tuiles rouges.

Joe alla sonner à la porte. Mrs Ethel Taylor, une jeune femme rousse au visage constellé de taches de rousseur, vint lui ouvrir. Il aperçut derrière elle, dans le vestibule dallé, deux vélos, un tricycle, trois gants de base-ball et une batte.

— Oui ? demanda-t-elle d'une voix aussi claire et enjouée que sa physionomie.

— Je suis le shériff Joe Bain, Mrs Taylor. Puis-je entrer ?

— Si vous êtes prêt à prendre le risque de traverser tout ce bazar. Je n'ai pas encore eu le temps de mettre de l'ordre.

— J'ai vu pire, dit Joe.

Mrs Taylor l'emmena dans un salon dont le mobilier était plus fonctionnel qu'esthétique. Joe s'assit sur un fauteuil en toile tandis que la maîtresse de maison se perchait sur le bras du canapé.

— Vous devez vous douter de la raison de ma visite, dit Joe.

Mrs Taylor prit soudain une expression inquiète.

— Qu'est-ce qu'ils ont fait, encore ?

— C'est en rapport avec le meurtre de Ken Mooney.

Mrs Taylor se détendit.

—Je connais si bien mes petits diables que rien ne saurait me surprendre. Quand j'ai vu votre mine, je me suis dit : « Aïe, cette fois, ils ont vraiment dû faire quelque chose d'horrible ! »

— Non, fit Joe, pas à ma connaissance. Étiez-vous à la maison mardi matin ?

— Oui. Mon mari était à son bureau. Il travaille à la Caisse d'Épargne de la Vallée, comme vous le savez sans doute. J'ai hâte que l'école reprenne. Mes enfants ne sont pas méchants. Ce sont simplement des garçons, et ils trouvent toujours le moyen de me rendre folle.

— Vous connaissiez Ken Mooney ? Vous lui parliez de temps en temps ?

— Pas vraiment. Je ne le connaissais que de vue, et il semblait un jeune homme très sympathique.

— Mardi matin, avez-vous remarqué quoi que ce soit qui sorte de l'ordinaire ?

— Avec mes quatre garçons, shériff, je ne vois que ça. Mais à part la tornade habituelle, je n'ai rien vu ni entendu.

— Votre mari n'était pas là, vous me l'avez dit. Et vos enfants ? Quel âge ont-ils ?

— Jeffery a dix ans, Miles, huit, Peter, six et Craig, trois. Craig commence juste à courir avec les autres, ce qui signifie que je dois courir moi aussi. Cela étant, je dois dire que Jeff et Miles ont un bon sens des responsabilités. Pete est une vraie peste avec son petit frère. Il sent la concurrence.

— Ont-ils remarqué quelque chose d'inhabituel mardi dernier ?

—Je ne pense pas. Ce jour-là, ils tenaient un stand de limonade dans la rue. Je crois qu'ils m'ont dit que l'homme qu'on a assassiné leur devait dix *cents*, si bien que maintenant, ils ne récupèreront jamais leur argent. Ce sont de vrais petits monstres sans cœur. Au lieu de penser à ce pauvre Mr Mooney, ou à sa malheureuse femme, tout ce qui les intéressait, c'était leur pièce de dix *cents* !

— Ils sont en train d'acquérir le sens des affaires, voilà tout, dit Joe. Je ferais peut-être mieux de leur parler. Ils sont quelque part dans les parages ?

— Ils doivent être derrière la maison, en train de construire quelque chose...

Jeff et Miles furent convoqués : deux solides petits gaillards aux cheveux roux, en tee-shirt et jeans.

— Les garçons, expliqua leur mère, voici le shériff Bain. Il veut vous poser quelques questions. Écoutez attentivement, et dites-lui exactement ce qui s'est passé.

— Tu veux dire pour le gars qui s'est fait tuer ?

— Répondez simplement aux questions du shériff.

— J'ai cru comprendre, dit Joe, que Ken Mooney est mort sans avoir réglé ses dettes.

Ils lui lancèrent un regard dubitatif. Jeff, l'aîné, dit enfin :

— Il nous devait dix *cents*.

L'histoire parvint à Joe sous la forme d'un concours de rhétorique entre Jeff et Miles, arbitré par Mrs Taylor. Le mardi matin, ils avaient installé un petit stand de vente de limonade sur le trottoir, en face de l'entrée du Country Club. En arrivant dans Madrone Way, Ken s'était arrêté pour réorganiser ses paquets de lettres, et Jeff lui avait proposé sa marchandise. Après un bref échange, Ken avait accepté de boire un verre, mais à crédit parce qu'il n'avait pas de monnaie, juste un billet de dix dollars. Mais comme il devait recevoir un paiement un peu plus loin, il avait promis de payer sa dette en revenant. À ce stade du récit, Jeff s'arrêta un instant pour ménager le suspense. Miles voulut insérer le dénouement, mais son frère se retourna vivement vers lui en criant :

— Qui c'est qui raconte l'histoire, toi ou moi ?

— Allons, les garçons, ne vous disputez pas, intervint leur mère. Jeffery, tu as eu ton tour, alors laisse Miles en raconter aussi une partie.

Joe regarda Miles.

— Alors, il ne vous a pas payé quand il est revenu ?

— Il n'est pas revenu du tout ! hurla Jeffery.

— Tu as dit ma partie ! brailla Miles.

— Jeffery, ce n'était pas très gentil de ta part, le gronda Mrs Taylor. Qu'est-ce que tu dirais si Miles te faisait la même chose ?

— Il me fait des trucs comme ça toute la journée !

— Juste deux secondes, dit Joe. Permettez-moi de placer un mot. Vous dites que Ken Mooney n'est pas reparti de Madrone Way ? Ou sa camionnette ? Ou les deux ?

— On n'a revu ni Ken ni la camionnette !

— Vous en êtes absolument sûrs ?

— Ben oui ! Il nous devait dix *cents* !

— Combien de temps êtes-vous restés à votre stand ?

— Jusqu'à quatre heures et demie. C'est l'heure où on a le droit de regarder la télé.

— Et à l'heure du déjeuner ? Vous n'êtes pas retournés à l'intérieur pour manger ?

— Pour que quelqu'un nous vole notre limonade ? Ah ça non !

— Je leur ai apporté des sandwichs et du lait, expliqua Mrs Taylor. J'ai pensé qu'ils avaient besoin d'un peu d'encouragement.

— Ils étaient tous au beurre de cacahuète, dit Miles avec une grimace de dégoût. J'aime mieux ceux au thon. Ou des hamburgers. Miam !

— Vous n'êtes que des enfants gâtés, dit Mrs Taylor. Est-ce que vous savez ce que les petits enfants ont à manger, en Inde ? Juste un peu de riz tous les jours !

— J'aime bien le riz, déclara Jeffery.

— Qu'est-ce que vous avez vu d'autre, les enfants ? demanda Joe.

— Rien. D'où on était, on ne pouvait pas voir le reste de la rue. Il a dû se faire tuer juste après !

— Oui, c'est ce que je pense aussi. Il y avait quelqu'un avec lui, dans la camionnette ?

— Personne.

— Il avait l'air inquiet, nerveux ?

— Non, pas du tout. Il était comme d'habitude, à rire et à dire des blagues.

Joe n'en apprit pas plus. Mais maintenant, c'était sûr : Ken avait été tué dans Madrone Way. Quelque part le long de Madrone Way, la camionnette avait été cachée, et puis, pendant la nuit, quelqu'un l'avait conduite jusqu'au bout de la rue et l'y avait abandonnée.

Autre point intéressant : Joe savait à présent pourquoi Ken avait insisté pour que Marsh lui donne ces soixante-sept *cents* en petite monnaie – pour pouvoir rembourser sa dette aux gamins. Bon, les choses progressaient...

Au moment de partir, il se ravisa et demanda à Mrs Taylor si elle était abonnée à *Life*.

— Oui, bien sûr. C'est un magazine distrayant, et on y apprend même parfois des choses intéressantes.

— Puis-je voir le dernier numéro que vous avez reçu ? Celui qui est arrivé mardi ?

Mrs Taylor sembla intriguée.

— Jeffery, va vite chercher le dernier numéro de *Life*. Il est posé à côté du bureau de ton papa.

— Je m'en occupe, dit Miles.

— Non, c'est moi, déclara Jeffery en écartant son frère d'une bourrade et en se précipitant hors de la pièce.

Il revint presque aussitôt avec le magazine. Joe le retourna, jeta un coup d'œil à l'étiquette, feuilleta quelques pages et le rendit à Mrs Taylor en la remerciant.

3

Les Benjamin habitaient une jolie maison grise et blanche de style colonial, au milieu d'un jardin impeccablement entretenu. Mrs Benjamin, vêtue d'une ample robe de grossesse bleu clair et d'un cardigan bleu marine, arrosait, gantée de blanc, une pelouse récemment semée. C'était une femme de haute taille aux traits fortement marqués. Elle avait des cheveux blonds mêlés de gris, qu'elle ne se souciait apparemment pas de teindre. Joe, qui n'était pas expert en la matière, estima qu'elle devait en être à son sixième ou septième mois. Mrs Benjamin lui lança un bref coup d'œil avant de reporter son attention sur son arrosage. Ainsi donc, ce spécimen à l'aspect si rébarbatif avait donné naissance à la ravissante Alice... Dans sa jeunesse, Grace Benjamin avait peut-être été belle elle aussi, songea Joe, mais d'une beauté glaciale...

— Mrs Benjamin ? dit-il de sa voix la plus charmeuse.

— Oui ? fit-elle en daignant enfin s'apercevoir de sa présence.

— Je suis le shériff Joe Bain. J'aimerais vous poser quelques questions.

— À quel sujet ?

— Cela concerne la mort de Ken Mooney.

Mrs Benjamin resta silencieuse, et Joe crut un instant qu'elle allait refuser de lui répondre. Elle finit par couper l'eau, et après avoir consulté sa montre, elle déclara :

— J'ai rendez-vous avec mon médecin dans très peu de temps, mais je peux vous accorder quelques minutes.

— Je vous remercie, Mrs Benjamin.

Joe jeta ostensiblement un coup d'œil vers la maison, mais Mrs Benjamin n'avait apparemment pas l'intention de l'inviter à l'intérieur.

— Eh bien, reprit-il, avez-vous vu Ken Mooney mardi matin ?

— Non, je me trouvais dans le jardin derrière la maison. Il a déposé le courrier dans la boîte et il a poursuivi son chemin. Je crois que je n'ai même pas remarqué la camionnette.

— Je vois. Dans une enquête sur un meurtre, Mrs Benjamin, je suis obligé de poser des questions qui, dans d'autres circonstances, pourraient sembler indiscrètes ou déplacées. Je m'en excuse par avance. Au fait, avez-vous une théorie personnelle sur cette affaire ?

— J'ai pensé qu'il devait s'agir d'un voleur, quelque chose de ce genre.

— Les éléments dont nous disposons pointent dans une autre direction. Je crois comprendre que votre fille Alice a connu Ken au lycée ?

— Elle le connaissait, en effet.

— Lui est-il arrivé de sortir avec lui ?

Mrs Benjamin lui lança un regard glacial.

— Non. Absolument pas.

— Vous a-t-elle parfois parlé de lui ?

— Non, je ne crois pas qu'elle l'ait jamais fait.

— Il y a une chose qui m'intrigue. Mardi dernier, Ken avait une lettre recommandée pour vous, et il ne vous l'a pas remise. Voyez-vous une explication ?

Grace Benjamin réfléchit un instant.

— C'est peut-être parce que j'étais derrière la maison, et je n'aurai pas entendu la sonnette. Pourtant, en général, elle est assez forte. Ou bien le facteur était pressé. Vous devriez demander à Mrs Wagner, elle le connaissait beaucoup mieux que moi, conclut-elle avec un petit air pincé.

— Elle était en termes amicaux avec Ken ?

— Vous feriez peut-être mieux de lui poser directement la question.

Joe eut un petit rire forcé.

— Ce n'est pas ainsi qu'on procède aux interrogatoires, Mrs Benjamin. Je suis ici pour recueillir des informations qui me permettront, le moment venu, de procéder à une arrestation. Imaginons, bien que ce soit très improbable, que Mrs Wagner soit coupable. Il est évident qu'elle se garderait bien de me dire quoi que ce soit qui me permette de la confondre. Pour obtenir ces informations, je dois donc me tourner vers ses amis et ses voisins.

Grace Benjamin eut un bref sourire.

— Mrs Wagner a ses particularités, certes, mais il serait absurde de la soupçonner d'un meurtre. Et par ailleurs, j'ai horreur des ragots.

— Ce ne sont pas des ragots que je cherche, mais des faits. Pour ce que vous en savez, à quel point Mrs Wagner et Ken Mooney se connaissaient-ils ?

— Elle l'invitait quelquefois à prendre une tasse de café ou une glace.

— Comment le savez-vous ?

Nouveau petit sourire.

— Mrs Wagner a la voix qui porte. Quand elle demande : « Du lait et du sucre ? », j'en déduis qu'elle sert du café. Quand elle propose : « Sauce au chocolat ou nature ? », j'imagine qu'il s'agit d'une glace.

— Hum, hum... L'avez-vous jamais entendue proposer autre chose à Ken ?

— Non.

— On m'a dit que votre fille allait épouser Marsh Shortridge.

— Oui, en septembre.

— Quand revient-elle d'Europe ?

— Vers la fin du mois d'août. Mr Benjamin les avait invités à passer leur lune de miel en Inde, mais Marshall a refusé, je ne sais pourquoi. À la place, j'ai offert à ma fille un séjour en Europe. Ce sont ses derniers moments de liberté.

Joe fut étonné du ton cynique de Mrs Benjamin, Elle poursuivit rapidement

— Les Shortridge sont une merveilleuse famille, naturellement, et Marshall est un excellent parti. Je suis très heureuse pour ma fille.

— Mr Benjamin revient-il pour le mariage ?

— C'est très peu probable. Mais qu'est-ce que tout cela a à voir avec la mort de ce facteur ?

— Sans doute rien. Pour l'instant, je tâtonne, tout simplement.

Mrs Benjamin jeta un coup d'œil à sa montre.

— Une dernière chose, dit Joe. Êtes-vous abonnée au magazine *Life* ?

— Oui, dit-elle en le regardant froidement. Pourquoi cette question ?

— Puis-je voir le numéro de cette semaine ?

Mrs Benjamin fronça les sourcils, puis elle dit en haussant les épaules :

— Il est dans la maison. Si vous voulez bien me suivre ?

— D'accord, si cela vous convient mieux.

Elle gravit lentement les marches, ouvrit la porte et ils entrèrent. On voyait tout de suite que Mrs Benjamin était une maîtresse de maison accomplie : les meubles étaient soigneusement encaustiqués, l'argenterie étincelait et les tapis semblaient avoir été tout récemment brossés. Sur le piano à queue était posé un cadre en argent avec la photo d'Alice, prise apparemment lors de la remise des diplômes.

— Ah, dit Joe, c'est sans doute votre fille ?

— Oui.

— Je crois l'avoir déjà aperçue en ville. Ma fille l'a connue au lycée.

— Ah, vraiment… Tenez, voici le magazine.

Joe jeta un coup d'œil à la couverture, désormais familière, puis à l'étiquette, et comme précédemment, il fit semblant de le feuilleter avec intérêt. Mrs Benjamin l'observait avec une curiosité détachée.

— Puis-je savoir ce que vous cherchez ? demanda-t-elle.

— Je comprends votre question, Mrs Benjamin, mais pour l'instant, je préfère ne pas vous répondre. C'est juste une petite idée à moi.

— Je vois. Mais maintenant, je suis assez pressée, et par conséquent, vous voudrez bien m'excuser…

— Très certainement. Je vous remercie pour votre aide.

4

Sally Wagner habitait la maison la plus moderne de Madrone Way, un cottage d'un seul niveau avec une façade en bois de séquoia et de grandes baies vitrées offrant une large vue sur les environs, en particulier sur la clôture qui cachait la maison des Benjamin, à l'exception des fenêtres de la chambre à l'étage. Sally Wagner était une femme d'environ trente-cinq ans, vive, futée, prolixe, affable, et totalement dépourvue de tact. La moins séduisante de ses caractéristiques était sa voix. Elle parlait d'un ton nasillard et rauque comme si ses sinus étaient congestionnés. Une frange de cheveux noirs lui cachait presque les yeux, abondamment fardés. Elle portait une veste écarlate, un pantalon noir très moulant, et des sandales blanches. Au global, se dit Joe, exactement le genre de femme pour susciter la plus extrême désapprobation chez Grace Benjamin…

C'est d'ailleurs ce que Sally dit elle-même :

— Si vous avez discuté avec Mrs Benjamin, vous en avez sans doute entendu de belles sur mon compte. Elle pense que j'irai tout droit en enfer. Je fume, je bois, je danse – bref, je m'en fiche complètement.

— Mrs Benjamin ne l'a pas tout à fait exprimé ainsi, dit Joe avec diplomatie.

— Non, évidemment, déclara Sally Wagner d'un air méprisant. Son truc à elle, c'est plutôt de faire des petites allusions et de secouer la tête d'un air pincé. Le pauvre Guy Benjamin ! Il accepte ces longs chantiers à l'étranger uniquement pour éviter de rester chez lui. Je suis vraiment étonnée qu'il l'ait mise enceinte. Il a passé les vacances de Noël ici, et donc ça colle : croyez-moi, j'ai compté.

Joe ne put s'empêcher de sourire. Il se cala confortablement dans son fauteuil. Malgré sa voix nasillarde, Sally Wagner contrebalançait agréablement l'atmosphère glaciale de la maison des Benjamin.

— Je vais vous ouvrir une cannette de bière, proposa-t-elle. Ça doit donner chaud de parler à toute une bande de femelles.

— Ma foi, voyons un peu... J'ai parlé à une, deux, trois, quatre, cinq femmes, vous y compris, et à un homme et deux garçons. Vous avez raison, ça fait une majorité de femelles...

— Qu'est-ce que vous avez appris – pour autant que vous ayez appris quelque chose ?

— J'ai maintenant la certitude que Ken a été tué dans Madrone Way. Dites-moi, vous n'aviez pas parlé d'une bière ? Je ne devrais pas quémander comme ça, mais vous avez raison, je meurs de soif.

Sally partit dans sa cuisine en trottinant, et en revint avec un grand verre dans lequel elle versa de la bière.

— Tenez. Ça a l'air tellement bon que je vais en prendre une, moi aussi.

Quand elle revint quelques instants plus tard, elle enchaîna :

— Bon, alors. J'imagine que vous voulez me demander si j'ai tué Ken Mooney. La réponse est non. Pauvre Ken. Il était doux comme un agneau, si gentil, si innocent... Pas très ambitieux, mais si tout le monde était amiral, qui est-ce qui ramerait ?

— Vous le connaissiez donc bien ?

Un éclair apparut dans les yeux noirs de Sally – amusement ou colère, Joe n'aurait su le dire.

— Je tiens à vous dire une chose – les sales insinuations auxquelles ma voisine se livre ne sont que ça, des saletés. Ken me rappelait une époque passée. C'était agréable de l'écouter parler. Je l'invitais de temps en temps à boire un café. Quelquefois, il acceptait, et d'autres fois, non.

— Et mardi ?

— Je ne l'ai pas vu du tout. Il a simplement mis mon courrier dans la boîte et il est reparti en vitesse.

— Quelle est votre opinion sur ce meurtre ?

— Franchement, shérif, je suis dans le brouillard. Ça paraît tellement absurde, idiot... Complètement irréel !

— Il n'a jamais évoqué des ennemis qu'il aurait pu avoir ?

— C'est à peine s'il connaissait la signification de ce mot. D'un autre côté, il n'avait pas d'amis très proches. Il connaissait Bill Whipple qui habite plus bas dans la rue, bien sûr. Sa vie chez ses parents devait être vraiment horrible. Si vous saviez toutes les histoires qu'il m'a racontées sur la radinerie de son père... Un vrai grippe-sou ! Vous savez sans doute qu'il appartient à une très vieille famille de la région ?

— Oui, c'est ce qu'on m'a dit. Au fait, tant que j'y pense, êtes-vous abonnée à *Life* ?

— Ah, non, pour rien au monde ! (Avec une grande véhémence, Sally Wagner exprima son opinion sur Henry Luce.) Pourquoi me demandez-vous ça ?

— C'est en lien avec un élément apparu au cours de l'enquête.

Sally se mit à sauter sur sa chaise comme un cabri.

— Je parie que je sais ! Il y avait un magazine sous sa tête, non ?

— Oui, effectivement, mais comment le savez-vous ?

— C'est Laura Hubman qui me l'a dit. L'infirmière de sa mère, celle qui a trouvé le corps, lui a raconté tous les horribles détails.

— Ma foi, oui, c'est bien pour ça que je m'y intéresse. Que savez-vous de vos voisins, les Whipple ?

— Je les fréquente très peu. Sheila Whipple est une femme qui sait ce qu'elle veut dans la vie. Je suis sûre que c'est elle qui a poussé son mari à s'installer dans Madrone Way. Fred Whipple est un type ordinaire qui travaille beaucoup, et qui aime bien aller à la chasse et à la pêche. Ni l'un ni l'autre n'ont de prétentions intellectuelles. À mon avis, c'est là que vous trouverez un abonnement à *Life*, et aussi au *Reader's Digest* et à *Playboy*. Quant à Bill... (Sally fit une moue pensive). Ma foi, je ne sais pas. C'est un jeune homme compliqué. Il peut être absolument charmant quand il veut. L'université a limé quelques-unes de ses aspérités – mais en a aiguisé quelques autres. Il a une très mauvaise réputation en ce qui concerne les filles, bien sûr.

Joe passa encore une demi-heure à écouter la voix retentissante de Sally Wagner, puis il la remercia pour la bière et prit congé.

5

Joe appuya une fois, deux fois, trois fois sur le bouton de sonnette des Whipple. Pas de réponse.

Il passa devant le domicile de Milo Gentry, le plus âgé des membres du Conseil de surveillance du comté. Sa femme Ernestine et lui étaient en visite chez leurs petits-enfants dans le Montana.

La maison suivante appartenait au couple Hubman. Laura lui ouvrit la porte. Dans les quarante-cinq ans, c'était une femme tout à fait spectaculaire : grande, dotée d'une forte poitrine et de larges hanches, la taille fine et souple. Elle avait un teint de marbre et de longs cheveux noirs, et malgré sa vitalité manifeste, elle affectait une langueur de poétesse préraphaélite. Elle portait une extravagante robe d'intérieur en satin noir qui balayait le sol, des ballerines noires, et un disque en ivoire pendait à son oreille droite.

Joe se présenta :

— Je suis le shériff Joe Bain. Je crois que nous nous sommes déjà rencontrés,

— Peut-être à l'occasion d'une réunion au lycée, dit-elle. Caspar et moi sommes actifs sur le plan politique, naturellement. (Elle avait une voix légèrement voilée.) Eh bien, vous êtes sans doute ici pour poser des questions sur Ken Mooney ?

— Oui, j'en ai bien peur.

— Veuillez vous donner la peine d'entrer, shériff.

Elle le conduisit jusqu'à un salon dont l'ameublement semblait avoir été choisi pour sa bizarrerie. Elle le fit asseoir sur un divan coréen extrêmement bas, tandis qu'elle-même se perchait sur un tabouret qui devait bien faire dans les un mètre cinquante, si bien que Joe était obligé de se tordre le cou pour lui parler.

— Caspar est en train d'écrire, dit-elle. Je peux l'appeler, si vous voulez.

— Non, j'aime autant parler avec vous.

Elle éclata de rire.

— Il est plus versé que moi dans l'art de la conversation, mais il a tendance à devenir pontifiant. Alors, que voulez-vous savoir ?

— Eh bien, si c'est vous qui avez tué Ken Mooney, j'aimerais que vous passiez tout de suite aux aveux. Cela nous ferait gagner à tous beaucoup de temps et d'argent.

— Non, désolée, shériff.

Joe prit un numéro de *Réalités* posé sur une délicate petite table basse en ébène incrusté de nacre.

— Seriez-vous par hasard abonnée à *Life* ?

— Ah, ciel, non ! dit Laura en vacillant sur son tabouret comme sous l'effet du choc.

— Avez-vous parlé à Ken mardi matin ?

— Non. J'étais dans mon atelier – je fais de la poterie, vous savez. Caspar était dans son bureau, il travaillait à son livre. Quand nous sommes sortis pour respirer un peu, le courrier était dans la boîte aux lettres. Comme vous voyez, nous ne pouvons rien vous dire du tout.

— Vous connaissiez Ken ?

— Pas vraiment. J'ai eu l'occasion de lui parler. Il avait l'habitude d'entrer chez ma mère pour boire son vin. Naturellement, elle en faisait autant, et c'était très mauvais pour elle. Le médecin l'a mise particulièrement en garde contre l'alcool et toute source d'excitation. (Le ton de Laura Hubman s'était progressivement animé.) Mais bon, peu importe. J'ai simplement demandé à Ken d'arrêter, et il m'a dit qu'il ne le ferait plus. Caspar, bien sûr, l'a connu quand il était au lycée.

Caspar Hubman jeta un coup d'œil par la porte entrebâillée avant d'entrer. C'était un homme corpulent, presque chauve, à peu près du même âge que sa femme. Il était vêtu d'un short marron et d'un polo en tissu éponge jaune. Il portait des lunettes à monture d'écaille. Caspar Hubman était le chef de file des intellectuels de Pleasant Grove – une population assez clairsemée, il faut bien le reconnaître –, et il était en train d'écrire un livre. Joe l'avait déjà rencontré à diverses occasions, et le personnage avait tendance à l'intriguer. Cela étant, il dirigeait le lycée avec une certaine efficacité, et les élèves semblaient l'apprécier.

— Ma foi, shérif, dit Hubman, la raison de votre visite n'est pas un bien grand mystère. Avez-vous une idée de ce qui a pu se passer ?

— Je venais justement vous poser la même question.

Caspar eut un petit rire très bref.

— Je ne peux vous être d'aucune utilité. Je le regrette. Ken était un très brave garçon.

— L'avez-vous vu mardi matin ?

— Non. J'ai vu sa camionnette s'arrêter devant notre boîte aux lettres, mais je n'y ai pas vraiment prêté attention.

— Voyez-vous une raison pour laquelle on aurait voulu le tuer ?

— Non, aucune. Au lycée, il jouissait d'une grande popularité.

Joe réfléchit à sa question suivante. Laura l'observait avec une grande attention, tandis que Caspar, toujours debout, les pouces passés dans la ceinture, se tapotait la bedaine. Laura sauta soudain à bas de son tabouret. Elle semble nerveuse, se dit Joe. Pourquoi ? Il demanda :

— Ken vous a-t-il jamais parlé de ses affaires personnelles ? De ses petites amies, des choses comme ça ?

— Jamais, répondit Laura.

Trop vite ? Trop sèchement ?

Joe commençait à avoir des crampes dans les jambes. Il se leva et chercha des yeux un autre endroit où s'installer. Il y avait le tabouret haut, le divan coréen, des sièges modernes dont il ne savait pas trop comment s'y asseoir. Il resta debout. Sur une table, au milieu d'autres magasines, il remarqua un numéro de *Life*. Il le prit et le retourna pour lire l'adresse. Laura Hubman dit aussitôt :

— Ma mère est abonnée à un tas de revues. Quelquefois, elle nous les passe.

Joe posa toutes les questions qui lui semblaient pertinentes, et quelques-unes qui ne l'étaient pas. Caspar et Laura répondaient à chaque fois très prudemment, comme s'ils cherchaient à déceler une ambiguïté dans la question. Pas nécessairement un signe de culpabilité, se dit Joe. Peu de gens sont à l'aise pendant un interrogatoire policier, particulièrement quand le sujet de conversation est un meurtre.

Enfin, alors que Caspar transpirait et s'agitait, et que Laura crispait et décrispait les poings, Joe prit congé du couple :

— Si vous pensez à quoi que ce soit que j'aurais pu oublier de mentionner, merci de me le faire savoir.

— N'ayez crainte, affirma Caspar.

6

La maison de Wilfred Mortimer était déserte, Joe remonta l'allée et examina les lieux. Comme Rex Kelly l'avait dit, il n'y avait aucun signe de cambriolage ou d'activité suspecte. Le garage était fermé à clé. La camionnette de Ken n'aurait pu être cachée nulle part ailleurs. Joe réfléchit un moment.

Les spécificités du meurtre commençaient à s'éclaircir un peu – ou du moins, les zones d'ignorance se rétrécissaient. Le témoignage de Jeff et Miles Taylor permettait d'établir que Ken avait été tué quelque part dans Madrone Way, après avoir déposé le courrier des Mortimer. Le lieu du crime devait donc être proche. Dans l'allée des Mortimer ? Et ensuite ? En théorie, la camionnette aurait pu être conduite jusque dans l'allée des Shortridge et dissimulée dans les fourrés, mais seul un fou aurait osé prendre un tel risque. Dans l'allée des Taylor ? Aucune chance, avec Jeffery, Miles, Peter et Craig rôdant dans les parages. De plus, les Taylor n'avaient pas de garage fermé. Mrs Benjamin, elle, en avait un beau où la camionnette aurait pu être cachée. C'était aussi le cas pour Sally Wagner, les Whipple, les Hubman et Mrs Bazzarini. Le garage des Gentry était verrouillé, ainsi que celui des Mortimer.

Joe revint sur ses pas pour inspecter l'allée des Gentry, qui était bordée de parterres de pétunias, de gueules-de-loup et de corbeilles d'argent. Il était absolument impossible que la camionnette ait roulé sur ces fleurs. La serrure du garage était intacte. Mrs Cream, la femme de ménage, pourrait-elle être l'assassin, ou une complice ? Joe examina attentivement la toile d'araignée tendue entre la porte et le soffite au-dessus. Un vrai travail de détective ! Plusieurs mouches desséchées indiquaient qu'elle devait dater de plus de deux jours. Mrs Cream pouvait être rayée de la liste des suspects.

Joe retourna à la maison des Mortimer pour examiner leur porte de garage, dans l'espoir d'y trouver également une toile d'araignée. Il n'en vit aucune, mais les feuilles amoncelées dans l'allée par le vent l'amenèrent à conclure que la camionnette n'était pas passée par là.

Il se rendit ensuite à la maison de Mrs Bazzarini : une énorme bâtisse de deux étages avec des murs de bardeaux marrons. Ce garage était le plus proche de l'endroit où la camionnette avait été découverte. En fait, d'une simple poussée, on aurait pu la faire rouler depuis le garage jusqu'à la rue.

Joe se tourna vers la maison. Le rideau d'une fenêtre s'agita et retomba. Mrs Bazzarini surveillait attentivement les événements dans Madrone Way.

Miss Locke, qui avait découvert le corps de Ken, répondit au coup de sonnette de Joe. Elle lui indiqua le salon avec une gestuelle mystérieuse, qu'il interpréta comme étant une mise en garde : il devait éviter toute excitation à sa patiente. Puis il fut introduit auprès de Mrs Bazzarini : c'était une femme aux cheveux blancs, de taille moyenne, qui ne semblait pas en mauvaise santé. Dans ses yeux, son nez et une certaine façon de se tenir, Joe perçut une ressemblance avec sa fille Laura, et un peu de la même vitalité dans son regard attentif.

— Me voici de retour, Mrs Bazzarini. J'ai encore quelques questions à vous poser concernant Ken Mooney

— Qui a fait ça ? demanda-t-elle avec véhémence. Je veux qu'on l'envoie à la chaise électrique. Il a tué un garçon si gentil, si doux, si bon...

Elle secoua la tête et se moucha dans un mouchoir en papier.

— N'ayez crainte, dit Joe, je trouverai le coupable. Mais j'ai besoin de votre aide.

— Vous pouvez me demander n'importe quoi. Pourquoi fallait-il qu'on fasse du mal à un gentil garçon comme Ken ? Il y a tant de méchants et de bons à rien dans le monde, et il fallait qu'ils s'en prennent à lui ! Il avait toujours un mot gentil pour moi, une vieille dame malade. Quand il avait le temps, il venait faire un brin de causette. Je suis si seule ! Il était si doux et attentionné... Plus que ma propre famille, je dois vous dire !

— Il passait vraiment beaucoup de temps ici ? demanda Joe.

— Ça dépendait de son travail. S'il était en retard dans sa tournée, il venait quelquefois ici pour manger son casse-croûte, et j'avais toujours un verre de vin pour lui. Mais en général, il passait plus tôt, vers dix ou onze heures.

— Vous le connaissiez donc bien.

— Ah ça, oui. Il me racontait tout sur sa famille – son père était un homme dur et buté, shérif. Il m'a parlé de sa maison dans la montagne, et de ce qu'il comptait en faire.

— Et ses petites amies, il en parlait ?

— Non, il ne disait jamais grand-chose sur ce sujet. Il avait du bon sens, mais il fallait bien le connaître pour s'en rendre compte. Je n'arrive pas à comprendre qu'on ait pu vouloir le frapper comme ça ! C'est sûrement un fou ! Ou alors, c'est peut-être à cause du courrier.

— C'est fort possible, dit Joe en hochant gravement la tête. Mais pourquoi Ken ne vous a-t-il pas remis votre courrier mardi ? Il l'a fait chez les Mortimer, et puis c'est tout, jusqu'à ce qu'on découvre son cadavre le lendemain matin.

— Eh bien… ce n'était pas Ken, vous savez, dit Mrs Bazzarini d'une voix hésitante.

— Comment ça ?

— J'ai juste aperçu quelqu'un qui remontait l'allée des Mortimer, et ce n'était pas Ken. Ça devait être son remplaçant.

— Vraiment ? Pouvez-vous me le décrire ?

— Je ne saurais pas vous dire. Il n'avait pas la même démarche que Ken. Il semblait pressé, il courait presque. Ken, lui, il marchait toujours d'un pas tranquille.

— Était-il petit ? Grand ? Mince ou gros ?

— De taille moyenne, je dirais, mais je ne pourrais pas en jurer. Je l'ai juste entr'aperçu.

— Tiens, tiens… fit Joe en se massant le front. Vous en êtes tout à fait sûre ?

— C'est ce que j'ai pensé sur le moment. J'avais l'habitude de guetter l'arrivée de Ken, et j'ai été déçue de ne pas le voir. Je me suis dit qu'il devait être souffrant, quelque chose comme ça.

— Ah, tant que j'y pense. Je crois savoir que vous êtes abonnée à *Life* ?

— Oui, j'aime bien lire et me tenir au courant de l'actualité.

— Où est le dernier numéro ?

— Ma foi, je ne sais pas. J'ai été tellement bouleversée, je ne crois pas l'avoir lu. Barbara ! Avez-vous vu le dernier numéro de *Life* quelque part ?

Miss Locke jeta un vague coup d'œil dans la pièce.

— Je ne le vois pas, Mrs Bazzarini.

— Ne vous inquiétez pas, dit Joe, ça ne fait rien.

— Selma l'a peut-être emporté chez votre fille, dit Miss Locke. Elle a pris toute une pile de magazines, hier.

Joe trouva assez absurde l'idée de Caspar et de Laura recevant les vieux journaux de Mrs Bazzarini.

— Mrs Hubman est-elle votre seul enfant ?

— Oui. J'avais aussi un fils, mais il est mort dans un accident de voiture. C'était il y a très longtemps. C'est peut-être pour cela que je me suis tant attachée à Ken. Il me rappelait mon Raymond. J'ai acheté une maison pour Laura, je leur ai donné de l'argent, à son mari et elle, je leur ai payé un beau voyage en Europe, et ils ne viennent jamais me voir, alors qu'ils habitent tout près. Je reste assise ici, seule et malade, mais Ken, lui, il trouvait toujours le temps de me dire un petit mot gentil. Soyez tranquille, je lui avais laissé quelque chose dans mon testament, je n'allais pas l'oublier. (Elle se mit à trembler.) Je ne sais pas ce que je vais devenir...

Sur un signe de Miss Locke, Joe se retira précipitamment.

7

Joe se tenait, pensif, au bout de Madrone Way, là où on avait découvert la camionnette postale. Tout était encore plus confus qu'avant. Ken Mooney s'était engagé dans la rue, il avait acheté un verre de limonade à crédit et remis un colis à Marsh Shortridge. Un peu plus tard, Mrs Bazzarini affirmait avoir aperçu un facteur, qui n'était pas Ken, déposant du courrier chez les Mortimer.

Une voiture s'arrêta le long du trottoir. Howard Griselda, propriétaire et rédacteur en chef du *Messenger*, en descendit.

Joe réussit à lui faire mollement un petit signe de la main.

— Hello, Howard.

Griselda le salua d'un bref hochement de tête.

— Alors, shériff, comment ça se présente ?

— C'est le bazar. Merci de ne pas publier ça. Je n'arrive pas à comprendre ce qui se passe. Ne publiez pas ça non plus.

— Bon, alors, qu'est-ce que je peux mettre dans l'article ? demanda Griselda en bourrant soigneusement sa pipe.

— Simplement les faits tels qu'ils sont. Ken Mooney est arrivé dans Madrone Way, et il n'en est pas reparti. Je ne sais comment, quelqu'un l'a entraîné à l'écart et l'a tué. C'est tout ce que je peux dire avec certitude. Il semblerait que le meurtrier habite dans la rue, compte tenu de la logistique du crime. Je veux dire par là que la camionnette est restée cachée quelque part toute la journée, probablement dans un des garages, puis sortie et abandonnée au bout de la rue, mais pas trop loin du domicile de l'assassin.

Howard Griselda hocha solennellement la tête plusieurs fois.

— Tout cela a l'air assez simple. Qu'est-ce qui vous fait dire que Ken n'est pas reparti de Madrone Way ?

Joe lui rapporta le témoignage de Jeff et Miles Taylor, tandis que Griselda hochait la tête en tirant sur sa pipe.

— Dans ces conditions, dit-il, la tâche semble facile : il ne vous reste plus qu'à trouver dans quelle maison la tournée s'est arrêtée, et vous aurez votre assassin.

— Non, fit Joe. La tournée s'est arrêtée dans une maison vide. Et Mrs Bazzarini n'a pas tué Ken pour une bonne dizaine de raisons. D'abord, elle l'aimait beaucoup. Ensuite, elle est dans un fauteuil roulant et elle a tout juste la force de donner un coup à son chat avec une petite cuillère. Troisièmement, ses infirmières veillent sur elle en permanence. Quatrièmement, c'est bien la dernière personne que j'irais soupçonner dans le quartier, à l'exception de Mrs Cream. Tant qu'à faire, Howard, vous êtes un bien meilleur suspect.

Le journaliste accueillit la plaisanterie avec un sourire sévère.

— Il me semble, dit-il, que la question fondamentale est : le meurtrier a-t-il tué Ken Mooney, ou le facteur ?

— C'est dans cette direction que je travaille. (Joe jeta un coup d'œil dans la rue.) Ce qui veut dire que je dois fourrer mon nez dans la vie privée de tous ces gens, et que ça ne va pas leur plaire.

— Vous vouliez le poste, il ne vous reste plus qu'à le tenir.

— Je peux en tout cas vous promettre une chose, Howard. Quand j'aurai envie de démissionner, vous serez le premier informé.

Howard continua de tirer placidement sur sa pipe.

— À propos, shériff, on m'a dit qu'il se passait de drôles de choses, dans la prison, en rapport avec un détenu du nom de Juan Carminez.

— Ah ? fit Joe.

— Oui. À ce qu'il paraît, Carminez serait sorti un moment pour aller voir son fils à l'hôpital. (Il dévisagea Joe d'un air interrogateur, tandis que celui-ci contemplait le terrain de golf au loin.) J'ai vérifié à l'hôpital, et j'ai appris que le gamin était arrivé avec un appendice éclaté, et dans un état de profonde dépression. Un certain Aguilar s'était moqué de lui parce que son père était en prison. Ma foi, pour faire court, le Dr Berry m'a dit que la visite de Carminez a probablement sauvé la vie de son fils. Carminez est ensuite allé voir Aguilar et lui a asséné quelques coups.

Griselda s'interrompit et interrogea à nouveau Joe du regard. Joe hocha simplement la tête.

— C'est ce qu'on m'a dit aussi.

— Cette histoire ferait un bon sujet d'article, que j'aimerais bien publier. Si Carminez avait poignardé Aguilar comme il l'a fait avec Henry Gutierrez, vous seriez dans une position délicate, shérif.

— C'est possible, Howard.

— Cela dit, je ne peux pas la publier parce que, au lieu de s'intéresser à votre manquement aux règles, le public ne penserait qu'aux malheurs de ce gamin. Vous vous en tirez pour cette fois.

— Je n'étais pas inquiet, Howard. Où avez-vous obtenu cette information ?

— J'ai mes sources, shérif, j'ai mes sources.

— Je sais que vous aimeriez prouver que je suis un escroc, mais j'ai bien peur que vous n'ayez beaucoup de mal pour y arriver.

— Je ne cherche pas à prouver que vous êtes un escroc. Je trouve simplement que, par tempérament, vous n'êtes pas l'homme qu'il faut à ce poste. Le comté de San Rodrigo n'est pas un trou perdu peuplé d'arriérés. C'est un comté progressiste et florissant au centre de la Californie. Ce qu'il nous faut, c'est une police aux méthodes modernes, et non un shérif qui laisse sortir des prisonniers sous le moindre prétexte, et qui les oublie ensuite.

— Ma foi, je ne dirais pas non si on me donnait quelques adjoints de plus et un sergent à plein temps. Par ailleurs, je suis affreusement mal payé : je touche le salaire le plus bas de tout l'État. Si vous voulez une justice à grand spectacle, trouvez-moi l'argent en conséquence.

— C'est une question à soulever auprès des électeurs.

Joe éclata de rire.

— Le problème, c'est que nous avons un taux de criminalité très faible grâce à l'efficacité des services du shérif. Les gens ne veulent pas mettre plus d'argent rien que pour me voir juché sur un cheval blanc au défilé du 4-Juillet, comme le vieux Cooch le faisait autrefois. D'ailleurs, je me demande bien où il trouvait l'argent, lui.

CHAPITRE VII

1

C'est de fort mauvaise humeur que Joe rentra chez lui pour déjeuner. Miranda était allée voir une amie. Après plusieurs tentatives infructueuses pour faire la conversation, sa mère finit par se vexer et partit regarder la télévision dans le salon, laissant Joe seul devant son jambon et sa salade de pommes de terre. Il avait maintenant deux mystères sur les bras : qui avait tué Ken Mooney, et qui avait renseigné Howard Griselda à propos de Juan Carminez ?

En ce qui concernait la seconde question, Miss Curdy n'était pas forcément la personne à blâmer. Il était possible que les Aguilar aient été suffisamment épatés par le miracle d'un Juan Carminez enfermé dans sa cellule et d'un autre Juan Carminez identique s'attaquant à l'un d'entre eux à la Fiesta, pour en parler à Howard Griselda.

D'un geste brusque, Joe décapsula une cannette de bière. L'histoire de Juan Carminez et des Aguilar pouvait attendre ! Alors, qui avait tué Ken Mooney ?

Il y avait bien sûr la question formulée par Howard Griselda : était-ce Ken Mooney qui avait été visé à titre personnel, ou simplement le facteur qu'il était ?

Il alla décrocher son téléphone et appela Henry Deardorf, le receveur principal.

— Shériff Joe Bain à l'appareil, Mr Deardorf. Avez-vous du nouveau concernant l'affaire Mooney ?

— Absolument rien, répondit Deardorf d'un ton distant.

— Je me demandais s'il aurait pu y avoir, dans le courrier distribué ce jour-là, une lettre de nature, disons, injurieuse ou scandaleuse.

Deardorf déclara que le courrier distribué dans Madrone Way, ainsi que dans tout Pleasant Grove, était inoffensif au point d'être insipide.

— Existe-t-il un genre de courrier que des gens pourraient se sentir coupables de recevoir ?

Ce à quoi Deardorf répondit patiemment, et avec un certain bon sens, que si on tuait les employés de la poste, on ne pouvait pas recevoir ce courrier, ce qui allait à l'encontre du but recherché.

— Je pensais plutôt à un courrier auquel quelqu'un ne s'attendrait pas – une carte postale d'une petite amie, par exemple, ou une lettre d'admiration signée de Fidel Castro, quelque chose comme ça.

— Tout est possible, mais si vous croyez que nous passons notre temps à lire les cartes postales en buvant du chocolat, vous vous trompez lourdement.

— Je ne voulais pas vous vexer, Mr Deardorf. J'essaie simplement d'aller au fond des choses.

— J'aimerais bien que vous y arriviez, et vite encore. Vous n'imaginez pas les questions que les gens nous posent.

— Je progresse, Mr Deardorf, je progresse. Dans une enquête, la première étape est de rassembler les faits.

La conversation prit fin. Joe appela ensuite le QG et s'entretint avec Miss Curdy. Tout allait bien au bureau, mais elle avait deux choses à porter à son attention :

— Burt Rank, le directeur du programme de lutte contre les moustiques, voudrait que vous le contactiez.

— Je m'occuperai de son affaire cet après-midi. Et l'autre chose ?

— Mr Griselda a téléphoné. Il s'intéresse à l'affaire Carminez.

Le ton de Miss Curdy était parfaitement neutre.

— Hmm. Je me demande comment il en a eu vent…

— Il ne l'a pas dit.

— Bon. Je vais passer une heure ou deux chez les Mooney. S'il y a un problème, dites à Ace de m'appeler.

Joe décapsula une deuxième cannette. L'affaire Mooney était incompréhensible. Il devait forcément y avoir une raison à ce meurtre, mais aucun des mobiles habituels n'avait de sens. Mrs Benjamin avait laissé entendre que la générosité de Sally Wagner à l'égard de Ken était sans limites. Bon, peut-être, mais Mrs Benjamin ou Mrs Wagner l'auraient-elles tué à cause de cela ?

Très improbable.

Mrs Bazzarini aimait bien Ken, elle aussi. Elle avait projeté de lui laisser un petit quelque chose dans son testament. Les Hubman, ses héritiers présumés, auraient-ils massacré Ken pour cette raison ?

Peu probable.

Bill Whipple, Alice Benjamin, Starr et Marsh Shortridge, avaient connu Ken au lycée. Ken se serait-il mis en travers des projets de l'un d'eux ?

Difficile à croire.

Et pourtant, quelqu'un avait tué Ken, et sans doute pour une excellente raison. Joe but le reste de sa cannette et la reposa brusquement sur la table. Il fallait rassembler plus de faits, interroger plus de gens. D'abord, le ranch des Mooney, dans Oatfarm Road. Les deux filles, les sœurs de Ken, en savaient peut-être plus que ce qu'elles avaient bien voulu dire. Quelqu'un au Country Club avait pu remarquer quelque chose. Et surtout, Joe voulait parler à Bill Whipple. Il téléphona à la concession Chevrolet, mais le jeune homme était absent pour la journée.

Il se mit donc en route vers Oatfarm Road pour une nouvelle séance avec les Mooney. Il y avait aussi la question de Halfway House. Vingt-cinq mille dollars semblaient un prix raisonnable. Dommage qu'il ne puisse pas poser sur la table quelques liasses de billets de cent sous le nez de Clarence Mooney. Et puisqu'il se trouverait dans le voisinage, il pourrait également s'occuper du problème de « Luna » et de ses moustiques.

2

Joe prit la grand-route d'Aurora et tourna à droite dans Hankinson Road. Juste après l'intersection d'Oatfarm Road se trouvait l'agence immobilière qu'il avait remarquée la dernière fois : un petit cottage pittoresque, comme dans les contes de fées, avec un pignon légèrement incurvé et des œils-de-bœuf. L'enseigne indiquait :

AGENCE IMMOBILIÈRE PANDORA
Maisons • Fermes • Terrains
PRIÈRE DE SONNER

Un peu plus loin, une allée bordée de roses trémières menait à une maison blanche à l'ombre de quatre immenses chênes.

Joe s'engagea dans l'allée. Sur le côté est de la maison, il vit douze bacs en béton de deux mètres sur cinquante centimètres, assez peu profonds, disposés en cercle comme les rayons d'une roue et remplis de quelques centimètres d'eau. Il pouvait facilement comprendre les préoccupations de Burt Rank…

Il se gara sous les chênes et sortit de sa voiture après avoir jeté prudemment un coup d'œil à droite et à gauche, au cas où il y aurait des chiens. C'était un endroit tout à fait plaisant, avec les collines en arrière-plan et la vallée qui s'étendait dans la brume d'été.

Il s'approcha de la véranda et sonna à la porte. Il entendit au loin une sorte de tintement, comme celui d'un carillon éolien ou de clochettes en verre. Il se demanda si « Luna » était chez elle. Un break Dodge bleu, datant de trois ou quatre ans, était garé au bout de l'allée.

Hmm… Il se retourna et allait sonner une troisième fois quand il se trouva nez à nez avec Luna, qui le fixait de ses yeux brillants.

Il sursauta, car il n'avait pas entendu la porte s'ouvrir. Luna était une jeune femme d'une trentaine d'années, grande et mince, avec de longs cheveux noirs retenus par un serre-tête en cuivre. Elle portait une longue chemise de nuit en mousseline bleue, et Joe s'empressa de s'excuser :

— Je suis vraiment désolé. Je ne voulais pas vous tirer du lit.

Elle le rassura d'un geste.

— Ce sont mes vêtements d'été.

— Ce doit être très agréable par ce temps. Vous êtes bien « Luna » ?

— Oui.

— Je suis le shériff Joe Bain. Mr Rank m'a demandé de passer chez vous. Il pense qu'il y a un malentendu à propos du programme de lutte anti-moustiques, et m'a chargé de mettre les choses au clair.

— Oui, c'est très vrai. J'ai essayé de lui faire comprendre la situation, mais je suis sûre qu'il était perplexe quand il est reparti.

— Perplexe et contrarié, dit Joe. Il considère que toute cette eau stagnante engendre une prolifération de moustiques, qui deviennent une terrible nuisance ainsi qu'un gros risque pour la santé publique.

Luna eut un petit sourire entendu.

— Pauvre Mr Rank. Il ne pense qu'aux moustiques. Ça doit être lassant, à la fin.

— Oui, sans doute. Bon, alors, qu'est-ce qu'on peut faire avec ces cuves ?

— Absolument rien, répondit Luna avec une simplicité charmante.

Joe alla jeter un coup d'œil dans l'eau.

— Tenez ! Regardez ! Vous voyez ces machins qui se tortillent ? Des larves !

Luna se pencha à son tour. Elle était mince, mais pas maigre du tout, et Joe la trouva tout à fait gracieuse et séduisante.

— Des larves ? répéta-t-elle.

— Des bébés moustiques, si vous préférez.

Luna leva les yeux vers le ciel d'un air pensif.

— Je me demande… Je n'ai pas vraiment réussi à établir de bons contacts.

— C'est normal, dans ces conditions. Si vous voulez, je peux vous aider à vous débarrasser de cette infestation.

— Vraiment ? Mais comment ?

— Ce n'est pas compliqué. Je vais juste incliner les cuves pour vider l'eau.

Luna exprima ses craintes quant à l'alignement correct de ses bacs, mais Joe la rassura. Il réussit à les soulever l'un après l'autre, à en retirer l'eau et à les remettre précisément dans leur position d'origine.

Luna examina les surfaces de béton humide :

— Il va falloir bien les frotter avant que je puisse de nouveau les remplir.

Joe demanda prudemment si, peut-être, les cuves ne fonctionneraient pas aussi bien vides.

Luna éclata de rire.

— Bien sûr que non !

— Avez-vous déjà essayé ? insista Joe. Vous pourriez être étonnée.

— Non, jamais, mais je sais simplement que ça ne marcherait pas.

— Et votre mari ? demanda Joe. Il a essayé, lui ?

— Une telle personne n'existe pas. Pas sur la Terre... Mais qu'est-ce que vous vous êtes fait à la main ?

— Une simple égratignure. Il y avait un clou qui dépassait d'une cuve.

Luna exprima son désarroi et sa compassion. Elle a vraiment bon cœur, songea Joe.

— Entrez, dit-elle, je vais vous aider de mon mieux.

— Ce n'est vraiment pas grand-chose.

Luna insista et emmena Joe à l'intérieur, où elle lui appliqua de la teinture d'iode et une pommade aromatique.

— Et maintenant, reposez-vous. Je vais nous faire du thé.

Joe s'assit sur un divan tandis que Luna partait dans la cuisine. Il prit un magazine, *The Atlantis*, et commença à lire un article sur les propriétés anti-gravifiques d'une substance appelée *zoranium*. Luna revint en poussant une petite table roulante sur laquelle était posée la théière. Une fois de plus, Joe admira l'aisance et la grâce de ses mouvements.

Luna versa le thé, qui dégageait une odeur puissante. Joe en but prudemment une gorgée. Il sursauta et contempla sa tasse en fronçant les sourcils.

— Qu'est-ce que c'est que ça ?

— C'est une infusion d'herbes nutritives. Essayez donc un de ces petits biscuits. Je les fais à partir de graines et de fibres naturelles.

— Quel genre de graines ? demanda-t-il après en avoir goûté un. Pas des belles-de-jour, j'espère. Non, finalement, ne me dites rien. Connaissez-vous Howard Griselda ?

— Non, qui est-ce ?

— Un type que je connais. Il adorerait me voir affalé sur un divan en train de grignoter du haschich.

Luna but une gorgée de son infusion en souriant.

— Ce doit être un étrange personnage.

— Je suis bien d'accord avec vous... Ah, ma parole, ce thé est puissant. Je suis content rien que d'avoir récupéré ma langue.

— Je connais plus d'un millier d'infusions, dit Luna. Chacune a ses usages spécifiques.

Elle décrivit la formulation de plusieurs breuvages représentatifs.

Joe tenta une autre gorgée, en se disant que si Luna en versait une tasse dans chacune de ses cuves, le problème des moustiques serait réglé une bonne fois pour toutes.

— Au fait, dit-il, à quoi vous servent ces cuves d'eau ?

Luna réfléchit un instant avant de répondre :

— Êtes-vous familier avec le Transcendantalisme ?

— Je dois vous avouer ma totale ignorance.

— Dans ce cas, c'est plutôt difficile à expliquer. Et je ne suis même pas sûre de les avoir orientées correctement.

— Si vous mettiez du DDT dans l'eau, ou du kérosène, ou même du Clorox, tout le monde serait content, et j'imagine que vos cuves marcheraient tout aussi bien.

Luna convint que cette idée valait la peine d'être essayée.

— Mr Rank m'avait suggéré quelque chose de similaire, mais de la façon dont il le disait, cela semblait absurde. Je suis très sensible à l'aura qui entoure les gens. Mr Rank…

Elle s'interrompit en secouant la tête, hésitant à dénigrer un absent.

Joe se passa la main dans les cheveux et regarda par-dessus son épaule.

— Je ne vais pas vous demander comment est la mienne. Quand je suis arrivé chez vous, je me sentais assez éteint, mais votre tisane m'a complètement rallumé. Dites-moi, vous vivez seule, ici ?

— Oui, je viens d'Arthémisia, d'où j'ai été envoyée pour une mission qui ne m'a pas encore été révélée.

— Arthémisia ? Où ça se trouve ?

— C'est une planète éloignée. J'en parle rarement. La plupart des gens ont peur. Quand ils ne comprennent pas quelque chose, ils deviennent hostiles.

— C'est un endroit bien isolé pour habiter seule, une jolie femme comme vous. De nos jours, il y a des tas de drôles de gens qui se baladent en liberté, comme nous deux, par exemple.

— Je n'ai pas peur.

— J'aimerais pouvoir en dire autant.

Joe se leva et alla examiner un instrument compliqué qui ressemblait à un luth. Il effleura les cordes et en tira un son doux et harmonieux.

— Vous êtes musicienne ?

— Non, pas vraiment. Je me contente de jouer des chansons de ma planète natale.

— Je n'y comprendrais sans doute rien, dit Joe, mais j'aimerais bien vous entendre chanter.

Luna sembla flattée de l'intérêt qu'il lui portait.

— Je vais d'abord m'exercer, pour ne pas me rendre complètement ridicule.

— Je reviendrai bientôt, dit Joe. Mais là, il faut que je m'en aille. Rappelez-vous bien les recommandations pour les moustiques. Comme ça, je n'aurai plus à écouter les récriminations de Rank.

— Kérosène, DDT ou Clorox. Je vais essayer de m'en souvenir.

3

À première vue, le ranch des Mooney semblait désert. Le soleil se réfléchissait sur le toit de bardeaux, l'éolienne grinçait, et la vieille Chevrolet n'était nulle part en évidence.

Joe sortit de voiture dans la chaleur de midi. Une ombre passa derrière une des fenêtres. Un instant plus tard, l'aînée des deux sœurs ouvrit la porte.

— Hello ! fit Joe. Où est ton père ?

— Il est allé en ville.

— Ta mère est là ?

— Non plus. Ils sont allés s'occuper de l'enterrement. Stella et moi, nous sommes seules à la maison.

— Eh bien, j'aimerais vous parler à toutes les deux.

— Je vais la chercher – à moins que vous ne préfériez entrer ? On est en train de lessiver le plancher.

— Alors, il vaut mieux rester dehors.

L'autre fille vint se joindre à eux et elles s'assirent sur une marche, ramenant les plis de leur jupe en cotonnade sur leurs genoux osseux.

— Je ne crois pas connaître vos noms, dit Joe. Moi, je suis le shérif Joe Bain, mais vous le savez déjà.

— Elle, c'est Stella, et moi, je suis Ennis.

— Bon, comme vous l'imaginez, je tiens à découvrir le meurtrier de Ken. Vous avez des idées là-dessus ?

Ennis et Stella plissèrent les yeux en se concentrant, puis elles secouèrent la tête.

— Ken vous parlait quelquefois de ses petites amies ?

— Oui, ça lui arrivait, répondit Ennis.

— Avec qui sortait-il, ces derniers temps ?

— Personne en particulier. Avec une certaine Helen, de temps en temps. Il y avait aussi une autre fille qu'il connaissait, à Panoche.

— Est-ce qu'il sortait beaucoup avec Alice Benjamin ?

— Non, pas beaucoup, dit Stella.

Ennis jeta un regard en coin à sa sœur en fronçant les sourcils.

— Quand est-il sorti avec elle pour la dernière fois ?

— Bah, fit Ennis, il ne sortait pour ainsi dire jamais avec elle. En fait, je ne crois pas qu'il l'ait jamais invitée pour une soirée.

Stella, la plus jeune et la plus vive, déclara :

— Il nous disait toujours de boire du lait et de manger des glaces, pour ressembler à Alice quand on serait grandes.

— Est-ce que Ken parlait souvent de Bill Whipple ?

— Non, pas trop. Papa ne l'aime pas beaucoup. Bill l'a roulé quand il a acheté notre voiture.

— Ah bon ? Racontez-moi ça.

— Bill a refusé de payer à Papa la vraie valeur de notre vieille voiture. Elle consommait beaucoup d'essence, il fallait changer les bougies, tout ça.

— Ma foi, dit Joe, ce sont des choses qui arrivent. Vos parents connaissaient-ils quelqu'un d'autre dans Madrone Way ?

— Oui, Maman a été en classe avec Mrs Shortridge, à Coyote, dit Stella. C'était une toute petite école, avec deux classes seulement, qui s'appelait la Iron House School. Maman était petite fille. Après ça, Mrs Shortridge est partie habiter à Palo Alto.

Ennis pointa du doigt.

— Papa et Maman arrivent.

La Chevrolet grise remonta dans l'allée et s'arrêta. Clarence Mooney, vêtu d'un costume marron tirant sur le roux, ouvrit la portière. En fronçant les sourcils, il regarda un long moment Joe et les deux filles, puis il se tourna vers sa femme, marmonna quelque chose et sortit enfin de sa voiture.

Joe se releva et fit quelques pas vers lui.

— Comme je me trouvais dans le voisinage, j'ai pensé passer vous voir, au cas où vous auriez d'autres idées concernant Ken.

— Bien sûr que j'ai une idée, répondit Clarence Mooney. Je pense qu'il s'agissait d'une erreur ! Je pense que le type qui a tué Ken s'est trompé sur la personne !

— Oui, concéda Joe, ça se pourrait. Pour ma part, je vois trois possibilités : une en lien avec Alice Benjamin, une avec Bill Whipple, et une avec Mrs Bazzarini.

Clarence Mooney grogna :

— Je ne connais pas Mrs Bazzarini ni l'autre que vous dites, mais je connais Bill Whipple. Rien ne m'étonnerait de lui. Voilà un jeune gars qui ne pense qu'à ses intérêts, shériff. Il traitait Ken comme si c'était un imbécile – et moi aussi, d'ailleurs. Il m'a dit qu'il me débarrasserait de Halfway House, si je n'étais pas trop pressé de toucher mon argent. Vous vous rendez compte ?

— C'est un peu fort, effectivement. Il vous en a proposé combien ?

— Pas assez. Il avait une mauvaise influence sur Ken, si vous voulez mon avis – il lui mettait en tête toutes sortes de mauvaises idées.

— C'est-à-dire ?

— Eh bien, choisir la facilité dans la vie. Argent facile, filles faciles. Monter des combines au lieu de travailler. Rouler les gens au lieu d'être correct et loyal, et de leur en donner pour leur argent. Attention, je ne dis pas que Ken avait pris toutes ces mauvaises habitudes. Non, il n'a pas été élevé comme ça, mais il a pu quand même un tout petit peu hésiter. On voyait bien que ça le travaillait, et il a peut-être dépensé son argent un peu plus bêtement qu'il ne l'aurait fait autrement.

— Comment Ken s'entendait-il avec ses collègues de travail ?

— Il en parlait rarement.

Mrs Mooney intervint timidement :

— Tu te souviens qu'il n'aimait pas beaucoup Mr Deardorf ?

— Oh, ça, ce n'était rien, grommela Clarence Mooney. Ça ne vaut même pas la peine d'en parler. Un jour, Deardorf l'a surpris en train de lire un des magazines du courrier pendant son déjeuner, et il l'a drôlement sermonné. Ken n'a pas apprécié.

— Je comprends Ken, déclara Mrs Mooney. Il ne faisait aucun mal !

— La question n'est pas là, répliqua Clarence Mooney. Le règlement, c'est le règlement. Si on n'en respecte pas un, on a tôt fait de ne pas en respecter d'autres.

— Il y a du vrai dans ce que vous dites, dit Joe. Au fait, il se trouve que j'ai parlé à ma mère de votre désir de vendre Halfway House. Elle était vaguement intéressée, à condition que le prix soit correct. Je sais en tout cas qu'elle n'irait jamais jusqu'à quarante mille dollars.

Voyant que Clarence Mooney l'écoutait avec un petit sourire tranquille, Joe comprit qu'il avait affaire à un vrai professionnel.

— J'aimerais me montrer généreux, dit Mooney avec une expression de regret. Si je possédais des millions de dollars, je les distribuerais largement. Mais les temps sont durs. J'ai déjà eu quelques touches à quarante-cinq mille, et j'envisage d'accepter. À quarante mille, je me fais avoir. Je ne pourrais vraiment pas descendre en dessous, shérif.

— La maison est prête à s'écrouler, dit Joe. Il faut absolument tout rénover, depuis la tuyauterie jusqu'aux dessus de lit. C'est ce que j'ai dit à ma mère, mais c'est une grande sentimentale : elle se souvient de ce que c'était il y a quarante ans.

— Il y a quarante ans, Halfway House était célèbre tout le long de la côte, déclara Clarence Mooney.

— C'est vrai, mais maintenant, plus personne ne connaît. J'ai expliqué tout ça à ma mère, mais elle m'a dit : « Vas-y quand même, fais une offre à Mr Mooney. »

— Une offre, hein ? Ma foi, je vous écoute. Je peux toujours dire non. Combien ?

— Vingt-quatre mille sept cents. Ça représente le montant de son assurance et de ses économies, la totale.

— Si elle a vingt-quatre mille dollars, il n'y a pas de problème. Elle peut en emprunter quinze mille autres… je veux dire seize mille, sans aucune difficulté. Elle fait une très bonne affaire, croyez-moi. Le grand patron d'une chaîne hôtelière à San Francisco voulait me l'acheter tout de suite pour quarante mille, mais je lui ai dit : « Non, je préfère que ça reste dans les mains de gens du coin. »

— J'ai du mal à imaginer qu'elle achète à un tel prix. Halfway House est certes une vieille ruine pittoresque, mais quarante mille dollars, c'est une grosse somme.

Clarence lui jeta un regard en coin, dans lequel on pouvait lire un mélange d'entêtement et de ruse.

— Rien n'est bon marché, de nos jours. Pourquoi ne lui avanceriez-vous pas l'argent ? Un shériff, ça touche un bon salaire.

— Pas si bon que ça, répondit Joe. Ma foi, je crois qu'il vaut mieux laisser tomber cette affaire… Il y a une autre chose que je voulais vous demander concernant Ken. Connaissez-vous les filles avec qui il sortait ?

— Non. Là-dessus, il était muet comme une carpe.

— Avait-il d'autres amis, à part Bill Whipple ?

— Attendez voir… Oui, il y avait Wilson Henderson, Gary Shook, Pete Ravazza, sans doute quelques autres. Allez leur parler, ils pourront vous renseigner.

Joe recopia les noms et les adresses dans son calepin, et prit congé.

4

De retour à son bureau, Joe se fit une liste de pense-bêtes :

Terrain de golf
Relations avec les collègues
Amis et amies
Compte bancaire

Rex entra pour faire son rapport sur les activités de la journée.

— D'abord, les marteaux. J'ai récupéré tout ce que je pouvais, et même quelques hachettes en prime. On n'y a trouvé aucune trace de sang.

Joe grogna tristement.

— C'était de toute façon très improbable. Rapporte-les à leurs propriétaires.

— OK. J'ai aussi dressé la liste de tous les abonnés à *Life* qui font partie de la tournée de Ken. Enfin, je devrais plutôt dire les adresses pour les exemplaires de cette semaine. Je comparerai ça avec la liste de la semaine prochaine, et ça nous apprendra peut-être quelque chose.

— Ce n'est pas si sûr que ça, grommela Joe. J'ai vérifié tout le long de Madrone Way, et chaque abonné semblait bien pourvu.

Il fronça les sourcils. Une idée fugitive lui avait traversé l'esprit, sans qu'il puisse mettre le doigt dessus. À un moment donné, au cours de ses visites, il avait à moitié remarqué un détail... mais quoi ? Il s'était passé tellement de choses dans la journée, c'était difficile de tout garder en tête.

Il jeta un coup d'œil à sa liste.

— Rex, voici ce que je voudrais que tu fasses demain. Premier point, va au Country Club et vois qui jouait au golf mardi matin. Prends les noms et interroge-les. Deuxième point : va au bureau de poste, et discute avec les collègues de Ken. Troisième point : vérifie son compte bancaire et ses relevés mensuels. Tout ça devrait t'occuper un bon moment.

— La plus grande partie de la matinée, je dirais.

Joe se cala dans son fauteuil.

— Tu n'es sans doute pas au courant de la dernière : Mrs Bazzarini dit que ce n'est pas Ken qui a déposé le courrier dans la boîte des Mortimer. Bien sûr, elle peut se tromper, mais elle pense que c'était quelqu'un d'autre.

Kelly en resta bouche bée.

— Comment est-ce possible ? Un remplaçant, peut-être ?

— Non. D'après les petits Taylor, Ken est entré dans Madrone Way, et il n'en est pas ressorti. Marsh Shortridge a échangé quelques mots avec lui. Après ça, plus personne ne reconnaît lui avoir parlé. Tous disent que leur courrier a été glissé dans leur boîte. Mrs Benjamin n'a pas eu de courrier du tout. Qu'est-ce que tout ça peut bien vouloir dire ?

— Ça veut dire, conclut Rex Kelly, que quelqu'un a tué Ken, et a ensuite distribué le reste du courrier.

— C'est exactement ce que je pense.

— C'était un sacré risque.

— Pas si l'assassin a endossé l'uniforme de Ken.

Les deux hommes restèrent silencieux un moment. Joe reprit :

— Le tueur était obligé de poursuivre la tournée, ou sinon, la maison où la distribution se serait arrêtée aurait indiqué où le meurtre avait eu lieu.

— En admettant que ce soit le cas, l'uniforme devait aller à l'assassin – au moins approximativement. Ken était à peu près de taille moyenne. Il avait de larges épaules, mais à part ça, il était très mince. Ça met tout de suite Caspar Hubman hors de cause. Il n'aurait jamais pu caser sa bedaine dans le pantalon de Ken. Mrs Benjamin, qui est remarquablement enceinte, est également à éliminer.

Joe griffonna une liste de noms :

Sam Shortridge
Miriam Shortridge
Marsh Shortridge
Starr Shortridge
Tom Taylor
Ethel Taylor
Grace Benjamin
Sally Wagner
Fred Whipple
Sheila Whipple
Bill Whipple
Caspar Hubman
Laura Hubman
Mrs Cream
Mrs Bazzarini
Barbara Locke

— Bon, dit-il, voici la liste des résidents adultes de Madrone Way. Les parents Shortridge ont des alibis, tout comme Tom Taylor et Fred Whipple. Mrs Taylor aurait eu du mal à cacher une camionnette à ses gamins. Caspar Hubman est trop gros, Mrs Benjamin trop enceinte, Mrs Cream est assez corpulente, et son teint est un peu foncé... Mrs Bazzarini et Miss Locke sont garantes l'une de l'autre. De toute façon, je vois mal une de ces deux-là courant après Ken pour l'assommer à coups de marteau.

Il barra les noms et dressa une nouvelle liste :

Marsh Shortridge
Starr Shortridge
Sally Wagner

Bill Whipple
Laura Hubman

Il les étudia attentivement pendant une bonne minute.

— Tous ces gens auraient pu commettre le meurtre. Ils auraient pu aussi revêtir l'uniforme de Ken sans paraître grotesques, quoique dans le cas de Sally Wagner, c'est tout juste. Le postérieur de Laura Hubman n'est pas mal non plus.

— Ça semble tellement risqué ! s'exclama Rex Kelly. Tous ces gens se connaissent. Un simple coup d'œil, et puis : « Bonjour, Mrs Wagner ! Mais que faites-vous dans cette tenue ? »

— Celui qui a tué le facteur se voit obligé de distribuer le courrier, sinon il est fichu. Et qui regarde vraiment le facteur ? Ce n'est qu'un élément de la rue, comme une bouche d'incendie. Le plus gros risque se trouvait chez Mrs Bazzarini, et elle n'a pas reçu son courrier. De même, Mrs Benjamin n'a pas reçu sa lettre recommandée.

Rex Kelly hocha la tête d'un air dubitatif.

— Ce qui signifierait que le lieu du crime se situerait quelque part avant la maison des Benjamin – chez les Shortridge ou les Taylor.

— C'est vrai. Mais mon candidat à moi, c'est Bill Whipple. (Joe se leva.) Avant de rentrer chez toi, fais un saut à la morgue et examine de près l'uniforme de Ken, au cas où il y aurait des cheveux ou des traces de rouge à lèvres, ce genre de choses.

— Entendu, shérif.

5

Joe se rendit dans Madrone Way et se gara devant la maison des Whipple. Il sonna à la porte, mais personne ne vint lui ouvrir.

Il retourna auprès de sa voiture et jeta un coup d'œil dans la rue, puis vers le haut de Spanish Hill. Il observa un parcours à quatre sur le terrain de golf, en se demandant combien de temps sa mère et Miranda attendraient encore avant d'exiger qu'ils deviennent membres du Country Club… Si sa mère promettait de se mettre au golf, la dépense vaudrait presque le coup.

Sally Wagner, en pantalon rouge et pull noir, sortit de sa maison, ostensiblement pour mettre en marche l'arrosage de la pelouse. Elle eut un petit sursaut de surprise en remarquant Joe.

— Shérif Joe Bain ! Que faites-vous donc là, immobile et silencieux, avec cette expression sinistre ?

— Vous m'avez surpris en train de réfléchir, Mrs Wagner

Elle se pencha pour régler le robinet, et Joe essaya d'imaginer le pantalon de Ken tendu sur ce fessier drapé de rouge. Il siffla doucement entre ses dents et secoua la tête. Il était sceptique... Sally le rejoignit sur le trottoir.

— Alors, il y a du nouveau dans cette affaire de meurtre ?

— Nous en sommes encore au stade de la collecte des informations. J'essaie de joindre Bill Whipple, qui semble avoir été l'un des amis de Ken.

— Oh, dit Sally en faisant la moue, je crois qu'il y a eu une brouille entre eux – probablement à cause de leurs différences d'éducation, et ainsi de suite. Personnellement, je trouve Bill très arrogant. Tiens, j'y pense, vous ne risquez pas de le trouver chez lui ce soir, Sheila Whipple m'a dit qu'ils allaient passer la soirée à San Jose.

— Je le verrai aussi bien demain matin, dit Joe. Mais revenons-en à Ken. Vous ne l'avez pas vu l'autre jour ? Même pas entr'aperçu ?

— Non, rien du tout. D'habitude, je l'entendais monter les marches, en sifflotant ou en fredonnant. C'était un garçon si joyeux. Mais mardi dernier – pas un bruit. Il était peut-être soucieux. Une prémonition ?

— Il était de très bonne humeur quand les petits Taylor l'ont vu. C'était avant qu'il n'aille chez les Shortridge.

Sally mordit à l'appât.

— C'est peut-être chez eux qu'il a entendu quelque chose qui l'aura troublé. Ils sont bizarres, ces deux jeunes. Sam et Miriam sont des aristocrates de petite ville, mais leurs enfants ont un esprit carrément féodal. Marsh toise tout le monde de haut. Je suis sûre qu'il a un problème mental. Il me fait penser à ces jeunes officiers allemands dans les films de guerre – implacables et guindés, vous voyez ce que je veux dire. Starr est très différente, mais elle a de l'orgueil à revendre. Ils sont tous les deux affreusement snobs. Ils sont à peine polis avec moi... Dire que cette pauvre petite Alice Benjamin va entrer dans une famille pareille ! Quelle honte !

— Pourquoi donc ?

— Je ne devrais pas dire ça, parce que c'est purement une hypothèse, mais si vous me demandez mon avis, c'est Grace Benjamin qui l'a poussée vers ce mariage. C'est une femme ambitieuse, malgré toute sa religion. Vous savez que c'est une catholique irlandaise fervente, ce qui interdit toute idée de contraception. Elle doit se sentir embarrassée, ça peut se comprendre, mais… (Sally Wagner décrivit dans le moindre détail sa querelle avec Grace Benjamin.) Depuis, nos rapports n'ont plus été vraiment cordiaux.

— C'est parfois ainsi que les choses se passent, dit Joe. Et Mr Benjamin, quel genre d'homme est-ce ?

— Il est adorable ! déclara Sally Wagner. Peut-être un petit peu trop complaisant, et Alice tient de lui. J'ai bien peur que Grace ne les ait menés à la baguette, d'une main de fer. (Elle se retourna au passage d'une voiture.) Tiens, une visite pour les Hubman. Oui, je sais, je suis une effroyable pipelette, mais je trouve les gens tellement intéressants que je ne peux pas m'empêcher de parler d'eux. Mais si vous entriez un instant pour prendre un verre de sherry ? C'est juste l'heure de l'apéritif.

Joe jeta un coup d'œil au soleil, qui touchait à présent la cime des arbres, puis il vérifia en regardant sa montre.

— Non, merci, dit-il. Il est temps que je rentre chez moi.

— Une prochaine fois, alors.

6

Pendant le dîner, Miranda proposa un système de décoration pour les chambres de Halfway House :

— Chaque chambre pourrait avoir une couleur différente ! Il y aurait une Chambre Rouge, une Chambre Verte, une Chambre Bleue… et tout le mobilier serait assorti à la couleur de la chambre.

Marian Bain fronça les sourcils.

— Qui voudrait dormir dans une chambre violette ? Ou noire ? N'oublie pas qu'il y a dix chambres en tout.

— N'y pensez plus, dit tristement Joe. Finalement, Halfway House n'est peut-être pas une si bonne idée que ça.

Miranda sembla catastrophée :

— Oh, Papa !

La mère de Joe s'écria :

— Comment ? Tu nous trimballes là-bas, tu nous fais miroiter des projets grandioses, et voilà que tu nous dis tout tranquillement que ce n'est pas une bonne idée ?

Joe regarda sa mère et sa fille d'un air penaud

— Eh bien… Pour commencer, Clarence Mooney demande un prix exorbitant.

— Qu'est-ce que tu appelles « exorbitant » ?

— Son premier prix – quarante mille dollars.

— Ça semble effectivement hors de portée, dut reconnaître Marian Bain. Tu penses que ça les vaut ?

— Peut-être que oui, peut-être que non. Je n'ai pas encore définitivement renoncé, mais en ce moment, je suis absorbé par ce meurtre, et je n'arrive pas à me concentrer sur autre chose.

— Tu sais qui est l'assassin, Papa ?

— Tout ce que je peux dire pour l'instant, c'est que c'est un résident de Madrone Way. J'ai posé toutes les questions que j'ai pu imaginer, mais naturellement, le coupable m'a fourni des réponses très prudentes… Ma foi, l'enquête n'en est qu'à ses débuts, je vais bien finir par trouver quelque chose.

CHAPITRE VIII

1

La matinée de vendredi commença mal. Une grosse charge de travail administratif, et une Miss Curdy plus obtuse que jamais.

À 10 heures, l'agent de police William White téléphona de Vogelburg pour demander de l'aide. Dans la ferme des Dedrick, située à trois kilomètres au nord de la ville, un ouvrier agricole suisse avait eu un accès de folie pendant la traite des vaches. Armé d'une hache, il avait fracassé le crâne de neuf Jersey et deux Holstein, puis il avait pourchassé Mrs Dedrick jusqu'à la route. De retour dans le dortoir, il avait pris une carabine 22 long rifle et était allé s'installer en haut d'un silo, d'où il tirait à présent sur tout ce qui bougeait.

Accompagné de ses adjoints Ben Boso et Fay Insley, Joe se rendit aussitôt sur les lieux. Des voitures étaient garées tout le long de la route, et une centaine de badauds des deux sexes et de tous âges observaient le spectacle.

Joe ordonna à White d'établir des barrages routiers et de détourner le trafic, puis il réfléchit au problème. Comment faire descendre le forcené de son silo sans que ça tourne au bain de sang ?

Il prit un porte-voix et enjoignit à l'homme de jeter son fusil et de descendre. Un coup de feu lui répondit : une tentative du forcené pour éliminer la source du bruit.

Joe recula et examina le silo en fronçant les sourcils. Les sourires ironiques des spectateurs ainsi que leurs suggestions commençaient à l'agacer : « Faites venir un hélico ! Le type sera balayé par les pales ! » « Une bonne grenade lacrymogène, voilà ce qu'il faut ! » « Arrosez-le avec une lance d'incendie, il ne tiendra pas longtemps ! »

Joe prit sur lui pour ne pas se fâcher. S'il commençait à aboyer des ordres ou à lancer des réprimandes, il perdrait des voix. S'il ne réglait pas la situation, il en perdrait aussi. Le vieux Cooch, lui se serait bien gardé de venir. Il aurait envoyé son adjoint Joe Bain à sa place…

Un homme en complet marron coiffé d'un chapeau de paille à larges bords s'approcha.

— Je suis Lee Druper, correspondant du *Messenger* à Vogelburg. Qu'est-ce que vous pensez de tout ça, shérif ?

— J'en pense que c'est une situation délicate, surtout pour le type perché sur le silo.

— Que comptez-vous faire ?

Joe réfléchit un instant.

— Eh bien, je pourrais grimper là-haut pour aller le chercher. Il me tirerait dessus et puis il se jetterait en bas, et ça ferait deux fous furieux étendus raides morts. Je vais plutôt tenter une action psychologique.

— Comment ça ?

— Regardez bien, vous verrez. (Joe fit signe à Boso et Insley d'approcher.) Je veux que tout le monde s'en aille. Que ces gens remontent dans leurs voitures et qu'ils rentrent chez eux. Je veux que la route soit complètement dégagée.

C'était plus facile à dire qu'à faire, mais une demi-heure plus tard, l'opération fut terminée : les spectateurs étaient partis ainsi que William Dedrick, sa femme, Lee Druper, William White, les adjoints Boso et Insley, et Joe lui-même.

La ferme et les alentours étaient à présent déserts. En haut du silo, le soleil tapait dur, et le forcené était perplexe… Il regarda de tous côtés : pas âme qui vive. Il tendit l'oreille : pas un bruit, à part le murmure du vent dans les feuilles d'eucalyptus. Il tira sur deux poulets : aucune réaction.

Il faisait très chaud, là-haut. Au bout d'une demi-heure, comme il en avait assez, il redescendit. Personne en bas. Jamais la ferme n'avait été aussi silencieuse – sauf le dimanche matin, quand Mr et Mrs Dedrick allaient à l'église de Vogelburg. Dimanche matin ? Est-ce qu'on était dimanche matin ? Qu'est-ce qu'il faisait là en plein soleil ? Il retourna dans le dortoir.

Installé dans une grange voisine, Joe avait observé la scène à la jumelle. Après avoir fait un grand détour, Boso et Insley étaient allés se cacher au bout d'un champ de luzerne, allongés dans une tranchée d'irrigation. Joe leur donna le signal à l'aide de son talkie-walkie. Les deux hommes s'élancèrent et allèrent se poster de part et d'autre de la ferme.

Joe sortit de la grange et s'approcha furtivement du dortoir, dans lequel il lança une grenade lacrymogène par la fenêtre. Le fou se précipita au-dehors, où il fut aussitôt cueilli par Boso et Insley.

L'agent White retira les barrages routiers. Les gens du voisinage revinrent pour contempler le silo et s'apitoyer avec les Dedrick sur le sort des vaches défuntes.

Boso et Insley emmenèrent le prisonnier à Pleasant Grove tandis que Joe contactait son QG par radio. Ace Wardell n'avait rien d'urgent à lui transmettre. L'affaire Mooney était au point mort. Rex Kelly avait laissé un mémo indiquant qu'il avait interrogé Bill Whipple – dont il n'avait rien appris d'intéressant –, et que l'examen détaillé de l'uniforme de Ken n'avait apporté aucun indice supplémentaire.

En reprenant la route de Pleasant Grove, Joe se dit que, puisqu'il était dans le coin, il pourrait aussi bien faire une halte au ranch des Mooney. En discutant entre eux, un détail utile leur était peut-être revenu à l'esprit. Et il n'était pas impossible que Clarence Mooney ait révisé son prix pour Halfway House.

Il prit la route de Coyote, au sud-ouest, puis il coupa à travers les collines pour redescendre vers Oatfarm Road, et il s'engagea enfin dans l'allée des Mooney.

Il n'y avait personne. La maison cuisait au soleil de l'après-midi. Dans la cour de devant, quelques roses trémières rabougries achevaient de se faner. L'éolienne crissait et gémissait comme une âme en peine.

Joe contempla la maison un moment, en se demandant comment on pouvait vivre dans un endroit aussi sinistre et désolé alors que ce n'était pas vraiment nécessaire… Déprimé et l'humeur sombre, il poursuivit sa route vers Hankinson Road. Il s'arrêta devant l'enseigne de l'agence Pandora et jeta un coup d'œil vers la maison, mais il ne vit que le miroitement des cuves de concentration télépathique. La voiture n'était plus là, et la maison semblait déserte. Joe se sentit encore plus découragé. *J'aurais même bu de sa tisane*… songea-t-il.

Trois kilomètres plus loin, il aperçut un véhicule arrêté sur le bord de la route, et une femme qui s'efforçait de changer une roue. Il se gara sur le bas-côté. L'occasion de récolter une voix à coup sûr, et peut-être aussi celle de son mari. Ça ne faisait jamais de tort de se comporter en gentleman.

Quand la femme se releva, Joe reconnut Luna, l'émissaire de la planète Arthémisia. Aujourd'hui, elle était vêtue comme une Terrienne, d'une simple robe en cotonnade aux motifs marron et blancs. Une fois de plus, il ne put s'empêcher de noter à quel point elle satisfaisait aux canons de la beauté terrienne... Son moral remonta aussitôt, et il sortit précipitamment de sa voiture. Luna, soulagée, s'essuya le front en y laissant une marque noirâtre assez seyante.

— Je suis tellement contente de vous voir, shérif ! J'ai horreur de ces choses plates.

— Je suis très heureux d'être passé par là, répondit Joe. Et maintenant, si vous voulez bien vous écarter et admirer ma technique...

Joe plaça le cric, souleva la voiture, retira la roue... et se rendit compte que la roue de secours était également à plat.

Luna fut perplexe.

— Je ne comprends pas où tout l'air a pu passer... Le pneu était gonflé quand j'ai acheté la voiture.

— Il n'y a plus qu'une chose à faire, dit Joe. Nous devons aller en ville pour les faire regonfler, ce qui peut prendre un certain temps. Vous étiez pressée de vous rendre quelque part ?

— Non, non. J'étais juste partie faire quelques courses.

Joe chargea les pneus à l'arrière de sa voiture, installa Luna sur le siège avant et reprit la route le long de Hankinson Road.

Au carrefour, il tourna en direction d'Aurora, où il connaissait peu de monde. Dans une station-service aux abords de la ville, il déposa les pneus pour les faire réparer.

— Ils ont pas mal de boulot à ce moment de la journée, dit-il à Luna. Il y aura une petite attente... Comme il est encore un peu tôt pour dîner, je vous propose d'aller prendre un verre.

Luna n'émit aucune protestation, et Joe se rendit au Black Bull, le restaurant le plus chic de la ville. Avant de descendre, il appela son QG :

— Ici le shérif Bain. Rien à signaler ?

— Tout est vraiment calme, répondit Ace Wardell.

— Très bien. J'aimerais que tu téléphones chez moi. Dis-leur que j'ai été retenu, et qu'elles ne m'attendent pas pour dîner.

— Entendu, shériff. Je m'en occupe.

— S'il se passe quelque chose d'important, je suis à Aurora, au Black Bull.

Ils s'installèrent sur des banquettes au fond du bar. Joe commanda un daïquiri bien frappé pour Luna, et un whisky à l'eau pour lui.

— Eh bien, déclara-t-il, nous y sommes. Je peux facilement imaginer des occupations plus pénibles.

— Oui, c'est très sympathique, ici, dit Luna d'un air pincé. Ça va prendre combien de temps pour réparer les pneus ?

Joe haussa les sourcils en se demandant ce qu'il avait pu faire pour l'agacer.

— Ma foi, je n'en sais rien. Deux heures, sans doute. Mais buvez tranquillement. Dites-moi, comment ça marche avec vos cuves de contrôle télépathique ?

— Pas très bien. Il y a quelque chose qui provoque une fausse vibration. J'ai bien peur que mon système ne fonctionne pas.

— Tant qu'on n'a pas essayé, on ne peut pas savoir si ça va marcher. Ça me serait bien utile d'avoir un équipement de transmission de pensées... Non, à la réflexion, il vaut mieux pas : la prison est déjà assez pleine comme ça.

— La Terre est un monde chaotique, déclara Luna.

— Elle a aussi ses bons côtés, mais il faut avoir une personnalité très vive pour en profiter. Si jamais je deviens riche un jour, ce sera uniquement par accident. J'imagine que l'immobilier ne rapporte pas beaucoup non plus ?

Luna secoua la tête en souriant de la naïveté de Joe.

— Vous savez, déclara-t-elle, je n'ai jamais eu besoin de m'en soucier. Au Texas, une personne que j'ai aidée m'a donné la fortune.

La conversation se poursuivit. Luna devint progressivement moins distante, et après son deuxième daïquiri, elle était penchée en avant, fixant attentivement Joe de ses grands yeux brillants. Joe était en train de lui parler de l'affaire Mooney.

— Ça ne me gêne pas de devoir me creuser la tête, du moment que j'ai une bonne chance de réussir à élucider le mystère. Mais dans cette affaire, je ne tombe que sur des impasses. Personne ne sait rien, chacun insinue que son voisin est un rustre, mais c'est à peu près tout ce qu'ils acceptent de dire.

Luna examina pensivement le fond de son verre, et Joe fit signe à la serveuse pour une troisième tournée.

— L'utilisation d'un marteau dénote un crime de rage soudaine, dit Luna. De rage ou de panique. Un meurtre non prémédité. Le marteau devait se trouver à portée de main. Un de vos suspects était-il en train de construire quelque chose ?

Joe se gratta le bout du nez.

— Je n'ai pas pensé à poser la question… C'est une bonne remarque. Je devrais vous embaucher comme détective.

Luna secoua la tête.

— Non, je ne saurais jamais comment réagir devant la haine ou la cupidité.

— C'est difficile de les éviter… Comment avez-vous donc fait pour vous acheter une voiture ?

Luna haussa les épaules.

— Il existe de nombreuses méthodes. Pour ma part, j'utilise une petite boule de cristal sur une chaînette en argent, qui me sert de pendule.

— Ah ? Et ça marche ?

— Si c'est négatif, je vais voir un autre concessionnaire.

Joe sirota son whisky.

— Pour en revenir à Ken Mooney, il y a un autre point qui émerge un peu du brouillard : Ken a-t-il été supprimé en tant que facteur, ou parce qu'il était Ken Mooney ? En d'autres termes, le mobile est-il lié à son travail ou à sa vie privée ? Comme vous l'avez fait remarquer, le marteau dénote l'absence de préméditation, ce qui tendrait à faire penser que c'était le facteur qui était visé. Si Ken avait été la cible à titre personnel, l'assassin aurait probablement recouru à une méthode plus élégante.

— Il peut y avoir eu une dispute soudaine, dit Luna. Ou bien Ken a peut-être accumulé chaque jour un affront mineur, jusqu'à ce que ce soit la goutte d'eau qui fait déborder le vase.

Joe leva les mains en un geste d'impuissance.

— Chaque fois que je crois être parvenu à mettre un peu d'ordre dans la confusion, quelqu'un tire sur la ficelle et tout s'écroule. Au fait, permettez-moi d'essuyer cette tache de cambouis sur votre front. Les gens vous regardent d'un drôle d'air.

Luna se leva d'un bond.

— Vous ne pouviez pas me le dire plus tôt ?

— Je n'y ai pas pensé.

Elle se rendit aux toilettes. Quand elle revint, Joe l'emmena dans la salle de restaurant.

— Ici, les steaks sont en général excellents. Je me souviens tout à coup que je n'ai pas déjeuné, avec cette histoire de fou chez William Dedrick, J'ai l'intention de faire un bon dîner.

L'espace d'un instant, Luna sembla de nouveau mystérieusement distante, mais elle ne repoussa pas le menu que Joe lui mit dans les mains. Devant un steak aux oignons frits arrosé d'un pinot noir de Monteverde, elle redevint cordiale.

— Chaque fois que nous inclinons cette bouteille, expliqua Joe, nous enrichissons Mrs Bazzarini, qui serait l'un de mes principaux suspects si elle n'était pas clouée dans un fauteuil roulant et si elle n'avait pas aimé Ken comme son propre fils. Il faut ajouter qu'une infirmière surveille chacun de ses gestes. D'autres ont des alibis. Certaines sont trop enceintes, d'autres sont trop gros. Et du coup, il ne reste plus aucun suspect.

— On pourrait considérer ce crime comme une illusion.

— Malheureusement, non. Voulez-vous un café ?

— Non, merci.

— La soirée ne fait que commencer, dit Joe. Je ne sais pas quelles sont vos habitudes, mais que diriez-vous si nous ramenions votre voiture chez vous, et que nous nous installions autour d'une bouteille de scotch ?

Luna haussa ses sourcils expressifs, et dit d'une voix de nouveau distante :

— Ne devriez-vous pas d'abord prévenir votre femme ?

Tout était clair, à présent. Joe éclata de rire.

— Ce serait une tâche vraiment ingrate. Il y a seize ans, ma femme m'a quitté pour les beaux yeux d'un guitariste. On peut considérer notre relation comme terminée. Et vous ?

— Les Arthémisiens ont des mœurs différentes de celles des Terriens.

— J'aimerais en savoir plus sur eux, dit Joe.

Il paya l'addition et acheta une bouteille de whisky au bar. Ils allèrent récupérer les pneus à la station-service, puis ils retournèrent à la voiture de Luna dans Hankinson Road. Joe remonta la roue et remit la roue de secours à sa place.

Les journées sont longues, en été, et quand ils arrivèrent au cottage de Luna, l'horizon était encore lumineux à l'ouest.

Luna apporta une table de jardin sur la pelouse près de la balancelle, puis elle alla chercher des verres, de l'eau et des glaçons. Elle retourna encore une fois dans la maison, et en ressortit vêtue d'une ample robe de tissu léger. Joe la trouva merveilleusement douce et fraîche.

Il déboucha la bouteille et versa du whisky dans les verres.

— Je suis vraiment content que Mr Rank m'ait demandé de passer vous voir. Vous savez pourquoi ?

— Non, répondit Luna d'un air malicieux. Pourquoi donc ?

— Eh bien, s'il ne l'avait pas fait, nous serions en ce moment même entourés d'une nuée de moustiques.

— Ma foi, oui, c'est vrai.

— Et puis, en fait, je ne serais peut-être pas ici du tout.

— Il y a tant de choses qui nous dépassent.

— Je pourrais facilement en citer une douzaine, dit Joe. Deux douzaines. Mais pour l'instant, je refuse de penser à Ken Mooney.

— C'est une soirée bien trop agréable pour ça.

Le niveau du scotch dans la bouteille descendit, les dernières lueurs du jour disparurent et les étoiles commencèrent à luire dans le ciel. Luna pointa du doigt.

— Regardez, là… Non, là… C'est la direction d'Arthémisia, dans la constellation de la Vierge.

— Je ne vous demanderai pas par quel moyen vous êtes venue. D'abord, sans passeport, c'est absolument illégal.

Luna souriait pensivement en contemplant les étoiles. Joe versa un peu de whisky sur les glaçons et les fit tinter agréablement en agitant son verre.

— On boit beaucoup, sur votre planète ? demanda-t-il.

Luna hocha la tête.

— Des élixirs, des essences dérivées de fleurs d'arbres fruitiers.

— Ça a l'air bien. Et qu'est-ce qu'il y a comme distractions ?

— Oh… On chante, on récite des poèmes épiques, on marche le long des plages.

— Et la vie amoureuse ?

— C'est à peu près comme ici, répondit Luna après un bref instant de réflexion.

— Par exemple, on se prend par la main comme ceci ?

— Oh, oui.

— Et on se passe peut-être le bras autour des épaules comme cela ?

— Ma foi, oui. À peu près comme ça.

— Et ensuite, ils…

— … Eh bien…

— Et ensuite…

— Joe, fais attention. Ce n'est que de la mousseline…

— … mais qu'est-ce que c'est que ça ?

— Juste un truc que portent toutes les filles d'Arthémisia.

— … Ah oui. Ça y est, j'y suis arrivé…

— …

— … Luna.

— Oui, Joe ?

— Non, rien. (Joe fit tourner ses glaçons dans son verre.) On est si bien, ici… J'en suis malade rien qu'à l'idée de devoir retourner dans le monde réel.

Luna leva les yeux vers la Vierge et Spica, et l'étoile Vindemiatrix du côté du Repaire du Chien Hurlant.

— Tu es beaucoup trop consciencieux.

— Il faut bien que je sois quelque chose. Il semblerait que je ne sois pas très malin. En ce moment, il y a un assassin qui rit sous cape, et je soupçonne que c'est à mes dépens… Une goutte de whisky ?

— Non, merci.

— J'imagine que tu n'as jamais rencontré Ken ? Il habitait juste à deux kilomètres d'ici.

— Je connais son père. Il m'a confié une propriété à vendre.

— Ah ? Il s'agit de quelle propriété ?

— Un vieil hôtel du côté de Jordan. C'est un homme assez spécial quand il s'agit de discuter affaires.

— Je suis tout à fait d'accord avec toi là-dessus. Quel prix en demande-t-il ?

— C'est ça qui est bizarre. Il voulait vingt-huit mille dollars au départ, et puis il est descendu à vingt-six mille cinq cents, et hier, il m'a dit de ne pas bouger pendant quelques jours parce qu'il avait une offre très avantageuse en perspective.

— Hum… fit Joe. (Il se redressa sur la balancelle et reposa son verre sur la table.) Puisque je suis dans le coin, je ferais mieux de passer lui rendre une petite visite.

— C'est une si belle soirée… soupira Luna.

— Oui, vraiment, dit Joe, mais je dois y aller.

Il repartit dans Oatfarm Road et tourna dans l'allée des Mooney. Il y avait de la lumière aux fenêtres, et la maigre silhouette de Clarence se profila derrière la porte grillagée.

Joe descendit de voiture.

— Hello, Mr Mooney.

— Ah ! C'est vous, shériff.

— Je passais par là, alors j'ai pensé venir bavarder un peu avec vous.

— Bien sûr, bien sûr. Je ne vous fais pas entrer, parce que ma femme et mes filles regardent la télévision.

— Rien d'autre ne vous est revenu à l'esprit, concernant Ken ?

— Non, rien, shériff. Sauf que je suis certain que c'était une tragique erreur.

— Ça reste toujours une possibilité. Avez-vous eu l'occasion de jeter un coup d'œil aux finances de Ken ?

Mooney hocha la tête.

— Il ne possédait pour ainsi dire rien. Il avait juste une assurance-vie, qu'il avait prise au bénéfice de sa mère.

— Et des lettres, un agenda, un cahier – enfin, quelque chose qui pourrait nous fournir un indice ?

— Non, pas le moindre papier.

— Hmmf… Bon, je vais continuer ma route. Ah, au fait, à propos de Halfway House… Ma mère a changé d'avis, elle trouve que la maison est vraiment en trop mauvais état. Elle ne veut pas mettre plus de quinze mille dollars. Je lui ai dit que j'ajouterais mille dollars, histoire d'amortir un peu le coup vis-à-vis de vous, mais c'est sa proposition finale, à prendre ou à laisser.

Clarence ouvrit la bouche pour répondre, mais les mots lui restèrent coincés dans la gorge. Il réussit enfin à dire :

— Je ne crois pas que nous puissions nous entendre.

— C'est probablement mieux pour tout le monde, conclut Joe. Eh bien, bonne nuit.

Clarence Mooney tourna les talons et rentra dans sa maison.

Joe retourna à l'agence Pandora. Luna apparut sur le seuil.

— C'est encore moi, lui lança Joe. J'ai une affaire pour toi. (Il fit un chèque de mille dollars.) Attends un jour ou deux, et ensuite, appelle Mr Mooney pour lui dire que tu penses pouvoir caser Halfway House à vingt-six mille cinq cents. S'il accepte, fais-lui un chèque de mille dollars comme acompte. Précise bien que le prix inclut le terrain, la maison et tout ce qu'elle contient, même les vieux machins. En aucun cas tu ne dois mentionner mon nom. Ça risquerait de tellement l'exciter qu'il ne voudrait plus vendre.

Chapitre IX

1

Joe se plongea dans la lecture du *Messenger* du vendredi tout en mangeant ses œufs au bacon. L'histoire du forcené juché sur le silo de Dedrick y figurait en bonne place. C'est avec incrédulité qu'il lut l'article : nulle part n'étaient célébrées l'astuce et la finesse du shérif Joe Bain. En lieu et place, le journaliste avait écrit :

Le shérif Joe Bain s'est caché dans une grange jusqu'à ce que le forcené descende du silo. Ce sont ses adjoints Ben Boso et Fay Insley qui ont finalement procédé à son arrestation.

Joe jeta le journal par terre et fut réprimandé par sa mère, qui n'approuvait pas les manifestations d'émotion excessives.

Il ramassa le journal et poursuivit sa lecture. Il y avait un autre article sur l'affaire Mooney, désagréable uniquement à cause de sa véracité :

Le shérif Joe Bain déclare que l'enquête suit son cours, mais qu'il n'existe pour l'instant aucune piste solide.

Le téléphone sonna.

— Oui, Joe Bain à l'appareil.

— C'est Rex Kelly. Le Country Club n'a rien donné. Aucun des golfeurs de mardi matin n'a remarqué quoi que ce soit d'inhabituel J'ai aussi parlé à Bill Whipple, qui se dit aussi stupéfait que tout le monde de la mort de Ken. Il dit que Ken n'avait pas d'ennemis, pas de dettes, et qu'apparemment, il avait un excellent moral. Il affirme ne pas l'avoir beaucoup vu ces derniers temps. Il n'a pas d'alibi, et il ne prend pas au sérieux l'idée qu'on puisse le considérer comme suspect. En tout cas, il n'en a pas le comportement. Ça fait longtemps que je n'avais pas vu un gars aussi arrogant.

2

Bill Whipple dévala les marches du perron et sortit dans Madrone Way où sa Corvette était garée. Grand, large d'épaules, mince mais musclé, hanches étroites, longues jambes, il se tenait très droit, la tête presque rejetée en arrière. Son regard se portait sans cesse à droite et à gauche, avec la vigilance d'un oiseau de proie – une ressemblance accentuée par son nez busqué et sa bouche aux lèvres fines. Bill Whipple était loin d'être beau, mais il attirait sur lui des regards fascinés. Il n'était pas né à la bonne époque. Trois mille ans plus tôt, il aurait été un héros barbare. Cinq cents ans plus tôt, un prince de la Renaissance. Aujourd'hui, il vendait des voitures d'occasion dans la concession de son père.

En montant dans sa voiture, il aperçut Starr Shortridge qui sortait également de chez elle, une raquette sous le bras, manifestement pour se rendre au Country Club.

Bill mit le contact, fit rugir son moteur, et fut presque aussitôt à sa hauteur.

— Hello, Starr !

La jeune fille lui lança un regard perplexe, comme si elle se demandait si elle le connaissait.

Il descendit d'un bond de sa voiture.

— Où vas-tu comme ça ?

— Au tennis.

— J'ai une bien meilleure idée. Je vais t'emmener en ville et je t'offrirai un énorme milk-shake au chocolat.

Il recula d'un pas et détailla Starr des pieds à la tête. Elle portait un short marron foncé, et un polo rayé bleu et blanc.

— Maintenant que j'y pense, reprit-il, tu ressembles exactement à un milk-shake au chocolat, avec de la crème fouettée.

C'est un fait que Starr était particulièrement en beauté. Avec ses cheveux soyeux et son teint hâlé, elle respirait la santé.

— Alors, qu'est-ce que tu en dis ? demanda Bill.

Il avait posé la question d'une voix un peu hésitante, plus aiguë. Aucune autre fille ne lui avait jamais fait un tel effet. Starr n'était pas simplement une fille : c'était une abstraction, un but, un destin, et il la haïssait autant qu'il la désirait.

— Allez, monte, dit-il. Cet engin va comme le vent. Tu auras à peine le temps de penser à ton milk-shake qu'il sera déjà devant toi sur la table. J'ai des tas de choses à te dire. Deux cents choses d'un très grand intérêt.

Starr fit lentement un pas en arrière, en observant Bill en coin. Il a un œil reptilien, songea-t-elle : audacieux, sans crainte, un regard tout extérieur. Un frisson la parcourut. La réaction instinctive opérait encore. Ses nerfs transmettaient à son cerveau des messages incompréhensibles. Elle s'éloigna encore d'un pas dans la rue.

— Non, merci, dit-elle. Je n'ai vraiment pas envie d'un milk-shake.

Et avec un vague sourire, elle lui tourna le dos.

Dans un soudain accès de passion, Bill la saisit par le coude et la fit pivoter.

Le visage de la jeune fille n'exprima qu'un léger étonnement, comme si un chien avait aboyé après elle derrière un grillage. Cette indifférence ne fit qu'irriter davantage Bill. Il voulait provoquer chez elle une émotion – n'importe laquelle.

— Je vais te dire une chose, Starr. Depuis le premier jour où je t'ai vue, quand tu t'es mise à démolir ma cabane…

Il s'arrêta net, décontenancé par son manque total de réaction.

Starr, de son côté, n'était consciente que de ses instincts féminins archaïques – une situation qui la dégoûtait et qu'elle trouvait répugnante. Elle se dégagea de l'emprise de Bill.

— Bon, maintenant, si tu veux bien… dit-elle.

— Attends deux secondes ! s'écria Bill. Je veux savoir ! Tu me détestes vraiment, ou bien tu joues la comédie ?

Starr trouva la question amusante.

— Je n'ai pas conscience de jouer la comédie, répondit-elle. Et maintenant, si tu veux bien m'excuser…

Bill resta les bras ballants, le dos voûté – totalement vaincu. Il demanda d'un ton plaintif :

— Qu'est-ce qui te déplaît tant en moi ?

— Je ne me suis jamais vraiment donné la peine d'y réfléchir, répondit calmement Starr avec une franchise parfaitement convaincante.

Et elle s'éloigna en balançant sa raquette.

Bill, figé comme un poteau, regarda s'éloigner la fine silhouette en short marron.

— Une allumeuse… murmura-t-il d'une voix rauque. Ah, quelle allumeuse !

Il fit deux pas rapides vers elle pour la rattraper, mais il se ravisa. Il sauta dans sa Corvette et démarra en trombe dans Madrone Way. En tournant dans McClellan Avenue, il se tordit le cou pour la regarder, et constata qu'elle n'avait même pas daigné se retourner pour le voir partir. Si Starr avait eu l'intention de focaliser l'attention de Bill sur elle, elle n'aurait pas pu mieux réussir. Tout en marmonnant des jurons, Bill se mit à imaginer des stratagèmes pour se venger. Il devait bien y avoir un moyen pour qu'elle s'intéresse à lui ! Il avait déjà essayé quelque chose de ce genre, mais ça n'avait pas marché. Bien sûr, il n'avait pas déployé tout son pouvoir. Le pouvoir ! Si ce n'était pas pour construire, alors ce serait pour détruire. Pourquoi pas ? Oui, pourquoi pas…

3

Joe, agité et nerveux comme un voleur dans un magasin, se rendit au QG. Il n'y avait pas de détenues dans les cellules et Miss Curdy n'était pas là. De ce fait, l'atmosphère était singulièrement calme et plaisante.

Il se cala dans son fauteuil et posa les pieds sur son bureau. Pour autant qu'il pouvait en juger, l'affaire Mooney était dans une impasse. Le meurtre semblait irrationnel. Y avait-il un lien avec Halfway House ? Alors qu'il commençait à réfléchir à la question, le téléphone sonna. Il entendit la voix claire de Luna :

— Joe ? Tu te souviens que nous avions discuté d'une certaine propriété près de Jordan ?

— Je m'en souviens distinctement.

— Eh bien, il y a une demi-heure, le propriétaire est passé me voir pour réactiver la vente. Je lui ai dit que je pourrais lui trouver un acquéreur à vingt-six mille cinq cents, et il a décidé d'accepter. Je lui ai fait un chèque de mille dollars pour acompte, et voilà, l'affaire est bouclée.

— Tu veux dire que ça y est ? Je suis le propriétaire ?

— À condition que tu verses le solde dans un délai de quarante-cinq jours.

— C'est faisable, à condition que tout se passe bien à la banque. Je vais m'en occuper en priorité lundi matin. Tu n'as pas mentionné mon nom à Mooney ?

— Non.

— Tu es formidable… Je t'appellerai demain. Peut-être même ce soir.

— Pas ce soir, Joe, je vais à San Jose pour une réunion de la Société des Pansophistes.

La conversation terminée, Joe reposa les pieds sur son bureau et réfléchit. Donc, Halfway House, c'était fait… Comme s'il n'avait pas déjà assez de soucis en tête comme ça…

Il téléphona à sa mère pour lui apprendre la nouvelle :

— À compter d'aujourd'hui, nous possédons dix hectares de terrain et une vieille auberge délabrée. La licence de vente d'alcool sera enregistrée à ton nom. (Joe sourit en entendant le couinement de protestation.) On ne peut pas faire autrement. Ça ne ferait pas bon effet si je cumulais les activités de shériff et de barman, et Miranda est beaucoup trop jeune. Il ne reste plus que toi.

— Jamais je n'aurais imaginé que je serais un jour propriétaire d'un bar, déclara Marian Bain. Je ne sais vraiment pas ce que je vais dire à mes amies !

— Invite-les à la pendaison de crémaillère. Où est Miranda ?

— À ton avis ? Elle est en train de se pomponner dans la salle de bain.

— Allons-y ensemble pour faire le tour du propriétaire. Le prix est tellement bas que j'ai peur d'avoir fait une grosse bêtise.

— Non, je ne peux pas y aller, pas aujourd'hui. Dora Larkin m'emmène à San Rodrigo pour voir Tante Ellen.

— Demande à Miranda si elle veut venir.

Marian appela sa fille, obtint une réponse.

— Elle est d'accord.

— Dis-lui de se tenir prête.

Joe raccrocha et se leva d'un bond. Autant me balader un peu à la campagne, se dit-il. Ici, je ne fais rien de bon.

4

Halfway House n'avait pas vraiment changé depuis la dernière fois, à une exception près, et qui était d'importance : son air de décrépitude tranquille avait semblé pittoresque et propre à inspirer la nostalgie, mais à présent, il représentait des dépenses.

— Bon sang ! s'exclama Joe. Je ne m'étais pas rendu compte que c'était délabré à ce point-là. ! J'ai bien peur de m'être fait avoir dans les grandes largeurs.

— Allons, Papa, dit Miranda, ce n'est pas aussi catastrophique que ça. En fait, c'est la maison la plus pittoresque que j'aie jamais vue !

— C'est parce que tu ne remarques pas l'étendue des travaux à faire. Regarde-moi ces bardeaux ! Je vais devoir refaire le toit en priorité. Et cette peinture tout écaillée sur le balcon !

— Voyons, Papa, un peu de travail, ça ne doit pas te faire peur ! Je repeindrai le balcon. Je demanderai à Fred, Emmett et Ronald de venir nous donner un coup de main. Ils vont travailler comme des fous – Fred et Ronald, en tout cas, parce que Emmett est assez paresseux.

— Regarde la véranda, dit Joe. Elle m'a l'air de guingois.

— C'est facile à réparer. Tu la redresses avec un cric et tu cales les piliers avec des pierres.

— À t'écouter, tout paraît simple.

Wilbur Baker fit son apparition.

— Bonjour, shérif.

— Hello, Wilbur. Si vous voulez bien tout ouvrir ? Vous avez devant vous le nouveau propriétaire.

— Tiens, tiens. Comment diable avez-vous fait pour vous mettre d'accord avec Clarence ?

— Il a fallu se battre un peu. Il ne sait toujours pas à qui il a vendu.

Wilbur hocha tristement la tête.

— J'imagine que vous n'avez plus besoin de moi. Je veux retourner dans le Missouri vivre avec mon fils. Ken avait besoin de quelqu'un pour l'aider, il manquait de plomb dans la cervelle. Il s'était retrouvé avec une bande de bons à rien qui ne pensaient qu'à faire la noce et coucher ensemble. Ça me rendait malade de voir ça. Il y avait des filles, je vous jure, qui devaient être encore au lycée !

Comme la fois précédente, Joe essaya d'obtenir des détails, mais Wilbur Baker ne put lui en fournir – ou peut-être ne voulait-il pas.

— Il était chez lui, il pouvait faire ce qu'il voulait. Moi, je me tenais à l'écart quand il donnait une fête.

— Il en a donné beaucoup ?

Wilbur Baker semblait de plus en plus mal à l'aise.

— Ça, je ne pourrais pas vous dire. Cinq ou six, peut-être. Je ne vois pas pourquoi ça vous intéresse autant. Il n'en a plus donné depuis l'hiver dernier.

— Ça n'a probablement aucune importance, dit Joe. Si vous voulez bien tout ouvrir en grand, je vais jeter un coup d'œil à l'intérieur.

— Tenez, grommela Baker, voilà les clés. Après tout, c'est vous le propriétaire. La prochaine fois que vous viendrez, je ne serai sans doute plus là.

— Restez aussi longtemps que vous voudrez. Il ne faut pas vous presser à cause de moi.

D'un pas lourd, Wilbur Baker retourna dans sa cabane. Joe et Miranda ouvrirent les portes toutes grandes et explorèrent la vieille auberge de la cave au grenier. Les précédents propriétaires n'avaient rien jeté. Partout on trouvait des reliques du passé : souvenirs, trophées, bibelots. De vieilles photos couvraient le grand miroir du bar. Sur les murs étaient accrochés des bois de cerf, des défenses de morse, une tête d'ours, des paniers indiens. Dans le grenier, ils trouvèrent une douzaine de vieilles valises, préparées pour des voyages depuis longtemps oubliés.

— C'est franchement glauque, ici, dit Miranda. Redescendons.

— Il faudra fouiller soigneusement ces valises, dit Joe. On pourrait y découvrir un trésor de pièces anciennes, des pennys à tête d'Indien, ou même quelques demi-dollars Kennedy.

— Ou une Bible de Gutenberg.

— Plus vraisemblablement un tas de vieux corsets sales. C'est à peu près tout ce que Clarence Mooney a dû laisser.

Ils inspectèrent les chambres au plancher recouvert d'un lino couleur biscuit, toutes vides à part des cadavres de mouches et des journaux éparpillés sur le plancher.

— Dix lits neufs, dix matelas neufs, énuméra Joe. Dix tapis, dix chaises, dix pots de chambre, quatre-vingt litres de peinture. Je crois que je vais vous confier tout ça, à ta grand-mère et toi. Moi, je suis trop frêle.

— Oh, Papa ! Tu plaisantes ! Ce n'est pas si terrible que ça ! Nous ferons une chambre à la fois, on va bien s'amuser !

— J'espère que tu as raison, dit Joe. J'entends déjà d'ici ta grand-mère quand un client critiquera sa cuisine.

— Je crois qu'on devrait servir uniquement des pizzas.

— Pour le petit déjeuner, le déjeuner et le dîner ? Je ferais bien de t'envoyer faire la tournée des plus grands restaurants du monde, pour que tu voies un peu comment ça marche. En fait, nous irons tous… Bon, je vais aller réconforter William Baker pour qu'il ne mette pas le feu à l'hôtel en guise de cadeau d'adieu.

— Moi, dit Miranda, je vais me mettre au travail tout de suite. Je vais commencer par balayer le hall.

— Ménage tes forces.

Joe partit en direction de la remise qui servait à la fois de garage et d'étable, située à une cinquantaine de mètres derrière le bâtiment principal. Il y trouva une vieille charrette pourrie, une antique Marmon décapotable posée sur des cales, plusieurs selles craquelées, des caisses de bouteilles vides, des boîtes remplies de tout un bric-à-brac. Wilbur Baker s'était installé dans l'appentis réservé autrefois au garçon d'écurie.

— Hé, Mr Baker ! Je peux vous parler deux minutes ?

Wilbur Baker apparut.

— Qu'est-ce que je peux faire pour vous ?

— Je ne connais pas les limites de la propriété. Je me demande si vous pourriez me les montrer. J'aimerais aussi jeter un coup d'œil à la citerne d'eau.

— Il y a une route qui mène à la citerne. On ferait mieux d'y aller avec votre voiture. C'est un peu loin à pied, pour un vieil homme comme moi.

Joe et Wilbur Baker allèrent donc inspecter la citerne et les bornes de la propriété. Ils étaient à peine partis qu'une Corvette blanche s'engagea dans l'allée en faisant crisser le gravier sous ses pneus. Elle était conduite par un jeune homme au profil aquilin, aux lèvres pâles et pincées, aux cheveux blonds coupés court. Il freina brutalement devant la terrasse et bondit de sa voiture. L'espace d'un instant, il vacilla comme enivré par le rythme du véhicule. Il examina la façade de Halfway House. Remarquant la porte ouverte, il monta rapidement les marches et entra dans le hall.

Miranda, qui était en train de retirer les chiures de mouches du grand miroir, se retourna au bruit de ses pas. Elle fut étonnée de l'intensité de son expression. Il avait l'air d'un homme prêt à tout.

Bill Whimple s'arrêta net sur le seuil.

— Qui êtes-vous ? demanda-t-il.

— La nouvelle propriétaire, répondit fièrement Miranda. Et vous, qui êtes-vous ?

Bill ne répondit pas directement.

— Alors comme ça, Mooney a vendu la baraque. Quel vieux salopard… (Il s'avança.) Je suis un ami de Ken. Je suis venu récupérer deux ou trois trucs qu'il m'a donnés.

— Ah, vraiment ? (Rassurée par le fait que son père, l'important shérif Joe Bain, était à proximité, elle décida de taquiner un peu ce jeune homme à l'air menaçant.) Et quels sont ces « trucs », plus précisément ?

— Juste des petites choses sans valeur. (Il jeta un coup d'œil derrière elle.) Vous êtes seule ?

Miranda se demanda ce qui aurait pu se passer si elle l'avait vraiment été…

— Mon père est dans le coin.

— Où ça ?

— Je ne sais pas. (Elle se retourna pour regarder vers la porte par-dessus l'épaule de Bill.) Si sa voiture n'est pas là, c'est qu'il a dû aller faire un petit tour dans le domaine. Il sera là d'une minute à l'autre.

— Je vois. Le bar est ouvert ?

— Pas pour la clientèle. Il vaut mieux que vous attendiez mon père.

— Non, impossible, je suis très pressé.

Bill ouvrit les magnifiques portes vitrées en bois d'acajou qui donnaient sur la salle à manger. Miranda poussa un cri de protestation et le rejoignit dans le bar.

Debout au milieu de la pièce, Bill examinait les lieux avec un petit sourire narquois. Bon, se dit-il, autant être à la hauteur de ma réputation...

— S'il vous plaît, dit fermement Miranda, allez-vous-en d'ici !

Bill passa derrière le comptoir et prit une bouteille dans laquelle il restait encore un fond de whisky.

— Vous voyez cette bouteille ? Elle est à moi. C'est moi qui l'ai apportée.

— Ne touchez à rien ! lança Miranda, indignée.

— Et si tu prenais un verre avec moi, petite ? Comment tu t'appelles ?

— Miranda Bain. Et je n'ai pas envie de boire. Je veux que vous partiez.

Bill but tranquillement une gorgée de whisky, puis il examina les murs. Son regard s'arrêta sur une photo. Il traversa la pièce et commença à la détacher.

— Je vous interdis de faire ça ! s'écria Miranda. Ces photos font partie de la décoration !

— Pas toutes. Quelques-unes sont à moi.

— Vous devez d'abord en parler à mon père.

— Tiens, je croyais que tu étais la propriétaire, dit Bill en glissant la photo dans sa poche.

— Peu importe qui je suis. Rendez-moi cette photo.

Bill la toisa de la tête aux pieds : jambes fines, buste élastique, visage mince et vif, cheveux foncés et soyeux.

— Tu sais quoi ? dit-il d'un air étonné. Tu es une mignonne petite poulette. Tu me plais.

— Vous, vous ne me plaisez pas.

— Ah, fit Bill, c'est toute l'histoire de ma vie. Enfin, presque.

Histoire de la taquiner, il se retourna pour détacher une autre photo. Miranda s'interposa, ce qui était un geste dangereux, car leurs deux corps se trouvèrent en contact. Le tempérament impétueux de Bill n'avait pas besoin d'autre provocation : il lui enserra la taille, visa la bouche et lui embrassa la joue. Miranda se dégagea vivement, en bouillonnant de rage. Quand Bill s'avança vers elle avec un large sourire, elle s'empara de la bouteille et la brandit en criant :

— Vous avez intérêt à arrêter tout de suite !

Bill éclata de rire.

— Un vrai petit démon. Je crois bien que tu en serais capable.

Il avança encore et esquiva la bouteille avec l'aisance que procure l'habitude. Il la lui prit des mains et l'enlaça de nouveau.

— Alors, qu'est-ce que tu dirais d'un petit baiser ? Mais un vrai, cette fois.

Miranda se débattit et réussit à se dégager. Elle n'avait jamais été aussi furieuse de sa vie. Elle sortit en courant, saisit les clés de la Corvette et les jeta sous les marches du perron avant de retourner au bar, où Bill continuait d'examiner soigneusement les photos.

— Vous avez intérêt à me rendre cette photo, dit-elle, ou sinon, vous allez devoir rester ici un bon bout de temps.

— Ah oui ? Comment ça ?

— J'ai pris vos clés de voiture.

— Hein ?

Bill la dévisagea. Un peu jeune, mais jolie et passionnée. Et agressive. Et féminine. Et jolie. Il se sentait émoustillé, la bouche un peu sèche. Si elle lui avait pris ses clés et était revenue pour le lui dire, c'était forcément qu'elle cherchait à le provoquer. Ma foi, il était partant pour ce petit jeu. Elle ne se comporterait pas comme ça si elle s'attendait à ce que son père revienne tout de suite. Bill bondit vers elle et la saisit à bras-le-corps.

— Où sont les clés ?

Il fouilla dans la poche de sa jupe, passa la main sous son chemisier. Miranda lui donna des coups de pied et essaya de le mordre.

— Donne-moi les clés, dit Bill, ou sinon, je vais devoir te fouiller complètement…

— Elles sont sous les marches, dit Miranda d'une voix étranglée. Vous allez avoir de sacrés ennuis quand mon père reviendra !

— Des ennuis ? dit Bill en riant. Je n'ai rien fait du tout. C'est toi qui as fait des ennuis. Je suis venu récupérer ce qui m'appartient. Toi, tu as essayé de me fracasser le crâne avec une bouteille, et tu m'as volé mes clés. C'est illégal.

— Pas du tout !

Miranda, acculée contre le comptoir du bar, essaya de lui donner un coup de poing dans la figure. Bill sentit céder les limites de sa patience. Il s'approcha d'elle…

— Qu'est-ce qui se passe, ici ? lança Joe, qui avait été attiré par le bruit.

Il bondit et saisit Bill par le col pour l'écarter de Miranda. Bill pivota et le frappa d'un crochet à la mâchoire. Joe recula en titubant.

— Tu as posé la main sur moi, mon gars, dit Bill. Ça s'appelle « voies de fait ».

— Et de ton côté, ça s'appelle « coups et blessures ».

— Et ça, ça s'appelle un coup de poing dans le nez, rétorqua Bill.

S'ensuivit une mêlée confuse, échange de coups, piétinements, respirations sifflantes. Joe était prudent et gardait son calme, fort d'une longue expérience de bagarres avec des ivrognes et des prisonniers récalcitrants. Bill était rapide, musclé, impétueux. Il frappa Joe au ventre. Joe esquiva de côté. Bill le frappa à la joue, et Joe tomba à terre. Il s'accrocha à la jambe de Bill et la souleva. Bill recula en titubant.

— Frappe-le encore, Papa ! cria Miranda.

— « Encore » ? dit Bill en ricanant. Il ne m'a même pas touché une seule fois !

— Goûte celui-là, alors, dit Joe en lui envoyant son poing dans l'oreille.

Furieux, Bill le saisit par le bras et le projeta sur la piste de danse. Joe glissa et termina sa course dans un coin. Bill renversa une table sur lui, puis une autre. Il se mit alors à empiler des tables et des chaises, jusqu'à ce que Joe, jurant et pestant, se trouve complètement prisonnier sous un amoncellement de meubles.

Bill sembla enchanté du résultat.

— Ma foi, dit-il, si c'est comme ça que vous traitez vos clients, je ne suis pas prêt de revenir. (Il tapota la tête de Miranda et ajouta :) Salut, ma mignonne. Je te reverrai quand ton vieux ne sera pas là.

Il sortit et regarda sous les marches, où il trouva ses clés. Ce n'est qu'alors qu'il remarqua la voiture de police noire et blanche. Il eut un instant de flottement, et jeta un coup d'œil vers le bar.

— Miranda *Bain* ? s'exclama-t-il, abasourdi. Le shérif Joe Bain ! Ah, bon Dieu ! Pour le coup, je me suis fichu dans de beaux draps !

Il sauta dans sa Corvette et quitta les lieux sur les chapeaux de roues.

En rampant, Joe finit par se dégager de la pile de tables et de chaises. Il sortit en boitillant pour regarder disparaître la voiture

— Qui c'était, ce gars-là ? demanda-t-il.

— Il a dit qu'il était un ami de Ken, expliqua Miranda entre deux sanglots. Il cherchait des photos, je crois qu'il en a pris une – un instantané, derrière le bar.

— Tu sais quelles photos il voulait ?

Miranda indiqua celles que Bill avait commencé à détacher.

— Seulement ces vieilles voitures ? demanda Joe stupéfait. Tout ça juste pour quelques photos ? J'ai du mal à le croire.

— Non, ces photos-là ne l'intéressaient pas vraiment. Il cherchait juste à m'embêter parce que je lui ai dit de ne toucher à rien. (Elle se regarda dans la glace et frissonna.) C'est un homme effrayant.

— Il ne t'a pas dit son nom ?

— Non, mais quand j'ai pris les clés dans sa voiture, j'ai regardé le certificat d'immatriculation. Il s'appelle William Whipple.

— Bill Whipple ! s'écria Joe. J'aurais dû m'en douter... Ça fait des jours que j'essaie de mettre la main dessus.

— Tu as fini par y arriver... dit Miranda.

Joe la regarda d'un air soupçonneux, mais elle avait une expression parfaitement innocente.

— Oui, dit-il en se frottant la mâchoire. Une belle empoignade.

— Tu vas l'arrêter ?

Joe soupira.

— Je ne ferais que me ridiculiser. Sous toutes ces chaises, encore... Ne t'inquiète pas, je vais lui dire deux mots. En fait, sans plus tarder.

Il retourna dans sa voiture pour contacter le QG et demander à Casey Miggs, l'adjoint de permanence, de lui amener Bill Whipple à son bureau, en précisant :

— Il vient juste de quitter Halfway House dans une Corvette blanche, probablement pour se rendre à Pleasant Grove par Contreras Road et la Highway 195.

5

Après avoir déposé Miranda à la maison, Joe retourna au bureau, où il dicta des lettres au magnétophone en s'interrompant parfois pour réfléchir à l'affaire Mooney.

L'après-midi s'écoula. Casey Miggs revint sans Bill Whipple.

— Il a dû prendre à l'ouest par la 198, ou au sud par Contreras Road.

Joe téléphona à la résidence des parents et à la concession Chevrolet, mais il n'obtint aucune information sur l'endroit où pouvait se trouver Bill.

À 16 heures, alors qu'il s'apprêtait à ranger ses affaires et rentrer chez lui, il reçut un visiteur : Howard Griselda. Joe lui approcha aimablement un fauteuil et se cala dans le sien.

Le journaliste ne semblait guère pressé d'exposer l'objet de sa visite. Il alluma sa pipe tout en regardant le shérif sous ses épais sourcils charbonneux.

Joe commença à se sentir mal à l'aise.

— Eh bien, Howard, qu'est-ce qui me vaut l'honneur de cette visite ?

— Tout d'abord, shérif, avez-vous du nouveau au sujet du meurtre de Ken Mooney ?

— Je crois pouvoir vous dire que nous progressons.

— Avez-vous un suspect ?

Joe fronça les sourcils.

— Je n'irais pas jusque-là. Disons que j'ai éliminé un certain nombre de gens, mais je n'ai pas d'élément encore bien défini pour désigner une personne en particulier.

Griselda hocha lentement la tête et exhala un gros nuage de fumée. Joe poursuivit :

— Je vois assez clairement comment les choses se sont passées. Le meurtrier savait qu'il serait obligé de continuer de distribuer le courrier dans la rue, sinon il aurait été facile de l'identifier par la maison où la tournée se serait interrompue. Il a donc enfilé l'uniforme de Ken et distribué le courrier, au moins jusqu'à la maison de Mrs Bazzarini. Il a ensuite caché la camionnette dans un garage, puis il a remis des vêtements normaux et attendu que la nuit tombe. Voilà le processus. Très astucieux, d'ailleurs.

— En effet. Ce matin, j'ai reçu un coup de téléphone anonyme. Une femme d'assez bonne éducation, m'a-t-il semblé. Elle m'a suggéré d'essayer de savoir à qui Mrs Bazzarini léguait son argent.

Joe fronça les sourcils.

— Je me demande pourquoi ce n'est pas moi qu'elle a appelé... Elle avait peut-être peur que je reconnaisse sa voix.

— C'est bien possible.

Joe écrivit quelques mots dans son carnet.

— Merci pour le tuyau. Je vais m'en occuper de ce pas.

Griselda examina le fourneau de sa pipe, le cogna pour en faire tomber le culot, et le bourra de nouveau.

— J'ai cru comprendre que vous projetiez d'acheter et de faire marcher une auberge.

Joe le regarda fixement.

— Comment diable la nouvelle vous est-elle parvenue ? J'ai à peine eu le temps moi-même d'y penser.

— Peu importe mes sources. Je veux savoir si c'est exact.

Howard Griselda alluma sa pipe et se mit à en tirer des bouffées en scrutant Joe à travers la fumée.

— Ma foi, non, ce n'est pas tout à fait exact. C'est ma mère qui dirigera l'affaire. Je n'aurai pas grand-chose à y voir, à part donner un coup de main pour le démarrage. Pourquoi cette question ?

— Franchement, shérif, je ne trouve pas cela convenable que le responsable de la police du comté gère une auberge d'aussi fâcheuse réputation.

Des volutes de fumée bleuâtre flottaient entre les deux interlocuteurs.

— Puis-je vous parler d'homme à homme, dit Joe, et que ça reste strictement entre nous ?

— Non, shérif, je ne pense pas. Il vaut mieux me considérer ici comme le représentant de mon journal.

— Tant pis, je vais quand même vous parler. En fait, la réputation passée de cet endroit n'a aucune importance. Ma mère dirigera l'auberge, et je ne la vois pas tolérer quoi que ce soit de vulgaire. La réputation de Halfway House va tout simplement changer. Pour ce qui est d'être shériff, je suis aussi un être humain. Je me rends bien compte que je suis très exposé dans ce poste, surtout avec vous pour veiller jalousement sur ma réputation. Mais il n'empêche, j'estime que je devrais avoir le droit d'investir mon argent comme je l'entends dans des activités légales, sans avoir à subir les sermons et les insinuations dans les journaux. Ce n'est que simple justice.

Griselda acquiesça d'un signe de sa tête massive.

— Je suis d'accord avec vous, jusqu'à un certain point. Mais n'oubliez pas qu'en tant que shériff, vous êtes comme la femme de César. Tenir une auberge me semble, comment dire, déplacé et déconseillé. Ce n'est tout simplement pas de bon goût.

— Allons, Howard, nous ne sommes plus en 1890. Ce n'est pas parce qu'un hôtel comporte un bar que ça en fait un lieu de débauche. Halfway House est une vieille auberge de campagne pittoresque, ou elle le deviendra une fois que nous la dirigerons. Cela fait des mois que la propriété était à vendre, et je ne vois pas en quoi je lèse qui que ce soit en l'achetant.

— Certes, mais c'est dans l'exercice de vos fonctions que vous en avez entendu parler.

— C'était un soir vers vingt heures. Et alors ?

Griselda se releva lourdement de son fauteuil.

— Tout cela est peut-être vrai, mais je pense néanmoins que les électeurs ont le droit de savoir que leur shériff s'apprête à ouvrir et diriger une taverne.

Joe rit nerveusement.

— À vous entendre, on dirait que cet achat est un acte de déchéance morale.

— Ce n'est pas moi qui le dis, c'est vous.

Griselda prit congé, laissant Joe ruminer de sombres pensées. Casey Miggs téléphona pour l'informer que Bill Whipple était bel et bien introuvable.

— Je le verrai demain, dit Joe. Là, maintenant, je suis fatigué et je ne me sens pas bien. Je vais rentrer chez moi et m'envelopper la tête d'une serviette chaude.

6

Joe était assis sur le canapé du salon, les pieds posés sur la table basse. En entrant dans la pièce, Miranda vit aussitôt que quelque chose n'allait pas. Elle s'installa à côté de lui et le prit par le coude.

— Qu'est-ce qu'il y a, Papa ? C'est à cause de ce Bill Whipple ? Tu n'es pas le champion du monde de boxe, alors pourquoi t'en faire ?

Joe émergea de sa torpeur.

— Qui dit que je ne suis pas le champion ? Bill Whipple ? J'avais simplement décidé de le ménager.

— Sois un peu sérieux, papa !

Joe mima une incompréhension totale.

— Tu viens pour me remonter le moral, et la première chose que tu me dis, c'est d'être « sérieux » ?

Miranda lui secoua le bras.

— Allez, Papa, je veux savoir ce qui te tracasse.

— Ce n'est pas un secret. En tout cas, ça n'en sera plus un après la parution du journal lundi. Howard Griselda n'approuve pas notre acquisition de Halfway House.

— C'est complètement idiot !

— Oui, on sait bien tous les deux que c'est idiot, mais Howard Griselda, lui, considère qu'il y a matière à un article. Je n'arrive pas à comprendre comment il l'a su aussi vite. Ce n'est pas l'agente immobilière qui le lui aura dit, et personne d'autre n'était au courant.

Miranda devint soudain rouge d'indignation.

— C'est cette commère de Gwen Griselda ! Tout ce qu'elle entend, elle va le rapporter à son père !

— Ah ha ! fit Joe. Tout s'éclaire. C'est toi qui l'as dit à Gwen Griselda, c'est ça ?

— Eh bien, nous parlions des vacances d'été et de ce que nous faisions, et j'ai mentionné Halfway House… Je ne vois pas pourquoi il faut qu'elle soit si bavarde.

— Elle n'a probablement pas eu l'occasion d'en placer une. Quels autres secrets de famille lui as-tu révélés ?

— Je ne savais pas que c'en était un.

— C'est vrai, ce n'en est pas un. Sauf que maintenant, Howard Griselda peut me faire passer pour un escroc.

— C'est ridicule ! Ce n'est pas comme si nous faisions quelque chose de mal ! Tu n'as pas un moyen de riposter ?

Joe émit un grognement amer.

— D'abord, je ne suis pas propriétaire d'un journal. Ensuite, quand bien même je le serais, il n'a commis aucun acte inavouable que je puisse épingler. Howard est le genre de type qui pasteurise son lait lui-même.

Miranda réfléchit un moment en plissant le front.

— Gwen me raconte pas mal de choses sur son père – tout comme je lui en raconte sur toi.

— Ah ? Qu'est-ce que Howard Griselda a bien pu faire qui me permette de le jeter en prison sur le témoignage de sa fille ?

— Laisse-moi réfléchir...

7

Le lundi matin, Joe téléphona à la rédaction du *Messenger*.

— Howard, vous avez toujours l'intention de publier cet article sur moi aujourd'hui ?

— Absolument, shérif. Ça n'a rien de personnel, comprenez-le bien. Un journal est le chien de garde de la communauté. Tout ce que les électeurs devraient savoir, je le leur dis.

— Tout cela est fort bien, mais ce ne serait que justice que vous passiez un petit texte signé de moi, expliquant mon propre point de vue sur la situation. Les électeurs ont également droit à cette information.

— C'est d'accord, dit pesamment Griselda. Quand puis-je espérer recevoir votre papier ?

— D'ici une heure.

Et Joe écrivit :

« À ce que je crois comprendre, Mr Griselda m'adresse deux reproches concernant mon investissement immobilier. Premièrement, Halfway House a eu une mauvaise réputation au fil des années. J'ai dit à Mr Griselda que son reproche serait fondé si cette réputation perdurait après un ou deux ans sous la direction de ma vieille mère, une femme dont la moralité est au-dessus de tout soupçon. Deuxièmement, il m'accuse d'avoir eu vent de cette affaire dans le cadre de mes activités professionnelle. D'une certaine façon, un peu tirée par les cheveux, il y a du vrai là-dedans. Et alors ? C'est plus ou moins une pratique courante pour tout le monde. Pour ne prendre qu'un exemple, Mr Griselda, propriétaire et rédacteur en chef du *Messenger*, étudie soigneusement toutes les petites annonces avant de les imprimer. Lorsqu'il repère des objets dont il a besoin pour son propre usage, ou qu'il sait pouvoir revendre en faisant un bon bénéfice, il les achète avant la parution du journal dans les kiosques.

Cela n'est évidemment pas illégal, ni même malhonnête au sens strict, même si, au cours de l'année écoulée, Mr Griselda a acheté aux annonceurs – avant même que le public ait eu une chance de voir les annonces – les articles suivants :

- Deux voitures vendues à prix sacrifié, l'une par un jeune homme obligé de partir à l'armée, et l'autre par une veuve qui avait désespérément besoin d'argent.
- Une tondeuse à gazon à moteur presque neuve pour 10 $.
- Une balancelle de jardin neuve pour 7,50 $.
- Un vélo d'appartement, un dispositif pour bain bouillonnant et une lampe à bronzer, le tout pour 40 $.
- Une collection de timbres qu'il évalue à 700 $, acquise pour 50 $.
- Un manteau de fourrure pour son épouse, pour la somme de 32 $.

De plus, il encaisse le tarif normal pour passer ces petites annonces.

Si je mentionne ces détails, ce n'est pas parce que je considère Mr Griselda comme un escroc, ni même un hypocrite, mais simplement comme un homme beaucoup plus conscient des faiblesses des autres que des siennes propres. »

Joe envoya son papier aux bureaux du *Messenger*. Il n'y eut aucune réaction de la part de Howard Griselda. Le texte de Joe ne parut pas dans le numéro de l'après-midi, non plus que l'éditorial critiquant son achat de Halfway House.

8

Joe se rendit chez Mrs Bazzarini. C'était une belle journée, avec un grand soleil tempéré par une brise fraîche venue du Pacifique par-dessus les montagnes. Toute idée de meurtre, de violence et de colère semblait incongrue dans cet environnement. Le terrain de golf était une vaste étendue verte et paisible. Spanish Hill dressait sa masse d'un vert plus foncé, veinée de marron et de beige et tachetée d'ombres noires. Ce serait bien agréable d'habiter dans Madrone Way, songea Joe – à condition qu'il réussisse à résoudre l'affaire Mooney, et qu'il puisse être sûr que ses voisins n'étaient pas des meurtriers.

Mrs Bazzarini l'accueillit avec affabilité et demanda à Miss Locke de lui apporter une tasse de café ou un verre de vin, selon les préférences du shérif.

Joe demanda du café, et Miss Locke quitta la pièce. Mrs Bazzarini s'enquit des progrès de l'enquête.

— À dire vrai, répondit Joe, je ne suis pas beaucoup plus avancé que mardi dernier, même si j'ai réussi à réduire un peu le champ des investigations. À ce propos, j'aimerais vous poser une question très personnelle.

C'est à ce moment que Miss Locke revint dans le salon avec le café. Elle posa la tasse à côté de Joe, puis elle tapota les coussins de Mrs Bazzarini, ajusta un peu les rideaux et s'apprêta à s'asseoir.

— Pardonnez-moi, Miss Locke, dit Joe. Si cela ne vous ennuie pas, j'aimerais m'entretenir seul à seul avec Mrs Bazzarini.

Miss Locke se retira en fronçant le nez.

— J'imagine, reprit Joe, que vous êtes riche.

— Oui, c'est vrai – quoique, dans mon état, ça ne me serve pas à grand-chose.

— Voici ma question : Qui héritera à votre mort ?

Mrs Bazzarini fit une petite grimace en entendant prononcer ce mot.

— Eh bien, c'est une chose dont j'avais prévu de ne jamais parler, parce que maintenant, c'est impossible.

— Je vous garantis que je n'en dirai rien à personne. Sauf si ça devient absolument nécessaire.

— Eh bien, j'avais rédigé un nouveau testament où je léguais une forte somme à Ken. C'était un garçon tellement charmant, et il me traitait avec tellement plus de gentillesse que ma propre famille. Pensez-vous que Laura vienne me voir ? Et son gros âne de mari ? Jamais ! Je ne suis pas assez bien pour eux. (Le visage rond de Mrs Bazzarini était rose de colère.) J'ai fait un testament dans lequel je léguais dix mille dollars à Laura, et tout le reste à Ken : des propriétés pour un montant considérable. Je sais qu'il aurait su en profiter et qu'il en aurait fait bon usage, et que de temps en temps, peut-être, il aurait eu une pensée pour la vieille Mrs Bazzarini.

— Oui, dit Joe, je suis certain que c'est ce qu'il aurait fait. Hem… Qu'en ont pensé Laura et son mari ?

— Je ne pense pas qu'ils m'aient crue.

— Vous le leur avez dit ?

— J'ai laissé entendre que je voulais me montrer gentille avec les gens qui étaient gentils avec moi, et que ceux qui présumaient trop de l'avenir allaient avoir un choc quand je mourrais.

— Quelle a été leur réaction ?

— Ils ont ri, c'est tout. Ils ont cru que je plaisantais.

— Et à présent, qui héritera ?

— Je ne me suis pas encore décidée. Laura et Caspar, sans doute. Après tout, c'est ma fille, même si on ne le dirait pas à voir la façon dont elle me traite.

Joe but une gorgée de son café en se demandant si Miss Locke écoutait à la porte. Ça n'avait guère d'importance : l'essentiel, c'était l'information. Pour la première fois, un mobile émergeait de tout ce fatras. L'idée du corpulent Caspar dans l'uniforme de Ken était grotesque. Laura Hubman ? Étrange, mais pas grotesque. Possible, mais peu probable. Il en allait de même pour tous les autres habitants de Madrone Way. Et qui était cette femme qui avait téléphoné à Howard Griselda pour lui fournir une piste de recherche ? Vraisemblablement Miss Locke.

— Ken savait-il que vous aviez l'intention de l'inclure dans votre testament ?

Mrs Bazzarini rougit et détourna les yeux.

— Eh bien… Je lui avais fait comprendre qu'il ne serait pas oublié. Il en avait été très gêné. C'était un garçon si simple, si gentil, que l'idée que quelqu'un veuille faire quelque chose pour lui l'embarrassait.

Joe prit congé et s'arrêta devant la maison des Whipple. Y trouvant Sheila Whipple, il lui demanda si elle savait où était Bill, mais elle l'ignorait.

— Je ne sais vraiment pas où il est passé. Il n'est pas à son travail. J'en parlais à l'instant avec Fred, et il ne l'a pas vu. En fait, il n'est pas rentré à la maison la nuit dernière.

— Tiens, tiens… fit Joe pensivement. Quand l'avez-vous vu pour la dernière fois ?

— Hier, en fin d'après-midi. Il était dans une de ses humeurs sombres, et quand il est comme ça, il est impossible de lui parler. Je n'essaie même pas. Il est sorti dans la soirée, et il n'est pas rentré de la nuit.

— Vous n'avez aucune idée d'où il a pu aller ?

— Non, vraiment. Ça ne devait pas être bien loin, parce qu'il n'a pas pris sa voiture. Ca ne lui ressemble pas. Je vous avoue que je me fais du souci. Il n'était pas habillé comme pour une soirée. J'ai appelé deux ou trois de ses amis, mais aucun ne l'avait vu.

— Personne n'est venu le chercher en voiture ?

— Je ne peux pas vous l'affirmer. Il semblait très sombre, il faisait les cent pas. Et puis il est sorti, et c'est la dernière fois que nous l'avons vu.

— Hmm. Ça lui arrive souvent de faire ça ?

— Il est tout simplement imprévisible. Je n'ai jamais réussi à le comprendre, même quand il était petit. Je n'envie pas la fille qui l'épousera. Ça ne fait guère qu'une heure que j'ai commencé à m'inquiéter.

— S'il revient, merci de lui dire que je veux lui parler. En fait, demandez-lui de m'appeler.

Mrs Whipple acquiesça.

—J'espère que tout va bien… Jamais il n'irait quelque part sans prendre sa voiture.

9

Une heure plus tard, vers 11 heures, le corps de Bill Whipple fut découvert par le jardinier de Mrs Bazzarini, à côté de sa remise à outils. Le Dr Hesketh, le médecin légiste, estima que Bill Whipple avait été tué à l'aide d'un instrument semblable ou identique à celui utilisé dans l'assassinat de Ken Mooney – probablement un marteau de charpentier ordinaire.

Chapitre X

1

Le corps gisait à terre, bras et jambes repliés en l'air tel un chien couché sur le dos. C'est triste et révoltant, songea Joe, de voir comme un meurtre peut dépouiller la victime de sa dignité. Il revit Bill Whipple dans le bar de Halfway House : rapide, vigoureux, brutal. Et à présent, ça... Sans le jardinier qui était allé satisfaire des besoins naturels derrière la remise, il aurait pu se passer des jours avant qu'on ne découvre le cadavre.

Il y avait des traces de roue dans la terre, manifestement laissées par une brouette. Une scène macabre avait dû se dérouler la nuit précédente. Passé minuit, tout le monde était couché et la rue devait être déserte. Il n'y avait eu personne pour remarquer la sombre silhouette poussant une brouette d'où dépassaient des bras et des jambes.

Une chose était claire : Bill Whipple pouvait être exempté du rôle de suspect dans le meurtre de Ken Mooney.

— Rex, dit Joe, fais toutes les maisons et examine les brouettes.

Rex partit accomplir sa mission.

Joe fit un moulage de l'empreinte de roue, dont on avait déjà pris des photos. On emporta le cadavre, sous les yeux de Mrs Bazzarini qui observait la scène depuis sa fenêtre, son visage blafard collé contre la vitre.

Joe entra dans la maison, mais Miss Locke lui déconseilla vivement de parler à sa patiente.

— Au moindre mot, elle va devenir hystérique. Et je n'ose pas lui administrer de sédatif.

— A-t-elle entendu quelque chose la nuit dernière ?

— Non, shériff. Rien du tout.

— Pourriez-vous me donner le numéro de téléphone de la garde de nuit ?

— Oui. C'est Mrs Warringer.

Elle écrivit le numéro sur un papier. Joe téléphona à Mrs Warringer, qui lui déclara n'avoir rien entendu la nuit précédente.

Joe retourna dans la rue où Rex Kelly l'attendait.

— Ça y est, dit-il, j'ai mis la main sur la brouette. Devant la maison des Benjamin.

— Qu'est-ce que tu as trouvé d'intéressant ?

— Des traces de sang et des fibres de tissu. En fait, je me souvenais de l'avoir vue. C'est elle que j'ai vérifiée en premier, et voilà. Jackpot.

— Bon, on va devoir parler à Mrs Benjamin, ce qui n'est pas une perspective agréable.

Grace Benjamin ne les invita pas à entrer, et se contenta de rester debout sur le seuil. Joe lui montra la brouette qui se trouvait sur une allée en gravier qui longeait le devant de la maison, au-dessus de sa nouvelle pelouse en pente.

— Vous avez appris la nouvelle, j'imagine ? dit Joe.

— Non. De quoi s'agit-il ?

— Bill Whipple a été assassiné la nuit dernière.

L'expression de Grace Benjamin changea à peine – tout juste se fit-elle un peu plus sévère.

— Savez-vous qui l'a tué ?

— Très probablement la personne qui a tué Ken Mooney, et il semble que le meurtrier se soit servi de votre brouette pour transporter le corps.

— Quoi ?

Le fait qu'on ait pu emprunter sa brouette semblait l'indigner beaucoup plus que l'annonce du meurtre de Bill Whipple.

— Oui, dit Joe, c'est ce qu'il semblerait. Nous avons trouvé des traces de sang et des fibres de tissu correspondant aux vêtements de Bill, et la terre qui maculait ses vêtements correspond également à celle qui se trouve dans la brouette.

— Je vous assure que je n'y suis pour rien, déclara Mrs Benjamin de son ton le plus glacial. J'ai bien peur de ne pas posséder d'alibi, comme vous appelez ça, je crois.

— Non, non, fit Joe. Nous n'accusons personne. Nous voulons juste savoir si vous avez entendu du bruit, comme le passage d'une brouette.

— Non, répondit Mrs Benjamin d'un ton plus amène. Je suis désolée, mais je n'ai rien entendu.

— Depuis combien de temps la brouette est-elle là ?

— Depuis jeudi dernier. Le jardinier s'en est servi pour le fumage du gazon, et il a négligé de la ranger derrière la maison. Ce n'est pas à moi de le faire, naturellement. Vous allez l'emporter ?

— Oui, c'est préférable.

— Je vous prierai de faire bien attention à ma pelouse.

De retour dans la rue, Joe dit à Rex en se frottant le menton :

— Bon, tu vas devoir encore faire un peu de marche à pied. Comme d'habitude, fais la tournée des maisons, note les alibis quand c'est faisable, essaie de savoir avec qui chacun dormait, et combien de temps. Est-ce qu'ils ont entendu du bruit ? Est-ce qu'ils ont vu Bill Whipple hier soir ? Est-ce qu'ils ont une idée de la raison pour laquelle il a été tué, et ainsi de suite.

— Qu'est-ce qu'on fait, pour la brouette ?

— Je ne sais pas. On devrait sans doute la prendre, même si je ne vois pas très bien ce qu'on pourra prouver avec ça.

Sally Wagner sortit de sa maison, vêtue d'une robe de chambre violette et rouge.

— Il est arrivé quelque chose ? J'ai vu passer une ambulance.

— Il y a eu un autre meurtre, répondit Joe.

— Mon Dieu ! fit Sally en crispant les poings. Qui est-ce ?

— Bill Whipple.

— Et vous ne savez toujours pas qui est responsable ?

— Pas encore.

— Mais c'est terrifiant ! C'est comme s'il y avait un fou en liberté !

— Je ne pense vraiment pas qu'il s'agisse d'un fou. Ken et Bill ont été tués pour une raison. Bien sûr, ça peut être une raison de fou…

— Mais comment peut-on se sentir en sécurité ? s'exclama-t-elle en jetant des regards de tous côtés.

— Ma foi, j'espère le mettre très bientôt sous les verrous, dit Joe. (Il se tourna vers Rex.) Mieux vaut emporter la brouette au labo. On le regretterait si elle se révélait être un indice indispensable.

Rex commença à remonter la pente vers la brouette, mais une fenêtre s'ouvrit aussitôt et Mrs Benjamin lui cria :

— S'il vous plaît, pourriez-vous éviter de marcher sur le gazon ? Il vient juste d'être semé !

— Désolé, madame.

Rex redescendit aussitôt sur le trottoir et fit un détour pour récupérer la brouette. Après un bref coup d'œil vers Sally Wagner, Mrs Benjamin referma la fenêtre. Mrs Wagner lui tourna ostensiblement le dos et observa Rex Kelly qui poussait la brouette avec précaution dans l'allée de gravier.

— Le meurtrier a échappé à un horrible destin, fit remarquer Joe. Il a bien pris soin de ne pas piétiner la pelouse de Mrs Benjamin…

Sally émit un rire rauque, qu'elle étouffa aussitôt.

— Je ne sais pas pourquoi je ris – parce que, en réalité, j'ai très peur. Je crois que je vais me calfeutrer chez moi sans voir personne jusqu'à ce que cette affaire soit résolue.

— Vous n'avez pas d'amies qui pourraient venir habiter chez vous ?

— Pour qu'elles se fassent tuer ? Elles ne me remercieraient pas… Je pourrais aller voir ma sœur à San Monica, mais d'un autre côté, nous avons du mal à nous supporter – nous nous ressemblons trop, sans doute. Et aujourd'hui, ajouta-t-elle avec un petit rire grinçant, je suis invitée à la fête donnée chez Ethel Taylor avant la naissance du bébé de Grace Benjamin. Mais il n'est pas question que j'y aille. Je ne suis pas une hypocrite. Je devrais peut-être aller voir les Whipple. Les pauvres gens !

— C'est une affaire effroyable, dit Joe en commençant à se dégager. Eh bien, je dois…

— Je vais réfléchir très sérieusement à tout ça, déclara Sally Wagner. Qui sait, je pourrais penser à un détail qui a échappé à tout le monde ?

— Si c'est le cas, parlez-m'en immédiatement, dit Joe.

Il remonta rapidement la rue vers la maison des Whipple. Sally Wagner resta un moment immobile sur le trottoir, regardant d'un air pensif la brouette dans l'allée de gravier. Elle semblait tellement concentrée que Joe, en s'engageant dans l'allée des Whipple, s'arrêta un instant pour l'observer. Sally s'intéressait maintenant au gazon fraîchement semé, scrutant la surface comme à la recherche d'empreintes

– une opération à laquelle Joe avait déjà lui-même procédé, sans résultat. Mais Sally Wagner ne semblait pas du tout déconcertée de ne rien trouver, et poursuivait son inspection avec encore plus de concentration. Si elle a une théorie, se dit Joe, elle est plus forte que moi. Sally se détourna brusquement et retourna rapidement dans sa maison. Joe sonna à la porte des Whipple. Fred vint lui ouvrir, le visage creusé et blanc comme un linge.

— Pardonnez-moi de venir vous importuner, Mr Whipple.

— Vous ne nous importunez pas du tout, au contraire. Je suis content de vous voir, et je veux faire tout mon possible pour vous aider.

Fred Whipple n'était pas aussi grand et mince que son fils, son profil était moins aquilin et ses manières moins abruptes, mais on voyait nettement la ressemblance.

Joe entra dans la maison. Fred ne lui proposa pas de s'asseoir, et ils restèrent donc debout dans le vestibule dallé de rouge qui menait au salon.

— Je soupçonne, dit Joe, mais sans pouvoir en être certain, que c'est le même individu qui a tué Ken Mooney et votre fils. Voyez-vous une raison qui pourrait expliquer ce lien ?

— Non, j'en suis tout à fait incapable. Cette affaire semble… impossible. Je n'arrive pas à comprendre comment ça a pu arriver.

Joe posa d'autres questions concernant Bill, sur son travail à la concession Chevrolet, ses projets et ses perspectives, sans rien apprendre d'important.

— Bill était un gros travailleur, déclara Fred, doté d'une grande énergie et de beaucoup d'ambition. Une fois qu'il tenait quelque chose, il ne lâchait jamais le morceau. Beaucoup de gens ne l'aimaient pas, mais tous le respectaient.

— Comment s'entendait-il avec les habitants de Madrone Way ?

Les lèvres minces de Fred se plissèrent en une grimace.

— Comme vous pouvez l'imaginer. Voilà déjà huit ans que nous sommes installés ici et nous n'avons jamais été vraiment acceptés. Non, j'exagère : les Taylor sont des gens très sympathiques. En fait, ils ont même invité Sheila pour une petite fête aujourd'hui. Naturellement, elle n'ira pas. Nous avons d'assez bons rapports avec Mrs Wagner, mais les Shortridge, les Hubman, les Gentry, les Mortimer, les Benjamin… ils sont trop bien pour nous.

— Quelles étaient les relations entre Marsh Shortridge et Bill ?

— Ils se haïssaient. Il y a des années de ça, ils ont eu une violente dispute parce que Bill avait construit une cabane en haut de la colline – ou était-ce Starr ? Toujours est-il qu'ils n'ont jamais été amis.

— J'aimerais jeter un coup d'œil à ses affaires personnelles, dit Joe. Il pourrait y avoir quelque chose qui nous mette sur une piste.

Fred Whipple haussa les épaules.

— Sa chambre est à l'étage, première porte à droite. Essayez de ne pas faire de bruit. Sheila a pris un calmant, mais je ne pense pas qu'elle dorme. C'est la pire chose qui nous soit jamais arrivée.

La chambre de Bill était très soigneusement rangée, et assez impersonnelle. Il y avait un lit, une commode, un bureau, une bibliothèque contenant des livres de classe, une collection de maquettes d'avions, des trophées de football, une pile de numéros de *Mad* et de *Playboy*. Sur les murs, on pouvait voir ce qui semblait être le centre d'intérêt principal de Bill : des filles. Des photos de toutes dimensions, des filles de toutes descriptions, des instantanés, des portraits dédicacés, des agrandissements. Joe n'en reconnut aucune. Elles semblaient résumer la carrière de Bill à l'université de San Joe.

Joe fouilla le bureau et y trouva un appareil photo Polaroïd, une boîte à chaussures remplie de tirages, encore une fois essentiellement des filles, dont certains lui firent hausser les sourcils.

La garde-robe de Bill était rangée dans un placard : quatre ou cinq costumes, une demi-douzaine de vestes avec des pantalons assortis, une grande quantité de chemises de sport. Joe, qui ne possédait en tout et pour tout qu'un costume bleu marine, conclut que Bill devait être un dandy. Il fouilla les poches et ne trouva rien de plus intéressant qu'une boîte de préservatifs.

Le portefeuille du jeune homme était sur la commode, là où il l'avait posé la veille au soir. Il contenait le lot habituel de cartes de crédit et cartes professionnelles, ainsi que trente-deux dollars, des mémos et des reçus. L'un d'eux attira l'attention de Joe : un ticket numéroté du magasin de photos Hobbs, situé dans Main Street. Il était daté de la veille. Joe le glissa dans son portefeuille.

Il redescendit au rez-de-chaussée. Fred Whipple, qui était assis dans le salon, se leva lentement de son fauteuil.

— Alors, shériff, qu'en pensez-vous ?

— Franchement, Mr Whipple, je suis perplexe.

2

Joe se rendit dans Main Street et se gara devant le magasin Hobbs. Quand il entra, Mrs Hobbs était derrière son comptoir. Elle le salua sans le reconnaître :

— Oui, monsieur ?

— Mr Hobbs est-il là ?

— Je vais l'appeler. C'est de la part de qui ?

Hobbs apparut, vêtu d'une blouse de laboratoire grise. Un homme de quarante ans au teint mat, aux traits fatigués, et dont le crâne était orné de cheveux roux. Joe sortit le ticket.

— Je suis le shériff Bain, Mr Hobbs. Je viens vous voir pour une enquête en cours.

L'expression de Hobbs refléta une légère inquiétude.

— Cela a-t-il quelque chose à voir avec mon magasin ?

— Indirectement. Hier, un jeune homme du nom de Bill Whipple vous a confié un travail, et vous lui avez donné ce reçu.

Hobbs examina le ticket.

— Bill Whipple ? Oui, je le connais. Il avait un travail un peu spécial à faire. (Hobbs hésita.) Je ne sais pas si je peux en parler en son absence. Après tout, c'est lui que ça concerne.

— Bill Whipple est mort, dit Joe. Il a été assassiné. C'est là-dessus que j'enquête.

— Ah ! C'est incroyable ! Pensez donc, je lui ai parlé pas plus tard qu'hier soir !

— Oui, je sais… C'était à quel sujet ?

— Il s'agissait simplement du travail qu'il voulait que je lui fasse, des agrandissements à partir d'un tirage polaroïd.

— Vous avez toujours ce cliché ?

— Non, il n'a pas voulu me le laisser. Je l'ai emporté dans la chambre noire où je l'ai copié – c'est-à-dire, j'en ai fait un négatif –, et je le lui ai rendu. En fait, j'étais justement en train de tirer les agrandissements quand vous êtes entré.

— Je peux les voir ?

— Bien sûr. Ils sont encore humides, mais ça n'a pas d'importance. Dites-moi, qu'est-il arrivé à Bill Whipple ?

— On lui a fracassé le crâne d'un coup de marteau.

Hobbs disparut dans l'arrière-boutique. Une minute plus tard, il revint avec un agrandissement 20 x 25 qui venait de sortir du bain.

— Le tirage est un peu flou, s'excusa Hobbs. Chaque fois qu'on copie une photo, on dégrade l'image d'environ dix pour cent, quelle que soit la qualité de l'équipement. J'ai d'abord réalisé un négatif, c'est la première étape. Ensuite, je l'ai tiré, ce qui fait un deuxième traitement. Au final, le résultat n'a plus que quatre-vingt pour cent de la netteté de l'original.

— Oui, oui, fit Joe. Voyons voir cette photo.

Hobbs étala le cliché sur le comptoir. La photo avait été prise dans le bar de Halfway House, avec l'appareil pointé vers le miroir afin de capter le reflet de quatre personnes assises au comptoir. On y voyait Ken Mooney, Bill Whipple tenant la caméra, Alice Benjamin, et une autre fille assez vulgaire avec une masse de cheveux brun foncé. Un sapin de Noël miniature était visible un peu sur le côté.

— Où est le négatif ? demanda Joe.

— Dans la chambre noire.

— Je ferais bien de l'emporter.

Le photographe fit tristement la grimace en pensant aux 7,50 dollars qu'il avait projeté de facturer à Bill Whipple. Il retourna dans son arrière-boutique et revint avec une enveloppe. En voyant son expression morose, Joe estima qu'il était en train de perdre deux voix pour les prochaines élections.

— Si vous en êtes de votre poche, dit-il, envoyez la facture à Fred Whipple, dans Madrone Way. Je vais lui en toucher deux mots, et ça ne devrait poser aucun problème.

— Merci beaucoup, shérif, dit Hobbs dont l'expression s'était transformée comme par magie. Je vais faire comme ça.

Joe regagna sa voiture à pas lents. Cette photo était un étrange témoignage du passé, quand tout était différent, quand Ken et Bill étaient vivants, quand personne n'avait de meurtre en tête…

Qui était avec qui ? Joe examina la photo. Il n'était pas évident de reconstituer les couples.

Joe retourna à Madrone Way et se gara devant la maison de Mrs Benjamin. Il grimpa les marches et sonna. Il attendit un moment, sonna de nouveau, et la porte s'ouvrit enfin sur Mrs Benjamin, très volumineuse dans sa robe de chambre, le visage humide et les cheveux rassemblés en une queue-de-cheval,

— Oui, shériff ?

— Puis-je entrer un instant ? J'ai une ou deux questions à vous poser.

C'est de très mauvaise grâce qu'elle le laissa entrer.

— Il est presque deux heures et demie, je suis invitée chez Mrs Taylor, et je n'ai même pas commencé à m'habiller.

— Je ne serai pas long, dit Joe. Vous vous souvenez que je vous avais demandé si Alice avait eu des relations amicales avec Ken Mooney ?

— Oui, je me souviens que vous avez posé la question. Je crois vous avoir déclaré qu'ils s'étaient sans doute connus au lycée.

— Et en ce qui concerne Bill Whipple ?

— Oui, naturellement.

— Y a-t-il jamais eu entre eux un attachement amoureux ?

— C'est tout à fait improbable, fit-elle d'un air méprisant, étant donné la réputation de ce garçon.

— Aux dernières fêtes de Noël, Alice est-elle sortie avec Ken ou Bill ?

— Bien sûr que non ! Alice est fiancée avec Marsh Shortridge, et elle en est très amoureuse.

— Elle était déjà fiancée à l'époque ?

— Oui.

— Alors, que pensez-vous de ça ? demanda Joe en lui tendant l'agrandissement.

— Hum... hum... (Grace Benjamin fronça les sourcils. Soudain, elle ne semblait plus indifférente ni agacée.) Où cette photo a-t-elle été prise ?

— À Halfway House, un bar dont Ken était le propriétaire.

— Je dois avouer que je suis surprise. Oui, surprise. En fait, je... eh bien...

Elle s'interrompit pour examiner de nouveau le cliché, puis elle leva les yeux.

— Marsh Shortridge a-t-il vu cette photo ?

— Non, sûrement pas.

Mrs Benjamin esquissa un sourire doucereux.

— Je suggère… j'espère que vous ne la lui montrerez pas. Il en serait très contrarié. Je suis certaine que les circonstances étaient tout à fait innocentes, mais je doute que Marsh le comprenne. (Le sourire de Grace Benjamin, qu'elle voulait doux et persuasif, produisait sur Joe un effet curieux.) En fait… puis-je la garder ?

— J'ai bien peur que ce ne soit impossible, Mrs Benjamin. Ces deux garçons sont morts. Quand Alice doit-elle rentrer de voyage ?

— Vers la fin de l'été. Aucune date n'a encore été fixée.

— Comment puis-je la joindre ?

— Il n'y a pas de moyen vraiment commode. Vous pourriez lui écrire aux bons soins de l'American Express à Paris. Je pense qu'elle y passera prochainement pour prendre son courrier.

Elle alla chercher sur la cheminée une carte postale postée une dizaine de jours plus tôt à Bilbao.

— Voici la dernière carte que j'ai reçue d'elle. Elle n'écrit pas très souvent.

— Si je peux me permettre une question personnelle – qui lui a procuré l'argent pour le voyage ?

Grace Benjamin prit la question sans se démonter.

— Elle l'a reçu de son père. Il n'approuve pas ce mariage, et il espérait sans doute la faire ainsi changer d'idée.

— Et vous-même, qu'en pensez-vous ?

— Si elle ne veut pas épouser Marsh, mieux vaut qu'elle s'en rende compte le plus tôt possible. Le mariage est un engagement pour la vie.

Joe relut la carte, Alice disait qu'elle allait bien, qu'elle s'amusait beaucoup, et qu'elle serait très bientôt de retour à Paris. En apparence, tout était en ordre. Alice était en Europe, et bien loin des meurtres de Pleasant Grove. D'un autre côté, il y avait des vols quotidiens entre Paris et San Francisco…

Mrs Benjamin commençait à s'agiter.

— Si vous voulez bien m'excuser, shérif, il faut que je m'habille, ou sinon, je serai en retard chez Mrs Taylor pour la petite fête – qui, après tout, est donnée en mon honneur.

— Quand votre mari doit-il rentrer, Mrs Benjamin ?

— Quant à ça, je ne saurais le dire. Pourquoi ne lui écrivez-vous pas pour le lui demander ?

— C'est sans doute ce que je vais faire.

Joe quitta la maison des Benjamin et resta un moment sur le trottoir, quelque peu dépité, avant de sauter dans sa voiture pour se rendre aux Galeries Shortridge.

Marsh Shortridge n'était pas dans son bureau. La réceptionniste vérifia deux fois pour être sûre.

— Il était là il y a un instant, dit-elle. Je sais qu'il va revenir, parce qu'il y a une réunion des vendeurs prévue à 15 heures.

— Je vais l'attendre.

Joe se rendit dans le bureau de Marsh, où il examina un portrait d'art d'Alice posé à côté du téléphone : un visage avenant, totalement dépourvu de la sévérité austère de sa mère. Mariée avec Marsh, cela lui viendrait peut-être au fil des années, songea Joe. D'un autre côté, le mariage pourrait s'avérer un grand succès… Chacun des deux avait ce que l'autre voulait, et c'était peut-être suffisant. Il repensa à son propre mariage, assez chaotique…

Marsh Shortridge entra dans son bureau. Il s'arrêta un instant en voyant Joe, puis il s'avança sans aucune expression particulière sur son visage rond.

— Que puis-je pour vous, shérif ?

— J'ai juste quelques questions à vous poser, Mr Shortridge. Vous savez sans doute que Bill Whipple a été assassiné la nuit dernière ?

— J'en ai été informé.

— Avez-vous des idées concernant la situation ?

— Aucune, j'en ai bien peur. Rien qui puisse vous éclairer, de toute façon. J'imagine que Bill et Ken Mooney se sont trouvés mêlés à des gens peu recommandables.

— Oui, c'est ce que je pense aussi, dit Joe. Mes investigations m'ont seulement permis de préciser que ces gens peu recommandables habitent dans Madrone Way. Tant que j'y pense, connaîtriez-vous par hasard certaines des petites amies de Ken Mooney ?

Marsh s'autorisa un sourire incrédule.

— Non, évidemment.

— Êtes-vous déjà allé à Halfway House ?

— Je suis passé devant, mais je ne m'y suis jamais arrêté. C'est une vieille maison assez peu attrayante.

— Saviez-vous qu'elle appartenait à Ken ?

— Je me souviens vaguement d'avoir entendu une remarque dans ce sens, dit-il en fronçant les sourcils, mais je n'y ai guère prêté attention.

Joe prit le portrait d'Alice. Marsh esquissa un petit geste comme s'il voulait le lui retirer des mains.

— Une très jolie fille, dit Joe. Le mariage est prévu pour quand ?

— Au début de l'automne.

— Où comptez-vous habiter ?

— Nous n'avons pas encore décidé. J'aimerais faire construire une maison au sommet de Spanish Hill. Je pense que c'est ce que nous ferons.

— Une excellent idée. Vous aurez une vue magnifique sur la vallée.

Marsh se contenta d'un bref hochement de tête.

— À propos, avez-vous parlé à Bill Whipple hier soir ?

— Non.

— Tiens, c'est bizarre. Mon informateur se sera sans doute trompé…

Marsh ne fit aucun commentaire.

Joe réussit à contenir son exaspération et s'en alla. Marsh était à peu près aussi chaleureux qu'un hareng saur. Il se demanda si la foi catholique d'Alice et sa conception du mariage étaient aussi fortes que celles de sa mère. Il était difficile de l'imaginer follement amoureuse de Marsh Shortridge, quand on pensait à cette petite fête de Noël, ces longues fiançailles et ces excursions en Europe.

Joe partit faire un tour dans la campagne pour s'éclaircir les idées, et il fut quelque peu surpris de se retrouver dans l'allée de l'agence immobilière Pandora.

Luna fit une infusion, que Joe accepta prudemment.

Elle l'écouta attentivement tandis qu'il procédait à une analyse de l'affaire.

— En théorie, n'importe quel habitant de Madrone Way aurait pu tuer Bill Whipple. Il suffisait de le rencontrer quelque part, de lui asséner un bon coup de marteau sur le crâne et de cacher le corps jusque tard dans la nuit. Ça, c'est la théorie. En pratique, Mrs Bazzarini est exclue. Les Whipple sont exclus. En admettant que ce soit la même personne qui a tué Ken et Bill, il faut aussi éliminer les Taylor, et également Grace Benjamin qui est enceinte jusqu'au cou. Il semble vraiment impossible de soupçonner Sam et Miriam Shortridge, qui ont de toute façon un alibi pour le meurtre de Ken. Caspar Hubman ? Laura Hubman ? Marsh Shortridge ? Starr Shortridge ? Sally Wagner ? Tiens, au fait, ça me rappelle que je veux lui parler ce soir. Je jurerais qu'elle a eu une sorte de révélation.

— Téléphone-lui, si tu veux, suggéra Luna.

Joe chercha le numéro dans l'annuaire et le composa, sans obtenir de réponse.

— Dix contre un qu'elle est allée passer la nuit dans un motel. Et je ne peux pas vraiment lui donner tort… Je me demande bien ce qu'elle a pu voir qui m'aurait échappé. Elle regardait la brouette et le gazon.

Il appela le QG et parla avec Rex Kelly, qui n'avait pas récupéré grand-chose, à part deux alibis en béton.

— C'est toujours mieux que rien, dit Joe. Qui ça ?

— Sam et Miriam Shortridge étaient allés dîner chez le Dr et Mrs Luther Norman. Tom et Ethel Taylor rentraient avec leurs gamins d'un pique-nique à Genesee Slough. À part ça, néant.

— C'est bien ce que je craignais. Bon, s'il y a du nouveau, appelle-moi à ce numéro. J'y serai encore pendant une heure à peu près.

Il raccrocha en soupirant.

— Quel bazar…

— Encore un peu d'infusion ? proposa Luna.

— Eh bien… juste deux doigts. Viens t'asseoir près de moi et parle-moi d'Arthémisia, pour que j'oublie un peu tous mes soucis.

— Tout ça d'un coup ? demanda Luna avec un petit sourire.

Elle lui versa son infusion, qui stimula les processus intellectuels de Joe.

Au bout d'un moment, le téléphone sonna et Luna décrocha.

— Agence Pandora, je vous écoute… C'est pour toi, Joe.

— Ah, soupira-t-il. Qu'est-ce qu'il y a encore… Allô, Joe Bain à l'appareil.

— C'est Ace Wardell, shériff. Il y a eu un meurtre à Madrone Way. Mrs Sally Wagner.

— Avec un marteau, sans aucun doute.

— Avec un marteau.

CHAPITRE XI

1

Sally Wagner avait décliné l'invitation des Taylor pour la petite fête en l'honneur de Grace Benjamin. Elle s'était enfermée à clé dans sa maison et avait décidé de se consacrer à ses tâches ménagères. Elle avait fait la vaisselle, changé les draps, aspiré les tapis, brûlé les ordures dans l'incinérateur du jardin. Vers 15 heures, elle s'était assise près du téléphone pour appeler quelqu'un ou recevoir un appel. Pendant ce temps, quelqu'un s'était approché par-derrière et l'avait frappée d'un coup de marteau, puis avait raccroché le combiné. Que ce fût par négligence, précipitation ou affolement, le tueur avait oublié le marteau, qui était resté sur le tapis gris-violet sous la table du téléphone, un affreux petit instrument au manche rafistolé et aux dents recourbées, dont l'une était cassée au bout.

Au cours de ses investigations, Joe put reconstituer les activités de Sally Wagner. La vaisselle était encore sur l'égouttoir, l'aspirateur était resté dans le vestibule sans doute pour être passé ailleurs, les corbeilles et la poubelle étaient encore dehors à côté de l'incinérateur, et tout leur contenu n'avait pas encore été brûlé. Il n'y avait aucun signe d'effraction. L'une des deux portes d'entrée n'avait peut-être pas été fermée à clé. Ou bien Sally avait-elle ouvert à l'assassin ? Une vraie cervelle d'oiseau... songea Joe.

Durant l'après-midi, le ciel avait été couvert et Sally Wagner avait allumé la lumière dans son salon. Au crépuscule, alors qu'elle regardait par le fenêtre de sa chambre, Grace Benjamin avait aperçu le corps étendu à terre devant l'une des grandes baies vitrées.

L'ambulance remonta l'allée en marche arrière, sous le regard curieux des résidents, des badauds et des reporters venus d'aussi loin que San Jose. Joe et Rex Kelly sortirent un instant sur la terrasse pour respirer un peu d'air frais.

— Ce que je n'arrive pas à comprendre, bougonna Joe, c'est *pourquoi* ? A-t-elle réussi à découvrir qui est responsable de ces meurtres ? Si c'est le cas, aurait-elle été assez bête pour s'en vanter ?

— Bête ou pas, dit Rex, si elle a réussi à comprendre quoi que ce soit à cette affaire, elle était plus futée que moi.

— Bon, en tout cas, nous avons l'arme du crime, ce qui est notre premier indice sérieux. Autre chose : à qui Sally parlait-elle quand elle a été tuée ? Tâche de trouver son répertoire personnel et appelle ses amis. Tu apprendras peut-être avec qui elle parlait aujourd'hui vers 15 heures.

— Entendu.

Rex Kelly retourna dans la maison, tandis que Tom Taylor s'approchait de Joe.

— Alors, shériff, comment ça se présente ?

Joe choisit une réponse parmi celles qui lui venaient à l'esprit :

— Nous ne négligeons aucune des pistes qui s'offrent à nous.

— Mais comment l'assassin a-t-il pu pénétrer dans la maison ?

— Sans doute par la porte de derrière. Je ne peux pas imaginer qu'il ait osé entrer par le devant.

— Par l'arrière, c'était risqué aussi, avec la maison des Benjamin qui surplombe le jardin.

— Oui, c'est vrai, à moins que Grace Benjamin ne soit la coupable. Et comme je ne la vois pas sauter par-dessus cette clôture de deux mètres dans son état, ce doit être quelqu'un d'autre. Par conséquent, le meurtre a été commis après son départ pour votre réception, quand il n'y avait aucun danger d'être observé.

— Pauvre Sally ! soupira Tom Taylor. Elle avait vraiment bon cœur, même si elle s'est fait beaucoup d'ennemis avec cette voix qu'elle avait. Si elle était restée en bons termes avec Grace Benjamin, elle serait venue à notre réception et elle serait encore en vie à l'heure qu'il est.

Une autre voix, bourrue et sardonique, se fit entendre. C'était celle de Howard Griselda :

— Elle serait surtout encore en vie si le meurtrier avait été arrêté. Alors, vous en êtes où, shériff ?

— Ne vous inquiétez pas, répondit Joe avec énergie. Je l'aurai.

— Sans doute par un processus d'élimination, quand vous et lui serez les deux derniers survivants de cette ville.

Il y eut des rire et des gloussements dans la foule des badauds.

Joe marmonna dans sa barbe et s'en alla passer le jardin au peigne fin.

2

Le lendemain matin, le numéro de *Life* fut une fois de plus distribué aux abonnés le long de la tournée qui avait été celle de Ken Mooney. On compara la liste des adresses avec celle établie la semaine précédente, et on ne releva aucune différence. Joe se prit la tête entre les mains.

— Comme si je n'avais pas déjà assez de soucis comme ça. Voilà maintenant qu'il y a un exemplaire de trop !

— C'est si important que ça ? s'enquit Casey Miggs qui avait participé à la comparaison des listes.

— Tout ce qui ne peut pas être expliqué est forcément important. D'où ce magazine supplémentaire sortait-il ?

— Je n'en sais pas plus que toi, dit Miggs en haussant les épaules.

Joe se rendit dans le laboratoire pour mettre l'arme du crime dans une enveloppe de cellophane, puis il fit toutes les maisons de Madrone Way pour poser des questions. À sa grande surprise, Fred Whipple reconnut le marteau : c'était un outil dont il avait hérité de son père – une relique familiale, en quelque sorte. Sept ou huit ans plus tôt, Bill l'avait perdu alors qu'il construisait une cabane dans les arbres.

— Et où se trouvait cette cabane ?

— Sur Spanish Hill. Marsh et Starr Shortridge l'avaient découverte et démolie. (Le regard de Fred se perdit dans le lointain à travers la fumée de sa cigarette.) Ils ne pouvaient tout simplement pas supporter que quelqu'un puisse profiter de leur propriété. Bill ne faisait rien de mal. Ils l'ont chassé comme un malpropre. Il leur a toujours gardé rancune à cause de cette vieille histoire... et moi aussi, d'ailleurs. Enfin, n'y pensons plus, c'est du passé. Tout est différent, maintenant. Je crois que nous allons vendre la maison et retourner dans l'Oregon...

Starr Shortridge se souvenait très bien de la cabane de Bill Whipple.

Elle s'exprimait avec un calme délibéré, derrière lequel Joe décelait à la fois de la colère et de l'incompréhension.

— Je peux vous montrer l'arbre en question, si cela vous intéresse. Il avait laissé un bazar épouvantable – des débris de bois, des sacs en papier, des pelures d'oranges. C'était comme s'il avait décidé de s'approprier cette partie de Spanish Hill.

— Et le marteau, vous vous en souvenez ?

— Non. Je veux dire que je ne me souviens plus à quoi il ressemblait, mais je sais qu'il était là – un marteau et une scie.

— Que sont devenus ces outils ?

— Je ne sais pas. Je n'y ai plus pensé.

Joe retourna voir Marsh dans son bureau. Le jeune homme était plus raide et condescendant que jamais. Joe fit un gros effort pour ne pas manifester son agacement. Marsh portait un élégant costume noir avec une chemise blanche, et une cravate à rayures. Il jeta un rapide coup d'œil à la tenue de Joe – pantalon de whipcord et veste de popeline marron foncé –, comme s'il avait du mal à y croire.

— Vous vous souvenez de la cabane de Bill Whipple ? dit Joe.

— Bien sûr. Il l'avait construite dans un chêne à l'extrémité nord de notre propriété. Dès que Starr et Alice m'en ont parlé, je suis allé la démolir.

— Et quelle a été la réaction de Bill Whipple ?

— Il n'y en a eu aucune. Il n'était plus là.

— Avait-il laissé ses outils sur place ?

— Oui, je crois bien.

— Que sont-ils devenus ?

— Je n'en sais rien.

— Êtes-vous revenu plus tard sur les lieux ?

— Oh, oui. Quelque temps plus tard, pour évacuer toutes les saletés. Pour autant que j'aie pu juger, il n'y avait pas eu d'autre intrusion. Les outils n'étaient plus là.

Marsh se mit à manipuler des objets sur son bureau, comme s'il avait des affaires urgentes à régler

Joe lui dit poliment :

— Je ne vais pas vous prendre beaucoup plus de votre temps. Avez-vous eu des nouvelles d'Alice ?

— Non, pas cette dernière semaine.

— Elle doit rentrer assez prochainement ?

— Oui, je pense.

— C'est vraiment dommage que vous n'ayez pas pu vous marier d'abord et vous rendre en Europe pour votre voyage de noces.

— Je suis déjà allé en Europe. Deux fois, en fait, dit Marsh en tambourinant du bout des doigts sur le bureau.

— Vous avez donc trouvé que c'était une bonne idée qu'Alice puisse y aller ?

— Naturellement. Elle est enchantée de son séjour.

3

Le meurtre de Sally Wagner, comme celui de Ken Mooney et de Bill Whipple, présentait de nombreux mystères. D'après les corbeilles encore à moitié pleines, Sally Wagner était apparemment en train de brûler des ordures juste avant sa mort. Joe se dit qu'elle avait sans doute été interrompue dans sa tâche par le coup de téléphone. En entendant la sonnerie, elle avait dû se précipiter dans la maison sans prendre le temps de verrouiller la porte derrière elle, permettant ainsi à l'assassin d'entrer facilement. Mais quel heureux concours de circonstances ! Et comment le meurtrier avait-il osé attaquer Sally Wagner alors qu'elle était au téléphone ? Il aurait suffi qu'elle lève les yeux, qu'elle crie, qu'elle prononce un nom, et l'assassin était fichu…

Rex Kelly avait interrogé tous les amis de Sally, il avait appelé tous les numéros figurant dans son répertoire téléphonique, tous les commerçants avec qui elle était en relation – sans aucun succès. Personne n'avait reconnu avoir parlé avec elle au moment de sa mort. Une communication à longue distance, peut-être ? Un faux numéro ?

Henrietta Freycinet, directrice de la bibliothèque municipale et meilleure amie de Sally Wagner, lui avait téléphoné à peu près une heure avant sa mort. D'après elle, Sally Wagner avait eu un comportement étrange.

— On aurait dit qu'elle était obsédée par quelque chose. Ce n'était pas une simple excitation normale. Sally avait un tempérament très excitable, mais là, elle semblait profondément troublée. Elle a fait allusion à des traces de pas sur la pelouse de Mrs Benjamin...

— Des traces de pas sur la pelouse de Mrs Benjamin ? Nous n'en avons vu aucune.

— C'est pourtant ce qu'elle a dit. Et puis elle a ajouté quelque chose comme : «Je me sens toute bizarre, comme si j'étais dans un rêve. Je vois quelque chose, et je n'arrive pas à y croire.» Naturellement, je lui ai demandé de me préciser ce qu'elle savait, mais elle n'a pas voulu me le dire. J'en ai été un peu vexée, et je pense qu'elle l'a senti. J'ai fini par lui dire que si elle savait quelque chose, elle ferait mieux d'appeler la police.

— Et qu'a-t-elle répondu ?

— Elle s'est montrée très vague, très évasive.

Henrietta Freycinet n'avait rien à ajouter, et Joe se trouva de nouveau réduit à tâtonner au milieu des impondérables... De deux choses l'une : ou bien Sally Wagner ignorait l'identité de l'assassin, ou bien elle la connaissait. Dans le premier cas, pourquoi avait-elle été tuée ? Et dans le second, pourquoi n'avait-elle pas immédiatement informé la police ?

Paradoxes, contradictions...

Les jours passèrent. Sur la photo prise dans le bar de Halfway House par Bill Whipple, Joe isola la tête de la brunette et en fit un agrandissement. Il le montra à la famille Mooney, aux résidents de Madrone Way, aux professeurs du lycée de Pleasant Grove et de celui d'Aurora. Il ne trouva personne qui reconnaisse la jeune femme.

Ennis Mooney, l'aînée des sœurs de Ken, se souvint qu'il avait parlé de se rendre à Gilroy, dans le comté de Santa Clara. En étendant son enquête à cette ville, Joe finit par l'identifier : il s'agissait de Helen Ferguson, sténodactylo dans une entreprise de matériaux de construction de Gilroy.

Quand Joe put enfin la voir, Helen Ferguson se montra irritable et véhémente.

— Je n'ai rien fait de mal et je ne veux pas vous parler !

— Je ne vous ai accusée de rien, dit Joe. Je vous ai juste demandé si vous connaissiez Ken Mooney.

— Qui je connais, ça ne regarde que moi !

Et se plongeant le visage dans les mains, elle se mit à pleurer bruyamment.

Joe lui montra la photo.

— Là, c'est Ken Mooney, là, c'est Bill Whipple, et là, Alice Benjamin. Ces deux garçons sont morts. Vous continuez de dire que vous ne les connaissez pas ? Je ferais peut-être mieux de parler à votre père.

— Non ! s'écria Helen Ferguson. Ne dites rien à mon père, et ne lui montrez pas la photo !

— Très bien. Alors, avec qui étiez-vous, Ken ou Bill ?

— Ken.

— Alice était donc avec Bill ?

Elle acquiesça d'un air maussade.

— Je ne les aimais ni l'un ni l'autre. Bill était franchement pénible, tellement il était content de lui. Et Alice... bon, elle aussi, elle se donnait de grands airs. Ils étaient vraiment faits l'un pour l'autre. J'ai dit à Ken que je ne voulais plus jamais sortir avec eux. Ils me traitaient comme si je sortais tout droit de ma campagne. Même Ken s'est fâché de les voir me traiter comme ça.

— Vous ne les aviez jamais rencontrés avant ?

— J'avais déjà vu Bill, quand on avait organisé la soirée. Là, il avait été très gentil. Mais dès qu'il y a eu Alice, il a changé.

— Changé ? De quelle façon ?

— Eh bien, c'est difficile à décrire. Ça m'a étonnée de voir une fille comme Alice avec lui. Elle avait l'air tellement bégueule, tellement grande dame, comme si cet endroit n'était pas digne d'elle. D'ailleurs, elle aurait mieux fait de ne pas venir, parce que, après le premier verre, elle s'est vraiment débarrassée de toutes ses inhibitions. Moi aussi, d'ailleurs. C'est tout ce que les garçons ont en tête : emmener une fille quelque part, et la faire boire.

— Alors, ils ont réussi, c'est ça ?

— Oui, dit Helen d'un air contrit. Pour ça, ils ont réussi... Ils avaient du champagne. J'adore le champagne.

— J'imagine qu'ensuite, les choses ont un peu dégénéré ?

— Oui, effectivement, dit-elle avec un vague sourire rêveur.

— Chaque couple est parti dans une chambre ?

— J'aime mieux ne rien dire. Si jamais ça revenait aux oreilles de mon père...

— Je n'ai aucune intention de lui dire quoi que ce soit.

— Eh bien, alors… oui, c'est ce que nous avons fait, Ken et moi. Pour Bill et Alice, je ne sais pas, parce que nous sommes montés en premier. J'ai eu l'impression qu'Alice commençait à hésiter. (Helen eut un petit frisson.) Mais ce n'est pas ça qui aurait arrêté Bill. Il n'avait qu'une idée en tête. Il n'avait même pas l'air de s'amuser. Il était venu pour une chose et une seule, et je pense qu'il l'a eue. Ken, lui, au moins, il s'est montré attentionné.

— Avez-vous revu Bill et Alice ?

— Non, je suis juste sortie encore deux ou trois fois avec Ken, jusqu'à ce que mon père mette le holà.

Joe l'interrogea encore en long et en large sur cette soirée.

— Alice semblait-elle amoureuse de Bill ?

— Je ne sais pas, dit Helen avec agacement. Je ne l'aimais pas, et elle m'adressait à peine la parole.

Joe lui conseilla de s'abstenir désormais de boire du champagne si elle ne voulait pas avoir d'ennuis, et il retourna à Pleasant Grove. Qu'avait-il appris ? Alice Benjamin et Bill Whipple, pour des raisons plus ou moins compliquées, avaient couché ensemble pendant les dernières vacances de Noël, bien qu'à l'époque Alice fût fiancée à Marsh. Elle n'était peut-être pas trop enthousiaste à l'idée de l'épouser, songea Joe. Elle y gagnerait la fortune, une place dans la bonne société, une nouvelle maison… mais elle aurait aussi Marsh Shortridge en contrepartie. Pas étonnant qu'elle ait bu du champagne et qu'elle se soit débarrassée de ses inhibitions…

4

Une semaine s'écoula, puis une autre, et deux autres encore. Le long de Madrone Way, la tension ne se relâchait pas, et il en serait ainsi jusqu'à ce que l'assassin soit démasqué. Et si on n'y parvenait pas, les habitants continueraient de se regarder avec méfiance pendant les années à venir, sachant qu'il y avait parmi eux quelqu'un qui avait tué trois personnes.

Vers la fin du mois d'août, Joe croisa Ethel Taylor dans Courthouse Avenue.

— Vous connaissez la nouvelle ? demanda-t-elle.

— S'il s'agit d'un nouveau meurtre, surtout ne me dites rien, répondit Joe.

Ethel accueillit la plaisanterie avec un petit sourire incertain.

— Non, dit-elle, c'est beaucoup plus joyeux que ça. Mrs Benjamin a eu son bébé le mois dernier. C'est une petite fille, qu'elle a appelée Béatrice.

Joe exprima ses félicitations.

— Et à part ça, dit-il, que savez-vous de nouveau et d'intéressant ?

— Les Whipple ont mis leur maison en vente. Celle de Sally Wagner appartient à présent à sa sœur, Mrs Wanda Tobias. Et merveille des merveilles, j'ai vu Mrs Bazzarini qui se promenait à pied l'autre jour. La vieille dame va beaucoup mieux.

Joe réfléchit un instant.

— N'empêche, je ne peux toujours pas la considérer comme suspecte...

Ethel laissa échapper un petit rire hésitant.

— Nous y avons sans doute tous un peu pensé, mais ça ne pourrait pas être la pauvre Mrs Bazzarini. Je sais que ce n'était pas Tom, c'est l'homme le plus gentil au monde. Et ce n'était pas moi, je peux vous l'assurer.

— Ça ne laisse pas une liste bien longue, conclut Joe. Bon, il faut que je retourne à mes devoirs de shérif.

5

Le *Messenger* de Pleasant Grove, après une étrange période de silence sur l'affaire des meurtres, se mit à s'attaquer à Joe sans répit. Chaque jour, un paragraphe évoquait poliment la perplexité totale dans laquelle était plongé le shérif Joe Bain. Il y avait de temps à autre des suppositions sur qui pourrait être la prochaine victime, puisque le meurtre dans le comté de San Rodrigo semblait si facile. « Voici une façon simple et pratique de vous décharger de votre agressivité », écrivit Howard Griselda. « Nous ne recommandons certes pas le meurtre comme moyen de parvenir à la santé mentale, mais si vous tenez vraiment à le pratiquer, le comté de San Rodrigo semble un environnement particulièrement favorable. »

Pendant quelque temps, Griselda fut distrait de ses attaques par le programme du ministère de l'Agriculture concernant les conditions d'emploi des travailleurs mexicains. Ce n'est qu'au cours de la première semaine de septembre qu'il fit de nouveau allusion aux meurtres. Le 10 septembre, il exigea publiquement de Joe qu'il indique s'il se considérait réellement capable de résoudre l'énigme de ces crimes. « Si tel n'est pas le cas, » écrivit Howard, « il semble qu'une aide de Sacramento devrait être, ou plutôt, *aurait* dû être sollicitée. À moins que le shériff Joe Bain ne préfère se passer de l'aide d'experts au prix de nouvelles atrocités ? »

Dans le même numéro, le carnet mondain annonçait le retour d'Europe d'Alice Benjamin, et révélait que son mariage avec Marsh Shortridge aurait lieu le 21 septembre, soit dans moins de deux semaines.

Déjà passablement agacé par l'éditorial de Howard Griselda, Joe ne put contenir son exaspération :

— Bon sang, pourquoi personne ne m'a prévenu ? Ils ne savent donc pas qu'il y a une enquête en cours ?

Il téléphona aux Benjamin, et ce fut Grace qui répondit.

— Ici le shériff Joe Bain, Mrs Benjamin. Je crois comprendre qu'Alice est rentrée ?

— Oui, c'est exact.

La ton de Grace Benjamin semblait moins acerbe que d'habitude.

— J'ai quelques questions à lui poser. Elle est chez vous en ce moment ?

La voix de Mrs Benjamin se fit plus hésitante.

— Je crois qu'elle s'apprête à aller à Pebble Beach avec Marsh

— Je vais l'envoyer chercher, dit Joe. Il faut que je lui parle.

— Je suis sûre qu'elle préférerait vous parler ici, dit-elle froidement.

— Très bien. Je serai là dans une dizaine de minutes.

Grace l'accueillit à la porte et le fit entrer dans le salon.

— Alice est encore fatiguée de son voyage. J'espère que votre entretien ne sera pas trop long.

— Si elle est si fatiguée que ça, pourquoi va-t-elle à Pebble Beach ? Vous n'avez pas l'air de vous rendre compte qu'il s'agit d'une enquête criminelle, qui a priorité sur tout. C'est comme un camion de pompiers dévalant la rue. Et pourquoi ne m'avez-vous pas dit qu'Alice était rentrée ?

— Si vous voulez le savoir, répondit Mrs Benjamin d'une voix glaciale, c'est parce que je ne voulais pas la voir harcelée et brutalisée.

— Mrs Benjamin, vos désirs en la matière n'ont aucune importance. Et maintenant, je vous prie de demander à Alice de venir.

Grace s'approcha du bas de l'escalier.

— Alice, veux-tu descendre un instant, s'il te plaît ?

CHAPITRE XII

1

Joe avait vu des photos d'Alice, il avait entendu vanter son extraordinaire beauté, mais il fut néanmoins stupéfait quand elle entra dans la pièce. Elle était parfaite jusque dans le moindre détail. Plus que parfaite, même, par sa grâce indéfinissable et ses contradictions fascinantes. Elle semblait délicate mais résistante, juvénile mais adulte, mince et frêle mais souple et assurée. C'était une créature angélique d'une essence supérieure au commun des mortels. Si la substance humaine est faite de sable, la sienne l'était de sucre. Son style, un mélange de simplicité, de charme rêveur et de mélancolie, n'appartenait qu'à elle. Aucun homme ne pouvait la voir sans que son cœur se mette à battre plus fort.

Joe poussa un soupir. Après s'être présenté, il lança un regard éloquent à Mrs Benjamin, qui sembla ne pas comprendre. Il dit enfin :

— J'aimerais m'entretenir seul à seul avec Alice.

— Je préférerais assister à la conversation, répondit Mrs Benjamin.

— Peut-être bien, mais quand je lui poserai une question, je ne veux pas qu'elle vous regarde avant de répondre.

— Elle peut répondre sans me regarder, mais je désire être présente.

— Mrs Benjamin, il faut que les choses soient bien claires entre nous. Il s'agit d'une enquête concernant plusieurs meurtres. Soit vous voulez coopérer, soit vous ne le voulez pas. Dans ce dernier cas, je serai obligé de me montrer beaucoup moins amical.

Mrs Benjamin prit un air obstiné. Elle allait répliquer quand Joe lui demanda :

— Vous voulez qu'elle dise la vérité, n'est-ce pas ?

— Oui, bien sûr, mais…

— Avez-vous peur qu'elle ne la dise pas ?

— Non.

— Alors pourquoi voulez-vous rester ?

Mrs Benjamin tourna les talons et quitta la pièce.

— Asseyons-nous là, dit Joe.

Alice obéit en silence. Elle portait une robe en cotonnade gris clair avec un col blanc, et Joe la trouva mignonne à croquer. Mais elle semblait mal à l'aise, presque effrayée.

— Détendez-vous, dit-il, je ne suis pas aussi féroce que j'en ai l'air. Votre mère est le genre de femme avec qui il faut savoir se montrer ferme.

— Elle est elle-même experte en la matière, dit Alice avec un pâle sourire.

— Vous avez de la chance de ne pas avoir hérité ça d'elle. Bon, eh bien, j'imagine que vous savez de quoi je veux vous parler ?

Elle secoua la tête, et Joe sentit de nouveau en elle de l'appréhension.

— Il s'agit des meurtres de Ken Mooney, Bill Whipple et Sally Wagner – qui étaient tous trois vos amis.

Alice hocha simplement la tête.

— Que pensez-vous de ces meurtres ?

— La même chose que tout le monde. C'est épouvantable.

— Voyez-vous un mobile possible pour ces crimes ?

— Non, aucun.

— Vous avez passé tout l'été en Europe ?

— Oui, répondit-elle d'un ton hésitant.

Joe, qui l'observait attentivement, remarqua ses épaules voûtées.

— Quand êtes-vous rentrée ?

— Il y a quelques jours.

— J'aimerais jeter un coup d'œil à votre passeport.

— Mon passeport ?

— Oui, vous savez, le petit carnet bleu avec votre photo.

— Je ne sais plus très bien où je l'ai mis.

— Quel jour êtes-vous revenue, précisément ?

La jeune fille regarda tristement ses mains, puis jeta un coup d'œil vers la porte. Joe regarda aussi, mais Mrs Benjamin n'était pas là. Elle dit enfin, d'une voix rauque :

— Je suis arrivée à San Francisco il y a à peu près un mois. Le 1ᵉʳ août, pour être précise. Je vous montrerai mon passeport, si vous voulez. Il est dans ma chambre.

— Le 1ᵉʳ août... répéta Joe.

Un mois et demi après le meurtre de Ken, un petit peu plus d'un mois après celui de Bill Whipple et de Sally Wagner.

— Où avez-vous passé ces cinq dernières semaines ?

Alice regarda de nouveau par-dessus son épaule, puis elle secoua la tête d'un air désemparé.

— Je ne veux pas vous le dire. Je ne veux absolument pas que ça se sache.

— Pourquoi ?

— Je ne veux pas, c'est tout.

— Votre mère est-elle au courant ?

— Non...

— Et Marsh ?

— Non, absolument pas !

— En d'autres termes – votre mère le sait.

Alice se passa la langue sur les lèvres.

— J'espère que non.

— Eh bien, à moi, vous pouvez le dire. Je vérifierai, et s'il n'y a aucun lien avec les meurtres, personne n'en saura rien.

Alice se mit à sangloter doucement. Joe attendit. Elle finit par dire :

— Dans une semaine, je vais me marier – avec un jeune homme très respectable. Il est à peu près aussi respectable que ma mère.

— Ils feraient un beau couple, dit Joe avec un sourire sarcastique.

Alice poursuivit d'une voix morne :

— Moi, je ne suis pas du tout respectable. Pour être tout à fait franche avec vous... j'épouse Marsh pour son argent. Ma mère voit ce mariage d'un bon œil, et moi aussi, parce que je n'ai rien contre le fait d'être à l'abri du besoin. Je n'ai pas envie d'être pauvre.

— Quel mal y a-t-il à être pauvre ? protesta Joe. Je l'ai été toute ma vie.

— Moi aussi, dit Alice. Ne nous jugez pas à notre maison.

— Bon, alors, qu'est-ce qui s'est passé pendant ce mois manquant ?

— Ça m'ennuie de vous le dire.

— Vous étiez avec un petit ami ?

Alice hocha la tête, et jeta de nouveau un coup d'œil furtif vers la porte.

Joe s'éclaircit la gorge.

— Si je peux me permettre un conseil, n'épousez pas ce garçon. Il a autant de charisme et d'enthousiasme qu'une huître.

— Je sais… Mais il est – eh bien, assez gentil. Et on peut se reposer sur lui.

— Vous risquez d'avoir une existence totalement dénuée d'intérêt. L'argent et la sécurité ne sont pas tout dans la vie.

La voix d'Alice laissa percer une certaine colère soigneusement réprimée :

— Je le fais parce que je suis obligée ! Nous ne pouvons pas vivre autrement ! Nous n'avons plus un sou ! Mon père ne va pas revenir des Indes, et il ne nous envoie plus d'argent.

— Quoi ? Ça semble assez bizarre. Vous en êtes sûre ?

— C'est ce que dit ma mère.

— Et le bébé, Béatrice ? Il ne s'en préoccupe pas ? Il doit normalement verser une pension alimentaire pour son enfant.

Alice hésita un instant, comme si elle n'avait jamais pensé à cet aspect des choses.

— Vos parents ont-il l'intention de divorcer ?

— Ah, grands dieux, non ! Ma mère est catholique. Elle a failli entrer au couvent.

— Votre père sait-il que vous allez vous marier ?

— Je lui ai écrit pour l'en informer.

— Vous avez eu une réponse ?

— Non, pas encore.

— Comment se fait-il que vous n'ayez pas épousé Bill ? Vous sembliez avoir des sentiments pour lui.

Alice regarda Joe d'un air stupéfait.

— Que voulez-vous dire ?

— Vous êtes allée à Halfway House avec lui.

— Comment le savez-vous ? demanda Alice d'une voix étouffée. Marsh est au courant ?

— Non.

Joe lui montra la photo. Alice la regarda fixement comme si elle y cherchait le secret de son existence.

— C'était il y a si longtemps… Je me sentais si jeune…

— Vous l'êtes encore.

Alice fit une petite grimace mélancolique.

— Je vous ai dit que je ne suis pas respectable.

— Vous l'êtes sans doute autant que la plupart des gens. Il me semble que vous réagissez simplement à une surdose de respectabilité.

— Probablement, dit-elle en soupirant.

— C'était la première fois que vous sortiez avec Bill ?

— Non, la deuxième. (Elle éclata de rire.) Bill m'a demandé de l'épouser… Pauvre Bill !

— Qu'avez-vous répondu ?

— J'ai dit non. Bill ne m'aimait pas vraiment. Il était fou de Starr, mais elle ne lui accordait même pas un regard. Il m'a demandé de l'épouser par pur dépit, pour se venger d'elle. Et aussi de Marsh et des Shortridge. C'était uniquement pour ça – par esprit de vengeance.

— Ne vous rabaissez pas.

— C'est pourtant vrai. Et en ce qui me concerne – eh bien, je n'étais pas très heureuse. Je ne voulais pas vraiment me fiancer avec Marsh. Je n'ai pas beaucoup de volonté… Pas beaucoup de décence, sans doute.

— Votre mère était-elle au courant, pour Bill et vous ?

Alice fit une grimace.

— Elle le détestait. Elle le trouvait vulgaire, et il ne croyait en rien.

— On dirait que votre mère dirige tout à la baguette.

— En fait, pas totalement. Pour ce qui est de Bill, je ne voulais pas l'épouser. Je voulais défier ma mère et Marsh, et Bill voulait défier Starr. (Elle rit tristement.) Alors que Starr se moquait bien de ce que Bill et moi pouvions faire.

Joe se frotta le menton.

— Oubliez un instant que je suis shériff. Faites comme si j'étais un vieil ami.

— Ce n'est pas difficile, répondit Alice avec un sourire qui donna le vertige à Joe.

— Vous êtes catholique comme votre mère ?

— Je n'ai jamais vraiment eu le choix. Mais enfin, oui, je le suis.

— Vous ne souscrivez donc pas au divorce, des choses comme ça ?

— Heu… non, sans doute.

— Eh bien, vous feriez mieux de rompre avec Marsh avant que le nœud conjugal soit noué… Sinon, vous serez coincée à vie avec lui.

— Si je faisais ça, qui nous entretiendrait, ma mère et moi, et maintenant le bébé ? Nous sommes incapables de gagner notre vie. Ma mère ne survivrait pas à la perte de sa maison.

— Votre père assurera sans aucun doute la pension alimentaire de la petite.

Alice fit soudain un geste de lassitude.

— J'en ai vraiment assez de toute cette affaire ! Je comprends pourquoi des gens veulent parfois se suicider…

— Allons, allons, fit Joe. La situation n'est pas si dramatique que ça. Ah, bon sang, je vous épouserais moi-même si je n'avais pas une fille à peine plus jeune que vous. J'aurais vraiment l'air bête, et Howard Griselda me clouerait au pilori dans un éditorial.

Alice rit de bon cœur, et Joe la trouva si charmante que, l'espace d'un instant, il se dit qu'il pourrait presque la demander en mariage pour de bon.

Avec un sourire malicieux, elle demanda :

— Même en sachant à quel point je me suis mal conduite ?

— Nous prendrions chacun nos risques.

— Vous ne savez pas jusqu'où j'ai pu aller…

— Ah ? Vous auriez pu aller jusqu'à frapper Ken, Bill et Mrs Wagner à coups de marteau ?

— Oh, non ! Je serais incapable de faire du mal à quelqu'un. Physiquement… (Elle s'interrompit, songeuse, puis elle dit :) Vous pouvez venir à mon mariage.

— Ah, je ne figure même pas en deuxième place… Bon, ce n'est pas grave. De toute façon, je n'aurais probablement pas pu supporter votre mère, et encore moins entretenir son train de vie.

Alice hocha la tête comme si c'était précisément ce qu'elle avait essayé de lui faire comprendre.

— En ce moment, dit-elle, j'ai l'impression d'avoir cent ans. Je ne rêve que de calme et de tranquillité.

— Plus de dévergondages ?

— Non, c'est fini.

— Qui était votre dernier petit ami en date ? Je vous pose la question à titre officiel.

— Ce n'était rien de bien sérieux. Je vous en prie, ne me demandez pas son nom, parce que je ne vous le dirai pas.

Joe réfléchit.

— Laissez-moi jeter un coup d'œil à votre passeport. Si vous êtes revenue après la mort de Sally Wagner, ma question n'aura plus vraiment d'importance.

Sans un mot, Alice quitta la pièce et revint quelques instants plus tard avec son passeport. Joe vérifia le tampon d'entrée : SAN FRANCISCO, 1ER AOÛT.

— Comment se fait-il que votre mère n'a pas vu cette date ?

— Elle n'a même pas regardé mon passeport. Elle était opposée à ce voyage en Europe, et elle a fait comme s'il n'existait pas.

— Moi, je vous parie un dollar qu'elle sait tout ce qu'il y a dedans.

Alice haussa les épaules d'un air apathique.

— Ça m'est égal. J'en ai assez de tout, des soucis, de la pauvreté, du devoir...

— Ma foi, dit Joe, vous ne pourrez pas dire que je ne vous ai pas mise en garde.

2

Joe retourna à sa voiture, l'esprit traversé de mille pensées. Impossible de soupçonner Alice de meurtre. Elle était trop triste, trop belle, trop douce. Qu'avait-elle à y gagner ? De plus, elle se trouvait à dix mille kilomètres de Pleasant Grove au moment des meurtres.

Supposons, se dit Joe, que Starr Shortridge ait été en réalité follement amoureuse de Bill Whipple, et qu'elle l'ait soigneusement caché pendant toutes ces années. Imaginons ensuite qu'elle ait entendu parler de la petite soirée de Noël à Halfway House – cela aurait-il pu provoquer chez elle un accès de rage ?

Non, cette théorie était encore moins convaincante que la plupart de celles qu'il avait déjà échafaudées. Mais, faute de mieux, Joe se rendit chez les Shortridge.

À son grand soulagement, ce fut Starr qui répondit à son coup de sonnette. Il n'aurait pas eu la force d'affronter le regard glacial de Miriam Shortridge.

— Hello, shériff, dit Starr en s'avançant sur la terrasse.

— Hello, Miss Shortridge. Dites-moi, avez-vous commis trois meurtres parce que vous aimiez Bill Whipple sans être aimée en retour ?

— Non.

— C'est bien ce que je pensais. Savez-vous qui l'a fait ?

— Pas vraiment.

— Vous savez naturellement qu'Alice est rentrée de son voyage en Europe ?

— Oui, Marsh l'a invitée ici à dîner – deux fois. Cette fille est très patiente. Moi, je n'épouserais pas Marsh pour tout l'or du monde.

Marsh arriva au volant de sa Ford blanche. Il en descendit, s'arrêta un instant pour regarder Joe, puis il le salua brièvement et s'approcha.

— Quoi de neuf, shériff ?

— Je viens juste de m'entretenir avec Miss Benjamin et votre sœur, dans l'espoir qu'elles me donneraient quelques nouvelles idées.

— Il serait grand temps que de nouvelles idées viennent de quelque part.

— Je continue d'en apprendre chaque jour, dit Joe. J'ai la curieuse sensation qu'une chose évidente est tapie tout près, et qu'il suffirait que je tourne très vite la tête pour la voir... J'imagine que vous n'avez pas eu vous-même le loisir d'y réfléchir ?

— Non.

— C'est vrai que vous devez avoir bien d'autres sujets plus excitants en tête, avec ce mariage si proche et tout.

Marsh ouvrit la bouche... et la referma aussitôt. S'il disait oui, il acceptait le ton badin utilisé par le shériff... et s'il disait non, il se comportait comme un goujat.

— C'est une étape par laquelle il faut bien passer, comme tout un chacun, répondit-il avec raideur.

— Juste par curiosité, vous vous convertissez au catholicisme ?

Une fois de plus, Marsh eut du mal à trouver ses mots. Starr fixa d'un air grave et impassible les hauteurs de Spanish Hill.

— J'ai été élevé dans la doctrine épiscopalienne, dit Marsh. L'église d'Alice m'a demandé de suivre une préparation, et je n'y vois pas d'objection particulière. Pour l'essentiel, les enseignements sont similaires.

— Les catholiques utilisent plus d'encens, dit Starr.

Marsh ne daigna pas relever la remarque.

— Où a lieu la cérémonie ? demanda Joe. Je pourrais même y venir.

— Elle doit se dérouler dans la plus stricte intimité, dit Marsh. Elle aura lieu ici même, dans notre maison.

— Ah ? Pas à l'église ? Je croyais que c'était l'usage ?

— Nous avons opté pour un mariage civil, répondit sèchement le jeune homme.

— Marsh a déjà été marié une fois, crut bon d'expliquer Starr. C'était avec une musicienne. Et il a divorcé, bien sûr. Ce ne sera pas de la bigamie.

— Quelle est votre position concernant le divorce, la contraception et autres considérations du même genre ?

— J'ai des vues conservatrices, répondit Marsh. Je n'ai vraiment aucune envie d'en discuter.

— Excusez-moi, dit Joe. J'ai cru comprendre que vous avez eu une violente altercation avec Bill Whipple, à peu près une semaine avant sa mort.

Marsh foudroya du regard sa sœur, qui afficha une expression parfaitement innocente. Il détourna les yeux en faisant une grimace.

— Ce n'était pas une semaine, mais deux jours avant sa mort. Il n'avait cessé d'importuner Starr. Il cherchait à l'atteindre à travers moi, et avait lancé d'ignobles accusations.

— Contre qui ?

— C'est sans importance.

— Dans une enquête criminelle, tout est important.

Ignorant la remarque, Marsh poursuivit :

— Il ne s'agissait pas d'une « violente altercation », comme vous dites. Je lui ai simplement dit d'arrêter. Il a toujours eu une attitude très étrange envers Starr et moi, une sorte d'instabilité émotionnelle. On appelle ça de l'ambivalence, je crois.

— Ce n'était pas une raison pour le tuer.

Marsh se mit à bégayer d'indignation :

— Êtes-vous en train d'insinuer que c'est moi qui l'ai tué ?

— Il y a bien quelqu'un qui l'a fait.

Marsh tourna les talons et entra dans la maison. Joe secoua la tête d'un air pensif et s'en alla.

3

De retour au QG, Joe s'enferma dans son bureau et essaya de réfléchir.

Si le mobile des meurtres était lié à l'argent de Mrs Bazzarini, alors Caspar ou Laura Hubman – ou les deux – étaient les principaux suspects. Si les meurtres avaient leur origine dans la fête de Noël à Halfway House, alors les gens les plus manifestement concernés – même de loin – étaient Marsh, les parents d'Alice et les parents de Helen Ferguson. Les Ferguson pouvaient être écartés, puisqu'ils n'habitaient pas Madrone Way. Compte tenu de son état, Grace Benjamin n'aurait pas pu revêtir l'uniforme de Ken, et encore moins pousser Bill Whipple dans une brouette ni escalader la clôture séparant se maison de celle de Sally. Quant à Guy Benjamin, il était en Inde.

Joe se redressa dans son fauteuil et décrocha son téléphone pour appeler la résidence des Benjamin.

C'est Mrs Benjamin qui lui répondit. Joe entendit en bruit de fond des pleurs de bébé.

— Shériff Joe Bain à l'appareil, Mrs Benjamin. Pour quelle entreprise travaille votre mari ?

— C'est une société de travaux publics qui construit un barrage en Inde.

— Comment s'appelle-t-elle ?

— La Société de Construction Amonette. Son adresse est 29 King James Parade, à Darjeeling.

— Où se trouve leur siège social ?

— À San Francisco.

— Je vous remercie, Mrs Benjamin.

Joe téléphona au siège de la société, où on lui passa le service du personnel.

— Je m'appelle Joe Bain, et je suis le shériff du comté de San

Rodrigo. J'aurais besoin de quelques informations concernant l'un de vos employés.

— Vraiment navré, monsieur, mais nous ne pouvons donner de tels renseignements par téléphone.

— J'ai uniquement besoin de son adresse.

— Désolé, monsieur. Vous pouvez lui écrire ici, et nous lui ferons suivre votre courrier.

— Ah, bon sang, je suis le shérif du comté de San Rodrigo, un représentant de la loi. Vous pouvez me rappeler, si vous ne me croyez pas.

— Il s'agit d'une règle stricte de notre société, monsieur, et je ne peux rien y faire. Si vous venez dans nos bureaux avec une pièce justificative, ou si vous nous transmettez votre question sous pli recommandé ou sur papier à en-tête officiel, nous ferons tout notre possible pour vous aider.

Joe raccrocha en fulminant. Il resta une minute assis sur le bord de son fauteuil, puis il se leva d'un bond, échangea quelques mots avec Ace Wardell et Miss Curdy, et prit la route de San Francisco en marmonnant des jurons.

4

Le siège de la Société de Construction Amonette occupait le dixième étage du Golden State Building, dans Montgomery Street. Joe suivit un couloir séparé par des cloisons vitrées d'une immense salle où travaillaient dessinateurs et ingénieurs, et franchit une porte où était inscrit : SERVICE DU PERSONNEL. Un jeune homme dynamique en chemise blanche et nœud papillon s'approcha pour s'enquérir de l'objet de sa visite.

Joe ouvrit son portefeuille et montra son badge.

— J'aimerais m'entretenir avec votre chef de service.

— C'est Mr Trask. Un instant, je vous prie.

Joe fut introduit dans un bureau deux fois grand comme le sien, décoré de photographies d'équipes et de réalisations d'ouvrages d'art. Trask se leva pour l'accueillir. C'était un homme qui faisait bien une tête de plus que Joe, avec des traits creusés, des yeux marron très doux, et quelques rares touffes de cheveux.

Joe lui montra à nouveau son badge, que Trask examina avec un intérêt poli.

— Et quel est votre problème ? demanda-t-il.

— J'ai besoin de quelques informations concernant l'un de vos ingénieurs, Guy Benjamin. Je cherche la preuve, ou du moins l'assurance, qu'il est en Inde, et cela depuis au moins le 1er janvier.

Trask se renfonça dans son fauteuil en croisant les mains sur sa poitrine.

— Je ne peux pas vous aider, dit-il en secouant la tête.

— Hein ? Comment ça ?

— Guy Benjamin travaille ici, à notre siège social, depuis le printemps.

— Quoi ? s'écria Joe. Ici, à San Francisco ?

— Allez dans le troisième bureau le long du couloir. Benjamin pourra peut-être vous prouver qu'il est en Inde. Moi, j'en suis incapable.

Joe se passa les doigts dans les cheveux.

— Je pense que la moindre des choses, c'est d'aller lui poser la question.

Sur la troisième porte, il lut l'inscription : CHEF DE L'ORDONNANCE-MENT. Il entra, et se trouva dans une pièce qui empestait la cigarette. On avait réussi à y caser trois bureaux, avec derrière chacun un homme en bras de chemise discutant au téléphone. Aucun d'eux n'était Guy Benjamin, et c'est à peine s'ils remarquèrent le visiteur.

Joe traversa la pièce pour jeter un coup d'œil dans le bureau du fond. C'est là qu'était installé Guy, occupé à vérifier une liste, sa calculette à la main. Il leva les yeux.

— Monsieur ?

Joe l'examina un instant avant de parler. Voici donc le mari de la redoutable Grace Benjamin, songea-t-il. Comment était-ce possible ? C'était un homme svelte au visage affable, avec de beaux cheveux châtains, une moustache bien taillée. D'une façon indéfinissable, il semblait appartenir à une autre époque, évoquant une photo de John Gilbert à ses débuts. Il était évident qu'Alice avait hérité de lui son charme et sa flexibilité – « faiblesse » serait un terme beaucoup trop fort. Grace Benjamin était d'une tout autre nature.

— Je suis Joe Bain, shérif du comté de San Rodrigo, dit-il en montrant son badge.

Guy hocha la tête d'un air assez maussade, et lui désigna un siège.

— Asseyez-vous, shérif.

Joe s'installa.

— Je suis très surpris de vous trouver ici. J'avais cru comprendre que vous étiez sur un chantier en Inde ?

Guy fit un petit geste pour indiquer que c'était bien l'impression qu'il voulait donner.

— L'occasion de me faire muter à San Francisco s'est présentée, et je l'ai saisie. C'est beaucoup plus confortable ici, même si Darjeeling a également ses bons côtés.

— Avez-vous été en communication avec Pleasant Grove ? demanda Joe avec diplomatie.

— J'ai bien peur que non, répondit Guy Benjamin avec un léger sourire.

— Vous êtes au courant de ce qui s'est passé dans Madrone Way ?

— Non, je l'avoue.

— À quand remonte votre dernière visite à Pleasant Grove ?

— C'était pendant les fêtes de Noël l'année dernière. Je doute que j'y retourne jamais. Ma femme et moi sommes parvenus à un arrangement à l'amiable. Elle refuse de divorcer, et par conséquent… je vis ma vie, et elle vit la sienne. Que se passe-t-il de si extraordinaire ?

— Je vais y venir dans un instant. Vous savez que votre fille va se marier ?

Guy hocha la tête et proposa une cigarette à Joe, qui refusa poliment. Guy Benjamin fit craquer une allumette et tira une bouffée.

— Personnellement, je n'aurais pas choisi Marsh Shortridge, mais après tout, ce n'est pas moi qui vais devoir vivre avec.

— Vous n'assisterez pas au mariage ?

— Non, non. Je serais obligé d'être poli avec Grace, et je ne sais pas si j'y arriverais. Pourquoi prendre un tel risque ?

— Alice ne sait pas que vous êtes ici ?

— Non. Elle le dirait à sa mère, ce qui ne cadre pas avec mes plans. Ce n'est pas que je manque de cœur, shérif – je manque juste de courage. Vous ne connaissez pas Grace. Cette femme est une force naturelle irrésistible. Elle m'a passé au laminoir. Je lui ai donné la maison comme compensation financière, ce qu'elle a jugé satisfaisant. Je verse une pension alimentaire de cent cinquante dollars par mois à Alice, ce que je fais évidemment avec plaisir. Mais à part ça, je me débrouille seul.

— Et le bébé ? demanda Joe. Vous ne vous souciez pas de prendre soin de votre enfant ?

— Quel bébé ? Vous ne voulez pas parler d'Alice ? C'est le bébé de Marsh, maintenant.

— Je parle de la jeune Béatrice Benjamin, à qui Grace a donné naissance le mois dernier.

Guy Benjamin se redressa brusquement dans son fauteuil, la moustache hérissée.

— Grace a eu un enfant ?

— Mais oui, je m'en porte garant.

— Ça alors, murmura-t-il en se tassant de nouveau dans son fauteuil. Pour une surprise, c'est une surprise... Je n'entrerai pas dans les détails, mais sachez que je n'ai rien à voir dans cette affaire.

Joe fronça les sourcils.

— Vous voulez dire que quand vous êtes rentré chez vous l'hiver dernier, vous n'avez pas eu de rapports avec votre femme ?

— C'est là le genre de détails que je voulais éviter. Non, je n'ai pas couché avec elle. Franchement, c'est absolument incroyable. Grace. Sa religion. Ses réticences. Ses scrupules. Sa religion. Ses principes moraux. Sa religion...

Joe se gratta la tête.

— Mais alors, qui peut bien être le père ?

— Si vous voulez mon avis, répondit Guy Benjamin, c'est une histoire d'immaculée conception. Et maintenant, auriez-vous l'amabilité de me dire pourquoi diable vous êtes ici ?

— Connaissez-vous Ken Mooney ?

— Non.

— Et Bill Whipple ?

— Je connais le jeune Bill. Le coureur de jupons en haut de la rue.

— Et Sally Wagner ?

— Sally Wagner, oui, bien sûr.

— Eh bien, ils sont tous les trois morts – assassinés.

Joe entreprit de décrire les événements. Avec un petit rire nerveux, Guy Benjamin écrasa sa cigarette dans le cendrier et se cala dans son fauteuil.

— Je n'ai aucun alibi, dit-il. La théorie selon laquelle j'aurais tué ces personnes est tellement absurde que je ne peux même pas m'en soucier.

— C'est le cas pour tous mes suspects. Si vous pouviez clairement prouver votre innocence, vous m'aideriez à trouver le vrai coupable.

— Je regrette infiniment, shériff. Je suis incapable de prouver où j'étais il y a deux jours, et encore moins il y a un mois.

Joe resta un moment à regarder tristement Guy Benjamin, dont il avait espéré que la présence à San Francisco serait un élément déterminant dans l'affaire.

— Au fait, dit Benjamin, allez-vous informer Grace de mon nouveau lieu de résidence ?

— Si je l'interroge sur le bébé…

Guy Benjamin fit la grimace.

— Ça, ça va demander un sacré courage.

— … je serai bien obligé de vous impliquer.

— Dans ce cas, je ferais aussi bien d'assister au mariage. J'ai une grande affection pour Alice. (Il jeta un coup d'œil par la fenêtre, où le soleil de l'après-midi baignait la façade de l'immeuble en face.) Quand je repense au passé… ah, mon Dieu, tout ça paraît si loin. Quel jeune imbécile j'étais…

— C'est comme ça que les gens deviennent fous, dit Joe. Bon, il se fait tard. Je ne sais pas si vous m'avez aidé à éclaircir les choses.

— Si j'étais coupable, je serais heureux de me confesser, dit poliment Guy Benjamin. Juste histoire de vous faciliter la tâche.

Joe se leva.

— Ah, si tout le monde était aussi prévenant que vous… (Il sortit son calepin.) Donnez-moi votre adresse et votre numéro de téléphone. Je vous demanderai de bien vouloir me prévenir si vous envisagez des déplacements, pour éviter que, dans l'affolement, je ne vous fasse arrêter.

5

Joe repartit vers le sud par la Highway 101, en direction de San Jose, puis il obliqua vers Aurora, d'où il téléphona à Luna.

— Tu as déjà dîné ?

— Non. J'ai eu tellement de travail que je n'ai même pas pris le temps de penser à manger.

— Si j'apportais deux gros steaks, une miche de pain et un pack de bière, tu crois qu'on pourrait se débrouiller ?

— Je vais mettre quelques oignons à frire.

Après le repas, il aida Luna à déplacer les cuves en béton afin d'obtenir une configuration peut-être plus efficace. Puis ils s'installèrent sur la balancelle du jardin pour discuter des meurtres.

— J'ai l'impression de toucher au but, dit Joe. Mais pourquoi ? pourquoi ? pourquoi ? Pourquoi tuer Ken Mooney ? Pourquoi tuer Bill Whipple ? Pourquoi tuer Sally Wagner ? Grace ne pouvait espérer réussir à cacher l'existence de son bébé. Si Laura et Caspar voulaient préserver leur héritage, ils n'auraient pas assommé Ken au cours de sa tournée. Ils auraient eu recours à une méthode plus subtile. Marsh Shortridge est bien trop trouillard pour assassiner qui que ce soit. Starr se fiche de tout. Alice Benjamin était en Europe, Guy Benjamin... (Joe secoua la tête.) Je tourne en rond.

— Quand a lieu la cérémonie ?

— Dans une semaine environ.

— Tu vas demander à Mrs Benjamin qui est le père de l'enfant ?

— Je m'en garderai bien. Elle me dirait, à juste titre, que ça ne me regarde pas. Et je répondrais : « Mrs Benjamin, dans une affaire de meurtre, tout me regarde. » Et là, elle passerait à un autre sujet. Je ne peux pas la mettre en prison sous prétexte qu'elle refuse de me dire avec qui elle a couché.

Luna secoua la tête d'un air dubitatif.

— Même moi, je trouve tout ça très mystérieux.

CHAPITRE XIII

1

La semaine passa. Le matin du 20 septembre, trois jeunes gens de seize, dix-sept et dix-huit ans dévalisèrent une banque de San Jose et s'enfuirent dans le comté de San Rodrigo. Joe, déployant tous ses hommes, contraignit le trio à se diriger vers un barrage installé par la police de la route. Ils en approchèrent à plus de cent quarante à l'heure, tentèrent de l'éviter en braquant, partirent dans un fossé dont ils ressortirent en faisant plusieurs tonneaux qui se terminèrent dans un formidable fracas de tôle. Il n'y eut aucun survivant.

L'après-midi eut lieu la répétition du mariage Shortridge-Benjamin, puis les Benjamin furent conviés à dîner chez les Shortridge.

Joe, profondément frustré, faisait les cent pas dans son salon. Ne pouvant pas regarder tranquillement la télévision, sa mère finit par aller se coucher.

— Ne te fais jamais élire shériff, dit-il à Miranda. C'est le plus sûr moyen d'avoir prématurément des cheveux blancs. Comment se fait-il que le vieux Cucchinello n'ait jamais eu ce genre de problème ? Il est mort heureux.

Miranda tenta de le réconforter.

— Il va forcément se passer quelque chose, un élément nouveau va…

— Mais ce n'est pas ça que je veux ! s'écria Joe. Je suis censé mener l'enquête, et être capable de démêler moi-même le mystère. Howard Griselda aurait-il raison ? Est-ce que je suis borné ? Je commence à me rallier à cette opinion.

— Allons, Papa, rappelle-toi ce que tu m'as toujours dit : Si tu n'as pas confiance en toi, personne ne te fera confiance.

— C'est vrai. Je sais aussi que cette affaire de meurtres est un fiasco lamentable.

— Réfléchissons ensemble, proposa Miranda. D'abord, nous savons qu'il ne s'agit pas de suicides.

— Exact, dit Joe. Nous pouvons également écarter l'hypothèse d'une attaque par une volée de canaris enragés.

— Là, tu es sarcastique, protesta Miranda. J'essayais simplement de t'aider.

— Oui, je sais, je sais. (Joe se remit à faire les cent pas.) Va donc ouvrir une cannette de bière. Pour moi, pas pour toi. Ça aide à lubrifier les rouages cérébraux.

Trois cannettes successives lubrifièrent si bien ces fameux rouages que Joe finit par aller se coucher.

Le lendemain matin, seul dans son bureau, il poursuivit ses réflexions. La logique pure devrait lui permettre de résoudre ces meurtres. Sally Wagner y est arrivée simplement en regardant une brouette, se dit-il, et elle n'en savait pas autant que moi. Je n'ai sans doute pas l'esprit assez souple. Je devrais donner libre cours à mes pensées au lieu d'essayer de prouver les choses. Par exemple, imaginons que quelqu'un ait habité dans la maison des Mortimer pendant tout ce temps... Marsh n'a peut-être pas divorcé de sa première femme... Qui est le père du bébé ? Marsh ? Ken ? Bill ? Caspar Hubman ?

Joe se redressa brusquement comme si Miss Curdy lui avait glissé un glaçon dans le cou.

— Est-ce possible ? Est-ce que cela aurait pu... ?

Il regarda sa montre : 9 h 45. Le mariage allait avoir lieu dans un quart d'heure.

— Si je me suis trompé, je n'aurai plus qu'à faire mes valises et émigrer...

2

Madrone Way était remplie de voitures garées. Joe remonta dans l'allée des Shortridge aussi loin qu'il le put.

La vieille demeure arborait un air de fête. La balustrade était décorée de gerbes d'œillets rouges et blancs, et l'on entendait la musique d'un quatuor à cordes à l'intérieur.

Joe gravit rapidement les marches et se fraya un chemin jusqu'à l'immense salon. La cérémonie n'avait pas encore commencé. Au fond de la pièce, on avait installé un autel et un pupitre. Des cierges étaient allumés dans des candélabres en bronze. Il y avait une foule d'invités : tous les gens importants du comté de San Rodrigo. Sam Shortridge, en habit de cérémonie, se tenait près de l'autel aux côtés de Milo Gentry, Howard Griselda, Mr et Mrs Mortimer, Laura Hubman, Grace Benjamin et Porter Barrett, le propriétaire du Rancho La Zuñada dans les Indian Hills.

Joe s'approcha du groupe, tapa sur l'épaule de Sam Shortridge et l'entraîna à l'écart.

— Je suis navré de débarquer ainsi en pareille circonstance, Mr Shortridge…

— Mais pas du tout, shérif, dit cordialement Sam. Je suis heureux que vous ayez pu vous libérer. Nous sommes juste sur le point de commencer.

— C'est une situation très embarrassante, dit Joe d'un air grave. Il vaudrait peut-être mieux reporter le mariage.

Sam Shortridge fut sidéré.

— Qu'avez-vous dit ? Ajourner le mariage ?

Joe lui fit son sourire le plus aimable.

— Je sais que c'est un moment un peu particulier pour enquêter sur un meurtre, mais il y a à peine dix minutes, j'ai enfin réussi à démêler l'affaire. Ou du moins, je l'espère.

Miriam Shortridge, flamboyante dans sa robe rose, s'approcha d'eux.

— Il y a un problème, Sam ?

— Le shérif veut que nous ajournions le mariage, dit-il d'un air perplexe.

— C'est tout simplement absurde ! s'exclama Miriam Shortridge. Comment peut-il même avoir une idée pareille !

— Que se passe-t-il ? dit Grace Benjamin d'une voix impérieuse.

Quand Sam lui eut expliqué la situation, elle se tourna vers Joe :

— Vous devez être complètement fou.

Joe allait répliquer, mais Howard Griselda le devança :

— Le shérif Bain est malheureusement très porté sur le grand spectacle et le mélodrame.

— Monsieur Griselda, permettez-moi de ne pas être d'accord, dit Joe. Je pourrais très bien laisser se dérouler la cérémonie, mais il en résulterait une grande consternation, et tout le monde viendrait me dire : «Shérif Bain, vous devriez avoir honte, pourquoi n'êtes-vous pas intervenu pour empêcher ça ? »

Sam Shortridge avait à présent une expression hagarde.

— Dites-nous simplement ce que vous avez en tête.

Joe se frotta le menton, indécis. Il regarda autour de lui. Sur le côté, Guy Benjamin bavardait tranquillement avec Caspar Hubman ; Starr, vêtue d'une robe vert clair et le visage fermé, était assise à côté du jeune Orlando Bennett, fils de Basil Bennett, le plus célèbre avocat d'Aurora.

Joe dit lentement :

— Je crois que le plus facile pour vous serait d'annoncer simplement que le mariage est reporté.

Grace émit une sorte de bêlement.

— Je m'y oppose fermement. C'est une honte. Tout cela ne peut-il attendre que la cérémonie soit terminée ?

— Je suis navré, Mrs Benjamin. C'est une situation lamentable. Mais n'oubliez pas que trois personnes ont été assassinés, ce qui est encore plus lamentable. (Il croisa le regard sardonique de Howard Griselda, et se tourna vers Sam Shortridge.) J'ai quelques questions à poser. Je peux le faire en privé ou devant tout le monde, ce qui sera plus embarrassant mais plus rapide.

— Embarrassant pour qui ? demanda Miriam Shortridge.

Son mari fit un geste d'impatience.

— Allez-y, finissons-en. De toute façon, ce sera bientôt du domaine public.

— Faites venir Marsh et Alice, je vous prie.

Miriam allait protester, quand son mari la coupa net.

— Fais ce que le shérif te demande. Il ne plaisante pas.

— Je l'espère bien… marmonna Joe.

Alice, vêtue de sa robe de mariée, Marsh, dans son habit de cérémonie, et Charles Beasley, son témoin, entrèrent dans la pièce, l'air interloqués. Sam Shortridge leur fit signe.

— Par ici ! Le shérif Bain interrompt la cérémonie.

Marsh prit un air outragé, mais son père ordonna d'une voix cassante :

— Écoutons d'abord ce qu'il a à nous dire.

Joe hésita.

— Vous êtes absolument sûr de ne pas vouloir faire ça en privé ? Certains sujets risquent d'être délicats.

— Dépêchons-nous, dit Sam Shortridge d'une voix rauque.

— Après tout, c'est peut-être mieux comme ça, dit Joe en haussant les épaules. Mr Benjamin, si vous voulez bien me rejoindre ?

Guy Benjamin s'approcha.

— Mr Benjamin, êtes-vous le père de Béatrice Benjamin ?

— Non, répondit-il d'un ton léger. Absolument pas.

Miriam Shortridge porta la main à sa bouche et siffla entre ses dents.

— Est-ce exact, Mrs Benjamin ? demanda Joe.

Grace Benjamin devint cramoisie.

— Quelle question insultante !

— Eh bien, maintenant que je l'ai posée, quelle est la réponse ?

— Je refuse de discuter de ce sujet.

— Pouvons-nous voir le certificat de naissance du bébé ?

— Vous ne pouvez rien voir du tout.

— Dans quel hôpital est-il né ? Qui était le médecin qui vous a accouchée ?

— Ça ne vous regarde absolument pas.

— Allons, Mrs Benjamin, c'est une question parfaitement innocente. Personne ne va vous mettre en croix pour avoir commis une incartade. Dites-nous simplement où est né l'enfant, et le nom du médecin.

— Je refuse de parler de mes affaires personnelles en public.

— Me le direz-vous en privé ?

— Je ne vous dirai absolument rien. Cela ne vous regarde pas.

— C'est votre dernière chance, Mrs Benjamin. Où est né le bébé ? Qui était le médecin ?

Howard Griselda s'impatienta :

— Il n'y a aucune raison de ne pas fournir cette information, Mrs Benjamin.

— Non, je ne veux pas m'abaisser à répondre.

Joe se tourna vers Starr, toujours assise sur le canapé et le visage figé, puis il regarda Marsh et Alice.

— Il y a sept ou huit ans, vous avez démoli tous les trois une cabane que Bill Whipple avait construite dans un arbre. C'est bien exact ?

— C'est exact, dit Marsh d'une voix tendue et haut perchée.

— Que sont devenus les outils ? demanda Joe en regardant attentivement les visages.

D'une voix hésitante, Alice répondit :

— Je les ai pris, et je les ai donnés à mon père.

— Oui, je m'en souviens, confirma Guy Benjamin. Très distinctement. Un marteau et une scie.

— Ce marteau a tué trois personnes. (Joe se tourna vers Alice.) Savez-vous où est née Béatrice Benjamin ?

Alice jeta un coup d'œil vers sa mère, mais Joe fit un pas vers elle.

— Répondez simplement à ma question.

— Je ne suis pas sûre... dit-elle d'une voix tremblante.

— Vous le savez, oui ou non ?

— Oui, je le sais.

Grace Benjamin intervint :

— Il n'a pas le droit de s'immiscer dans ma vie privée. Ne lui dis rien.

Alice regarda Joe d'un air implorant.

— Je ne veux pas répondre.

— Je suis désolé, Miss Benjamin, mais tout doit sortir au grand jour. Absolument tout. Vous êtes rentrée d'Europe le 1er août. C'est bien cela ?

— Quoi ? cria Marsh.

Alice poussa un profond soupir.

— Oui.

— Avez-vous essayé de téléphoner à Bill Whipple, pour lui dire que vous étiez enceinte de lui, et appris alors qu'il était mort ?

— Alice ! hurla Grace Benjamin. Je t'interdis de dire un mot !

— Oui ! s'écria Alice. J'en ai assez de tous ces mensonges ! Je suis soulagée de dire la vérité ! C'est vrai ! J'ai téléphoné à Bill !

Marsh semblait atterré. Sam Shortridge fixait tour à tour les visages d'un air stupéfait. Guy Benjamin examinait ses ongles. Starr Shortridge éclata de rire.

— Ken Mooney, reprit Joe, a été tué un jour de forte chaleur. Les petits Taylor avaient installé un stand de limonade dans la rue. Ken en a acheté un verre à crédit. Il a récupéré un peu de monnaie en livrant un colis à Marsh, mais il n'a pas remboursé les gamins. Ken Mooney n'est pas reparti de Madrone Way. Il avait une lettre recommandée pour Mrs Benjamin, qui n'a pas été remise. Il semblerait donc qu'il ait été tué dans cette partie de la rue. Le meurtrier devrait donc être un Shortridge, un Taylor ou un Benjamin, qui aura ensuite revêtu l'uniforme de Ken pour faire le reste de sa tournée.

« Ce n'était pas un des Taylor. Mrs Benjamin était manifestement enceinte, mais en réalité, elle ne l'était pas. Elle s'est retrouvée dans cette situation à la suite d'une bévue ridicule. Ce n'est pas étonnant qu'elle ait détesté Sally Wagner. C'est tellement tragique que c'en est presque drôle. Sally Wagner l'a surprise alors qu'elle achetait des pilules ou des vitamines prénatales, et Grace Benjamin a été tellement prise de court qu'elle a admis être enceinte. Sur le moment, cela lui a semblé la seule façon de s'en sortir – et quels ennuis cela a pu provoquer par la suite ! En réalité, c'était pour Alice qu'elle achetait ces comprimés.

« Les convictions religieuses de Mrs Benjamin lui interdisaient d'envisager un avortement. Elle avait prévu qu'Alice accouche discrètement quelque part et confie l'enfant à l'adoption, puis qu'elle se marie comme si de rien n'était. Grace Benjamin a désespérément besoin de ce mariage. Elle n'a plus un sou. Si Marsh n'épouse pas Alice et ne lui verse pas une pension, elle sera obligée de travailler. Hélas, Sally Wagner l'a surprise dans cette pharmacie, et la seule idée qui lui est venue à l'esprit a été de dire qu'elle était enceinte. La plus grande malchance de sa vie, parce qu'elle a été obligée de faire semblant d'être enceinte… et aussi de garder le bébé.

« Un jour de forte chaleur – le 18 juin, pour être précis –, Ken Mooney arrive avec une lettre recommandée. Voici comment j'imagine les choses. Après avoir sonné en vain, il se dit que Mrs Benjamin doit être dans le jardin derrière la maison. Il pousse la barrière, contourne la maison – et là, ô surprise ! Grace Benjamin un marteau à la main, en train de réparer un treillis ou de planter des tuteurs pour ses chrysanthèmes, en maillot de bain peut-être ? Toujours est-il qu'elle n'a pas mis son rembourrage. Elle est plate comme une limande ! Ken s'exclame : "Ça alors, Mrs Benjamin ! Je croyais que vous étiez enceinte !" Ou peut-être ne dit-il rien, se contentant de la regarder bouche bée.

« Mrs Benjamin voit son univers s'écrouler. L'étape suivante de la tournée de Kent est la maison de Sally Wagner. Toute l'histoire va se savoir. Grace entend déjà le rire tonitruant de Sally. Malheureusement pour Ken, elle a à portée de main le vieux marteau qu'Alice avait rapporté de la colline. Soudain saisie d'une rage terrible, elle frappe Ken. Nous connaissons le reste. Qu'en dites-vous, Mrs Benjamin ?

Un profond silence régnait dans la pièce. Howard Griselda se racla la gorge :

— Mrs Benjamin, cette allégation est-elle vraie ou fausse ?

— Fausse, évidemment ! Il n'y a absolument aucune preuve de tout ça ! C'est de la pure diffamation.

— C'en serait certainement, dit Joe, si ce n'était pas vrai. Il y a un petit élément de preuve : le numéro de *Life*. Quand vous avez frappé Ken, vous avez pris le numéro qu'il venait de vous apporter pour le glisser sous sa nuque. Plus tard, quand vous y avez réfléchi, vous avez arraché l'étiquette portant votre nom. Après la découverte du corps, vous vous êtes dit que la police allait forcément vérifier ce numéro. Vous en avez acheté un autre exemplaire, et vous avez récupéré une ancienne étiquette que vous avez collée au dos. Vous n'avez sans doute pas pensé au fait que ça ferait un exemplaire de trop. Je m'en servirai au cours du procès.

Alice, tassée sur elle-même, fixait Joe d'un regard vitreux. Marsh, soudain ridicule dans ses beaux habits, semblait totalement inerte.

Joe poursuivit :

— Alice n'a pas particulièrement envie d'épouser Marsh. Elle n'a pas envie d'épouser qui que ce soit. Elle était sans doute un peu amoureuse de Bill, ou du moins, il devait éveiller en elle un désir physique. Elle l'a peut-être appelé au printemps, quand elle a appris qu'elle était enceinte.

— Il a dit non ! s'écria Alice. Il ne voulait pas se marier avec moi !

— Cela prouve qu'il manquait de goût, dit galamment Joe. Ma foi, quoi qu'il en soit, pour une raison mystérieuse, il a changé d'avis.

D'une voix claire, Starr déclara :

— La raison n'est pas du tout mystérieuse. Il était furieux contre moi, et il y a vu un moyen de se venger.

— C'est possible. En tout cas, il s'est rendu à Halfway House pour récupérer une photo qu'il se souvenait avoir collée dans le bar, puis il est allé voir Mrs Benjamin, peut-être pour lui demander l'adresse d'Alice, ou peut-être pour l'informer de la façon dont les choses allaient se passer. J'imagine que la conversation s'est déroulée à peu près ainsi : "Mrs Benjamin, Alice et moi allons nous marier. Je vais faire d'elle une honnête femme et donner à notre enfant un merveilleux foyer" "Quel enfant ? De quoi parlez-vous ?" demande Grace Benjamin en tendant déjà la main vers le marteau. "Eh bien, du bébé que je lui ai fait à Halfway House, à Noël dernier. Regardez cette photo." "Mais Alice est fiancée à Marsh Shortridge. Pourrez-vous nous faire vivre dans le même luxe que lui ?" "Non, je ne pourrai pas, et qui plus est, je n'ai même pas l'intention d'essayer. Alors, donnez-moi son adresse, ou sinon, je vais voir Marsh Shortridge." "Bon, d'accord, si c'est ce que vous voulez. Passez-moi mon crayon, je viens de le laisser tomber par terre." Quand Bill se baisse pour ramasser le crayon, *Bam !* un bon coup de marteau sur le crâne.

« La brouette s'avère bien pratique. Tard dans la nuit, Grace Benjamin transporte Bill Whipple dans la rue et va le déposer derrière la remise à outils de Mrs Bazzarini.

Une fois de plus, Howard Griselda se tourna vers Grace Benjamin :

— Est-ce exact, Mrs Benjamin ?

— Il n'y a pas la moindre preuve, dit-elle. Pas même le commencement d'une.

— Des preuves, il y en a beaucoup, dit Joe. Une fois qu'on a compris que votre grossesse était simulée, on en trouve partout. La brouette, par exemple. C'est elle qui a éveillé les soupçons de Sally Wagner. Je n'arrivais pas à comprendre ce qu'elle avait vu, alors même que vous nous aviez dit une dizaine de fois de faire attention à votre pelouse. Au lieu de la traverser, l'assassin a pris soin de faire un long détour d'une trentaine de mètres, à l'aller comme au retour. Vraiment étrange ! Sally l'a remarqué tout de suite, mais vous croyant enceinte de sept mois, ça lui a semblé impossible. Mais vous, vous l'avez vue et vous avez deviné ce qu'elle pensait. Vous saviez qu'elle n'en resterait pas là. Peut-être a-t-elle exprimé ses soupçons de façon plus précise. Là, je ne peux même pas imaginer ce qui s'est passé. Mais vous saviez que Sally Wagner était sur le point de tout découvrir. Comment faire pour l'éliminer ? Elle s'était enfermée chez elle à double tour. Comme elle vous soupçonnait, il n'y avait aucune chance pour qu'elle vous laisse entrer dans sa maison. Voici comment je pense que vous avez résolu le problème. Vous en avez probablement eu l'idée alors que vous l'observiez depuis votre chambre en train de brûler des ordures dans son incinérateur. Je précise ici que nous n'avons pas pu identifier la personne avec qui Sally Wagner parlait quand elle a été tuée. Pourquoi ? Parce que c'était vous. Le téléphone de Sally Wagner sonne. Elle se précipite à l'intérieur, sans se donner la peine de refermer à clé derrière elle. Vous lui dites alors, en déguisant votre voix, quelque chose comme : "Sally Wagner ? Un appel longue distance de Washington D.C. Restez en ligne, s'il vous plaît." Là, vous escaladez rapidement la clôture avec une échelle et vous entrez dans la maison. Sally Wagner est assise, l'oreille collée à l'écouteur. *Bam !* avec le marteau. Et vous voilà partie pour la petite fête donnée en votre honneur chez les Taylor. Mais après avoir raccroché le téléphone, vous avez oublié le marteau. Ce n'est pas grave, vous êtes-vous dit. Personne ne reconnaîtra ce vieux machin.

« Il se trouve qu'en fait, ce marteau a figuré dans un petit drame qui s'est déroulé il y a huit ans. Des tas de gens s'en souviennent. (Joe soupira.) Et voilà toute l'histoire, Mrs Benjamin. Vous n'êtes pas obligée de dire un mot avant d'avoir vu un avocat.

Grace Benjamin ne semblait pas particulièrement troublée ni désemparée. Elle réfléchissait, en remuant lentement la bouche comme si elle mâchait du fil. Howard Griselda l'observait avec fascination. Guy Benjamin se détourna pour examiner un bouquet d'œillets rouges et blancs. Soudain Alice poussa un grand cri. Puis un autre, et un autre, les poings crispés à hauteur de ses épaules, avant de quitter la pièce en courant. Elle descendit les marches quatre à quatre et s'enfuit dans Madrone Way, sa longue robe de mariée flottant au vent. Marsh hésita un instant, puis il marmonna quelque chose et se lança à sa poursuite.

Grace Benjamin n'avait pas prêté attention à la scène.

— Suis-je en état d'arrestation ? demanda-t-elle à Joe.

— Oui, Mrs Benjamin.

— Il n'y a aucune preuve contre moi.

— Ce sera au jury d'en décider.

3

En perquisitionnant dans la maison des Benjamin, Joe et Rex Kelly trouvèrent l'exemplaire de *Life* daté du 21 juin censé avoir été déposé par Ken Mooney le dernier jour de son existence.

Joe examina attentivement l'étiquette à la lumière.

— Regarde cette tache, dit-il. C'est de la colle pour modèles réduits, quelque chose comme ça. Nous la tenons.

CHAPITRE XIV

1

Lors du procès, l'avocat de Grace Benjamin plaida que l'accusation ne reposait que sur des preuves circonstancielles, indirectes et hypothétiques, sans qu'aucun lien n'ait pu être établi entre les meurtres et sa cliente. Il écarta le numéro de *Life*, le marteau et la grossesse simulée comme dénués de toute importance.

Le juge informa le jury qu'une preuve indirecte était aussi valable qu'une autre, et qu'il n'était pas nécessaire d'inventer d'autres hypothèses alternatives fantaisistes ou improbables. Le jury déclara l'accusée coupable, sans aucune circonstance atténuante. Mrs Benjamin écouta le verdict sans manifester la moindre émotion, et fut condamnée à la réclusion à perpétuité.

2

Guy Benjamin sollicita et obtint sa mutation en Inde. Alice et le bébé l'accompagnèrent. Marsh Shortridge devint plus laconique, plus renfermé et plus amer que jamais. Starr décida soudain de voyager, et il fut impossible de l'en empêcher. À Londres, elle prit un emploi de réceptionniste et finit par épouser un architecte naval.

Dans Madrone Way, les trois maisons où avaient vécu respectivement les Benjamin, les Whipple et Sally Wagner furent mises en vente, et achetées. Trois nouvelles familles y emménagèrent, et la vie continua comme avant.

3

Dans les journaux de San Francisco parut une publicité :

⚲ HALFWAY HOUSE ⚲

Le relais de poste historique sur la route des
diligences entre Monterey et Vallejo est à présent une
auberge de campagne à l'ancienne.
Cuisine maison. Pas de télévision, pas de juke-box.

— Directrice : Marian Bain —

Contreras Road, 11 km au sud de Jordan
Comté de San Rodrigo

Miranda décréta qu'elle avait absolument besoin d'une voiture. Pour plaisanter, Joe lui dit qu'elle pouvait retaper le cabriolet Marmon 1926 qui se trouvait dans la grange de Halfway House. Il fut épaté, et sa mère horrifiée, quand Miranda accepta avec enthousiasme. Cinq jeunes gaillards débarquèrent avec leurs outils. La Marmon fut réparée, rechromée, repeinte et réaménagée, et fit bientôt fureur auprès des élèves du lycée de Pleasant Grove.

Tout le monde s'accorda pour dire que Marian avait de la chance d'avoir un père aussi formidable.

4

Luna fut appelée vers une autre destination.

— Arthémisia ? demanda Joe.

— Non, pas encore. On a de nouveau besoin de moi au Texas. Mais après ça, qui sait ?

— Où que tu ailles, envoie-moi une carte postale.

— Je n'oublierai pas… Je suis tellement désolée de partir.

— Je suis désolé que tu t'en ailles. Les choses vont redevenir beaucoup trop banales. Je n'aurai plus jamais le cœur à venir dans Hankinson Road. J'adore cette petite maison sous les arbres, surtout au coucher du soleil, quand le vent souffle de la vallée.

— Non, arrête, tu vas me faire pleurer. Il faut se dire au revoir.

— Au revoir, Luna.

— Au revoir, Joe.

Jack Vance
TRIPLE MEURTRE
À RIVERVIEW
SYNOPSIS

Jack Vance a précisé l'histoire de ce synopsis lors d'une téléconférence avec des bénévoles du Projet VIE, qui s'est tenue les 2 et 3 août 2003. Après la publication des deux premiers Joe Bain chez Bobbs-Merrill en 1966 et 1967, il a voulu poursuivre la série et proposé ce synopsis à son éditeur. Malheureusement, son interlocuteur est décédé et son successeur n'en a pas voulu. « Peut-être que ce synopsis n'était pas aussi bon qu'il aurait pu l'être », nous a dit Jack. « Alors, je me suis mis à écrire autre chose, et je n'ai pas continué avec ces histoires du comté de San Rodrigo, même si ça me rend un peu triste : j'aimais bien le cadre, et j'aimais bien Joe Bain. ».

Ce à quoi j'ajouterai… nous aussi !

P. Dusoulier

CHAPITRE I

Au cours de l'après-midi du samedi 15 juin, le shériff Joe Bain rencontra un certain nombre de personnes en excellente santé qui, à leur grand étonnement et profonde horreur, allaient bientôt être assassinées par un mystérieux ennemi.

La journée commença comme d'habitude. La fille de Joe, Miranda, qui avait dix-sept ans, lui prépara des œufs brouillés pour son petit déjeuner tandis qu'il buvait une tasse de café en lisant l'éditorial du *Clarion* :

UN DILEMME EMBARRASSANT, UN COMPROMIS ACCEPTABLE

Souvent, dans la vie, un ensemble d'initiatives dignes de louanges entre en collision frontale avec un autre ensemble d'initiatives tout aussi louables. Cette situation fâcheuse est la nôtre actuellement. Les rivières ombragées d'arbres de San Rodrigo, Contra Costa, San Joaquin, Sacramento et plusieurs autres comtés, sont des richesses esthétiques de notre magnifique État. Les fermes et les champs entourés par ces cours d'eau sont une source de prospérité pour ceux qui les exploitent et, par convection économique, pour la population tout entière. La ligne de partage entre la terre et l'eau, à savoir les digues, est devenue la cause d'un âpre conflit. Les digues doivent être solides et saines pour pouvoir résister aux inondations du printemps. Il y pousse de majestueux peupliers, des chênes et des saules, des figuiers et des sureaux, des rosiers sauvages et des buissons de mûres, tout un paysage délicieux qui s'offre à nos yeux. Hélas, les racines affaiblissent les digues sur lesquelles cette végétation pousse.

Afin de protéger les cours d'eau, les ingénieurs du génie s'activent en ce moment à retirer ces arbres et à couvrir les berges d'un enrochement de gravier et de pierres. Les écologistes, les défenseurs de l'environnement, les amoureux de la nature et les passionnés de voile, auxquels s'ajoutent un certain nombre de cinglés et autant de fauteurs de troubles ordinaires, ont l'intention de s'opposer à cette opération, et sans tarder. Le Sierra Club, une organisation réfléchie et responsable, a lancé une procédure juridique afin de stopper le dégagement des digues.

Quelle est la position du *Clarion* sur cette difficile question ?

Nous espérons parvenir à un compromis.

Sur les îles et les bermes où les digues ne sont pas en danger, laissons les arbres en paix ! Mais là où les racines affaiblissent les digues et mettent en péril la santé économique de notre comté – alors, à notre profond regret, les arbres doivent partir.

La beauté est vide de sens pour des fermiers dont les champs sont inondés. Ils ne gagnent plus d'argent, et ils ne payent plus d'impôts.

Ce qui nous amène à l'objet principal de cet éditorial.

San Rodrigo fait partie des comtés de Californie qui ont le plus faible taux d'imposition, ainsi qu'un des plus faibles niveaux de revenus. Le résultat est que nos bâtiments publics sont de vieilles bâtisses victoriennes, notre système scolaire est à peine adéquat, et notre département de police est tenu par une équipe d'amateurs indolents qui travaillent par à-coups et dans la plus totale improvisation.

Il nous faut regarder la réalité en face, même si elle est amère : nous devons payer plus d'impôts. C'est seulement ainsi que nous pourrons attirer des professionnels compétents qui feront enfin entrer le comté de San Rodrigo dans le 20ᵉ siècle.

Nous avons besoin de l'argent des impôts.

Les arbres menacent les champs qui fournissent l'argent des impôts.

Par conséquent, et avec regret, il faut se débarrasser des arbres.

Aujourd'hui, un certain nombre de gens vont se rassembler le long de la Genesee pour empêcher le déblayage des digues.

Comment allons-nous réagir à cette manifestation ? Nous espérons que les lois appropriées seront appliquées avec rigueur.

Joe jette le journal sur la table avec agacement.

— Howard Griselda n'a rien perdu de son zèle. Il est encore sur mon dos.

Miranda essaie de le réconforter. Le téléphone sonne, elle va répondre.

— Qui est-ce ? demande Joe.

— Oh, c'est juste quelqu'un.

Joe descend dans son bureau. La nuit a été relativement calme : deux voitures volées et un cambriolage.

Le département de police est en sous-effectif permanent. Joe a confié à un prisonnier, Dave Merrick, le rôle de dispatcher pendant les heures creuses. Dave a vingt et un ans, et c'est un radioamateur. Son crime est d'avoir volé l'avion de son beau-père et de l'avoir crashé. Joe le considère impulsif et naïf plutôt que criminel, et il lui laisse une grande latitude. Et puis, il a besoin de toute l'aide qu'il peut trouver.

Joe se rend sur les lieux du cambriolage. Les victimes sont Victor et Jessie deGiorgio. Pendant qu'ils étaient à un mariage, quelqu'un a pénétré dans leur maison et a volé divers objets pour une valeur de mille deux cents dollars.

Leur maison est située au milieu d'un vignoble, à l'ombre de cinq grands chênes. Joe leur demande :

— Qui pouvait savoir que la maison serait vide ?

— Juste la famille, c'est tout. On ne parle pas de nos affaires aux étrangers.

— J'ai l'impression que quelqu'un savait que vous ne seriez pas dans le coin un bout de temps. Qui habite la maison là-bas ? dit Joe en pointant vers le bout du champ.

— Juste une famille fauchée. Hicks, ils s'appellent. Je ne leur parle jamais, et ils ne me parlent pas non plus.

— Ils ont peut-être remarqué quelque chose. Je vais aller les voir.

Joe prend le chemin sablonné qui mène à la maison des Hicks. Un chien aboie, des poulets s'écartent. Sous un arbre est garé un vieux pickup. Un jeune homme est en train de bricoler une hot-rod. Joe lui trouve un air fuyant.

— Vous êtes Mr Hicks ?

— Oui. Qu'est-ce que je peux faire pour vous ?

— Vous habitez ici avec votre famille ?

— Ils sont retournés dans l'Arkansas pour quelque temps. Mon frère et moi, on est restés ici.

— Je vois. Où est votre frère ?

— À l'intérieur. Pourquoi, il y a un problème ?

— Quelqu'un a cambriolé les deGiorgio hier soir. Je me demande si vous avez remarqué quelque chose d'inhabituel.

— Non, shériff. Rien du tout.

— Et votre frère ?

— Rien non plus, pour ce que j'en sais. En fait, on était pas à la maison.

— Vous êtes allés où ?

— À Aurora. On a regardé des trucs au Monkey Wards, on s'est acheté des hamburgers, et puis on est rentrés.

— Vous aviez pris votre pickup ?

— Oui, c'est ça.

— Vous êtes rentrés vers quelle heure, à votre avis ?

— Il était 22 heures, je dirais.

— Vous n'êtes pas ressortis ce matin ? Pour faire des courses, par exemple ?

— Non, shériff. Pourquoi ça vous intéresse autant ?

— Imaginons un instant, dit Joe, que vous ayez remarqué les deGiorgio qui s'en allaient, bien habillés et tout, et que vous ayez décidé de cambrioler leur maison. Où est-ce que vous cacheriez le butin ?

Tom Hicks s'esclaffe.

— Là, j'en sais rien. J'y ai jamais réfléchi.

— Le grenier ? Ou peut-être la grange ?

— Je comprends pas pourquoi vous parlez comme ça, shériff.

— C'est parce que ton pickup est tourné dans le mauvais sens. Il est pointé vers l'allée. Normalement, on pourrait penser que quand vous êtes rentrés hier soir, vous seriez allés jusqu'à la porte.

— Quelquefois, je fais un demi-tour.

— Montre-moi comment tu fais ça.

— Pourquoi ça vous intéresse tant de voir comment je manœuvre ?

— Parce que j'ai bien l'impression que vous êtes allés jusqu'à la grange et que là, vous avez fait demi-tour pour décharger la camelote, et que vous êtes venus vous garer ensuite juste là où tu es en ce moment. Je ne vois pas d'autre explication.

— Vous avez une sacrée imagination, shériff. C'est pas du tout comme ça que ça s'est passé.

— Allons jeter un coup d'œil à la grange.

— Hé, attendez deux secondes, là. Je crois que vous avez pas le droit. C'est contraire à mes droits civiques.

— Deux secondes, c'est juste le temps qu'il me faut pour obtenir un mandat de perquisition. Alors, on fait ça gentiment, ou on se fâche ?

* * *

Joe les fait charger leur butin dans le pickup, et ils vont tous chez les deGiorgio.

Joe dit aux deGiorgio :

— Le plus jeune devrait s'en tirer avec un simple avertissement, et l'autre va écoper de six mois, si c'est son premier délit… Est-ce que ça vous serait utile que ces deux-là travaillent six mois pour vous ?

— C'est sûr que je ne dis pas non, à condition qu'ils veuillent bien travailler.

— Alors, les garçons, qu'est-ce que vous en dites ? Vous préférez la prison, ou bien travailler six mois pour Mr deGiorgio ? Et je parle bien de travailler, parce que si vous tirez au flanc, vous retournerez dans la soupe.

Les deux garçons ne sont pas enchantés, mais ils acceptent.

Joe rentre chez lui pour déjeuner. Miranda est encore au téléphone.

— À qui parles-tu ? On dirait que tu passes ton temps à souffler dans ce combiné.

— Oh, c'est juste quelqu'un.

— Je vois.

CHAPITRE II

Joe et quatre adjoints se rendent au bord de la Genesee, où la manifestation a déjà commencé. Des hippies sont perchés dans les arbres, des hommes et des femmes bloquent le passage d'un bulldozer. Une grande et belle femme d'une trentaine d'années, avec une impressionnante masse de cheveux roux, semble diriger les opérations. Joe la regarde bouche bée : une déesse guerrière celtique vêtue d'un trench-coat blanc et portant des lunettes de soleil. Dans l'eau, une péniche sur laquelle est installée une énorme pelleteuse. Dusty Rhodes, son machiniste, observe la manifestation avec un détachement sardonique.

Howard Griselda, la pipe au bec, s'approche de Joe.

— Alors, shériff, qu'est-ce que vous en pensez ?

— Je ne pense pas. Je me contente de regarder en espérant que ce n'est qu'un mauvais rêve. Cette dame aux cheveux roux m'a l'air d'un adversaire redoutable.

Griselda pousse un grognement.

— Qu'est-ce que vous comptez faire ?

— Pour l'instant, rien.

— Ils bloquent les travaux. Ils sont sur une propriété privée.

— Si je leur ordonnais de se disperser, et s'ils me riaient au nez, je me sentirais vraiment idiot.

— Le shériff n'est pas censé jouer les idiots, il est censé agir efficacement.

— Je n'ai pas dit « jouer », Howard. J'ai dit que je me « sentirais ».

Griselda tire une grosse bouffée de sa pipe. Son neveu et également employé, Lloyd Griselda, un jeune homme de vingt-quatre ans très sérieux, prend des photos de la manifestation. Lloyd Griselda a un visage rond de bouledogue, des cheveux blonds frisés et des rouflaquettes.

Sur une haute branche d'un peuplier, un hippie se tient debout. Il lance des quolibets à Dusty Rhodes, et pour que ses sentiments soient parfaitement clairs, il urine vers la péniche, une parfaite parabole qui scintille au soleil. Quelqu'un s'écrie, ravi :

— Oh, s'il te plaît ! Recommence !

Griselda se tourne vers Joe.

— Eh bien, shériff ?

— Eh bien quoi ?

— Je viens d'assister à un acte indécent.

— Moi aussi.

— Et donc ?

— Vous avez été choqué ?

— Dans une certaine mesure.

— Vous voulez porter plainte ?

— Non.

— Moi non plus.

Le hippie descend de l'arbre. Il décide de s'attaquer à la péniche et se met à courir sur la passerelle. Après une brève empoignade, Dusty Rhodes le repousse et le jette à terre.

Griselda se tourne de nouveau vers Joe.

— Qu'allez-vous faire ?

— À quel sujet ?

— Je croyais avoir vu un acte d'agression.

— Le machiniste n'a pas l'air trop scandalisé.

Griselda hoche la tête d'un air entendu.

— Juste par curiosité, demande Joe, quel genre d'éditorial comptez-vous écrire à propos de mon comportement passif ?

— Vous venez de le résumer.

— Bon, maintenant, Howard, soyez un peu honnête. Vous voulez vraiment voir tous ces arbres arrachés ?

— Vous avez lu mon édito ce matin ?

— Oui. Vous avez dit que vous vouliez que ces arbres soient abattus pour avoir assez d'argent pour me virer. J'ai presque envie de me joindre aux manifestants. En fait, à moins que ma vue ne soit défaillante, c'est ma fille, là-bas, qui protège son héritage.

Griselda est déjà parti pour s'entretenir avec son neveu Lloyd.

Joe se rend sur la digue où Miranda se tient sous un saule pleureur : c'est une jeune fille brune aux longues jambes et au visage déluré, qui est vêtue en ce moment d'une sorte de tenue hippie. Elle a également un foulard noué autour du front, avec deux grandes plumes qui dépassent.

Joe l'examine un instant.

— Qu'est-ce que tu fais là ? demande-t-il.

— Je protège la beauté de la Californie.

— En parlant de beauté, ton short est sacrément moulant. Si j'étais toi, j'éviterais de respirer trop fort.

— Oh, mon gentil Papa, qu'est-ce que tu es ringard !

— C'est bizarre comme un homme peut avoir autant de réputations différentes. Howard Griselda, lui, me considère comme un cossard de première parce que je ne traîne pas tous ces gens en justice... Cette jeune femme aux cheveux roux me fait de l'œil. Elle pense que je suis un cadeau que la Providence a fait au sexe faible. Elle s'appelle comment ?

— Je ne connais pas son nom. Elle est venue avec la délégation d'Aurora. Je crois qu'elle est responsable de quelque chose.

— Elle a l'air très énergique. Ah, bon sang, la voilà qui s'approche.

La femme aux cheveux roux se dirige d'un pas décidé vers Joe. Ses yeux bleus comme de la glace étincellent, elle est aussi grande que Joe, sans même compter l'étonnante pyramide de cheveux roux sur sa tête.

— Je crois comprendre que vous êtes le shérif Joe Bain.

Sa voix est claire. Sous son regard froid, Joe a l'impression d'être un moujik.

— J'ai cet honneur.

La femme s'appelle Suzanne Staffe. Elle ordonne à Joe d'arrêter Dusty Rhodes pour agression.

— Agression sur qui ?

— Sur cette personne, Dakota Slim.

Le hippie s'approche et ajoute ses revendications à celles de Miss Staffe. Lloyd Griselda arrive et prend des photos des trois, au grand agacement de Joe.

Dusty Rhodes, un grand type impassible vêtu d'une combinaison beige en whipcord, passe à côté d'eux. Sa relève vient d'arriver. Dakota marmonne une grossièreté. Dusty Rhodes s'arrête un instant, hausse les épaules et reprend son chemin. Dakota court derrière lui en braillant. Rhodes le saisit par le col et le fond du pantalon, descend sur la berge et le jette au milieu des joncs.

Suzanne Staffe exige que Joe agisse. Joe répond :

— J'ai surtout vu Dakota se ruer sur Dusty.

Suzanne Staffe fait un commentaire acerbe, et Joe proteste :

— On dirait que vous voulez tous que je détruise vos ennemis !

— Je détruirai mes ennemis tout seul ! hurle Dakota Slim.

Joe jette un coup d'œil à l'arbre d'où Dakota avait uriné, et estime la distance par rapport à la péniche.

— Tu n'arriveras jamais à atteindre le pont.

* * *

Joe reprend sa voiture et se rend à la Taverne de Captain Henry, au port de Riverview, pour boire une bière. Quand il retourne à la manifestation, le soleil est bas et la foule est clairsemée. Howard Griselda est parti. Lloyd Griselda est dans sa Volkswagen rouge, attendant avec espoir qu'il se produise un événement dramatique. Joe regarde autour de lui et trouve Miranda. Ils retournent ensemble chez Captain Henry pour dîner. Joe n'a pas envie d'être dérangé, ni même reconnu, et il prend une table au fond, dans la pénombre.

Miranda a été fortement impressionnée par Suzanne Staffe.

— Tu ne trouves pas qu'elle est saisissante ? Quelle assurance !

— Elle me rappelle ces dessins d'Aubrey Beardsley que tu as accrochés dans ta chambre.

— Tu es tellement insensible, Papa. C'est une personne formidable, avec qui on a envie d'être. Moi aussi, j'aimerais faire quelque chose d'important – pas seulement me marier et commencer à être une vraie maîtresse de maison.

— Là, tu peux me croire, je ne veux pas que tu commences à être une maîtresse de maison sans t'être mariée avant.

— Ne sois pas bête ! De toute façon, je ne suis qu'à moitié amoureuse.

Joe est surpris par ce brusque changement de sujet.

— Vraiment ? Qui est l'heureux homme ?

— Eh bien… je ne connais pas vraiment son nom.

— Tu veux dire que tu ne connais pas son vrai nom ?

— Je ne connais aucun de ses noms. Je ne sais même pas à quoi il ressemble. Un jour, il a téléphoné à la maison suite à un faux numéro. On s'est mis à bavarder, et depuis, il appelle tous les jours.

— Un attachement qui ne peut pas être bien sérieux.

— Il l'est, d'une certaine façon. Je n'ai jamais rencontré quelqu'un comme lui.

Joe secoue la tête avec émerveillement.

— S'il réussit à faire ça par téléphone, ça doit être un sacré séducteur en personne. Quel âge a-t-il ?

— Je ne lui ai jamais demandé.

La manifestation est le seul sujet de conversation. La salle du restaurant est un endroit agréable qui surplombe la Genesee, avec des pontons devant et une marina sur le côté. Captain Henry est un invalide, c'est sa femme, Leona Eklund, qui gère l'établissement. Elle a quarante-cinq ans, très blonde, dynamique et autoritaire, très mince. Elle porte des vêtements qui ne sont pas de son âge, et elle est trop maquillée. Captain Henry est assis au bar, une casquette de marin sur la tête, et il boit une bière de temps en temps. Il a un visage rougeaud, inexpressif. Il parle très peu, et marche lentement en s'aidant d'une canne. Leona aime s'imaginer en grande séductrice. Elle danse au son du juke-box avec Ralph Henigson, qui est le propriétaire d'une grosse vedette de croisière. Captain Henry les regarde sans intérêt apparent.

Suzanne Staffe entre dans le restaurant avec Dakota Slim. Leona Eklund s'interpose :

— J'ai eu des problèmes avec cette personne, et je ne l'autorise pas à dîner ici.

Suzanne Staffe se dresse de tout son haut :

— C'est mon invité.

Joe essaie de se faire tout petit.

— Voilà une bagarre dans laquelle je n'ai absolument pas envie d'intervenir, dit-il à Miranda.

Mais Leona Eklund se contente de tourner le dos et de s'éloigner avec un petit reniflement de mépris. Lloyd Griselda fait son apparition.

Il parle un moment avec Suzanne Staffe. Elle hoche la tête d'un air royal. Lloyd prend quelques photos au flash.

Une autre altercation : Leona Eklund refuse de servir de l'alcool à Dakota Slim parce qu'il n'a pas de permis de conduire.

— Comment je peux savoir quel âge il a ? Je n'arrive même pas à voir sa figure !

Dégoûtés, Suzanne Staff et ses amis quittent le restaurant, au grand soulagement de Joe. Le crépuscule tombe sur les eaux. Des chauves-souris volettent au milieu des arbres. La salle est à présent presque vide. La clientèle a migré vers le bar. Joe et Miranda terminent leur repas et sortent à leur tour. Joe fait un crochet par son QG : tout est calme.

Ils rentrent à la maison. Miranda prend une douche et va se coucher avec un livre. Joe s'installe avec une cannette de bière pour regarder un match de base-ball.

Une demi-heure s'écoule. Joe se prépare à prendre une douche. On sonne à la porte. Joe hésite un instant, par prudence et méfiance. Il allume l'éclairage extérieur. C'est Howard Griselda. Joe le fait entrer.

— Qu'est-ce que vous fichez là, Howard ?

Griselda jette un coup d'œil autour de lui.

— Vous êtes seul à la maison ?

Joe trouve son comportement bizarre.

— Oui, plus ou moins. Ma mère est à Halfway House pour l'été. Qu'est-ce que vous avez en tête ?

— Oh, pas grand-chose. Je voulais juste bavarder un peu.

— Bon, d'accord. Vous voulez une bière ?

— Non, merci.

— Alors, de quoi vouliez-vous parler ?

Griselda bourre lentement sa pipe.

— Vous vouliez en savoir un peu plus sur cette grande rousse. Je crois qu'elle a l'intention de faire une carrière politique.

— Du moment qu'elle ne se porte pas candidate au poste de shérif, ça me va parfaitement. Qu'est-ce qu'elle fait, dans la vie ?

— Elle est avocate. Elle vient juste de s'associer avec James Malony à Aurora.

— Ma foi, c'est une information intéressante. Vous avez autre chose à me dire ?

Griselda continue de bourrer sa pipe.

— Eh bien, j'ai un petit problème.

On sonne à la porte. Cette fois, c'est un agent de police de la ville.

— Bonsoir, shériff. On nous a signalé un rôdeur dans les parages.

— Un rôdeur ? C'est sans doute Howard Griselda.

— Non, c'était quelqu'un qui essayait d'entrer chez vous par une fenêtre.

— Hmm. Allons vérifier ça.

Joe jette un coup d'œil dans la cuisine et sur la terrasse derrière la maison. Tout semble normal. Il frappe à la porte de Miranda.

— Oui, Papa ?

— On peut entrer ? On voudrait regarder sous ton lit.

— Allez-y.

Ils vérifient toute la maison. Aucun signe d'un intrus. Le policier s'en va. Griselda fume sa pipe avec beaucoup d'énergie. Joe lui demande :

— Alors, c'est quoi, votre problème ?

Griselda hausse les épaules.

— Ça peut attendre.

Il prend congé sans cérémonie.

Joe se frotte le menton d'un air perplexe. Franchement bizarre… Griselda serait-il devenu fou ? Qu'est-ce qu'il est venu faire ici ?

Aucune solution à cette énigme ne lui venant à l'esprit, Joe va se coucher.

* * *

Le lendemain est un dimanche. Joe appelle son QG. Encore une nuit calme. Un accident avec délit de fuite attire son attention. La victime s'appelle LaVon Kellums. C'est un mécanicien qui travaille au port de Riverwiew. En rentrant de la manifestation, l'adjoint Wardell l'a trouvé titubant le long de la route, vers 21 heures. Wardell a appelé une ambulance, puis il a essayé d'obtenir des informations de Kellums, mais celui-ci, en état de choc, n'a rien pu lui dire. Wardell a pris la montre de Kellums, qui était brisée et indiquait 20 h 07.

Une fois l'ambulance repartie pour transporter Kellums à l'hôpital, Wardell s'est rendu à Slough House. À la station-service, il a demandé à Bill Quarles, le propriétaire, s'il avait prêté attention à la circulation.

Non, a répondu Quarles, pas particulièrement, sauf que vers 20 heures, une Volkswagen rouge venant de la direction de Pleasant Grove avait failli rater le pont, à cause d'une vitesse excessive et d'une conduite assez erratique. Plusieurs autres voitures étaient passées plus tard, mais toutes venaient de l'est et se dirigeaient vers Pleasant Grove. La Volkswagen rouge que Quarles a vue pourrait bien être la voiture qui a renversé Kellums, parce que le verre brisé de sa montre avait des paillettes microscopiques d'émail rouge.

* * *

Joe va voir la victime à l'hôpital. LaVon Kellums est un jeune homme de vingt-cinq ans, de taille moyenne, au visage assez plat, avec de petits yeux bleu clair et des cheveux blonds en paillasse. Il tient des propos vagues et décousus. Joe ne retire aucune information de cet entretien.

Chapitre III

Joe rentre chez lui. Miranda est encore au téléphone.

— Ton amoureux fantôme, j'imagine, dit Joe.

Miranda interrompt sa conversation d'un air très digne.

— C'est une très gentille personne.

— Pourquoi ne vient-il pas te rendre visite ? Bon, c'est vrai qu'on n'a pas besoin de plus de Roméos par ici.

— Je ne sais pas. Je le lui ai proposé, mais il a dit non.

— Il s'occupe sans doute des enfants pendant que sa femme est au travail.

— Non, je ne crois pas. Il a l'air – comment dire – tellement noble, avec de très grands principes.

— C'est peut-être un prêtre.

Miranda change de sujet.

Dans l'après-midi, Joe téléphone à Lloyd Griselda pour lui demander de venir au QG. Lloyd arrive avec un Howard Griselda très remonté. Howard insiste pour être présent pendant que Joe interroge son neveu. Joe refuse. Lloyd exige alors un avocat.

— OK, si vous insistez, lui dit Joe. Mais ça vous donne l'air sacrément coupable.

— Pas du tout, intervient Howard Griselda. Il tient simplement à ne pas se faire rouler dans la farine !

— Comment pourrait-il se faire rouler dans la farine s'il dit la vérité ?

Howard et Lloyd discutent ensemble à voix basse un moment, et Lloyd dit enfin :

— Je serai très heureux de vous faire une déclaration.

— Très bien. Venez par ici, alors.

Joe l'emmène dans son bureau.

— Je vais enregistrer votre déclaration au magnétophone. La bande passera dans la pièce à côté, où une sténographe va la transcrire afin que vous puissiez la signer.

— Bon, ça me semble correct.

— Ces questions concernent un accident avec délit de fuite dont la victime est LaVon Kellums, accident qui s'est produit vers 20 heures le samedi 15 juin. Quels ont été vos déplacements à partir de, disons, 19 heures ?

— Après avoir quitté la manifestation, je me suis rendu en voiture à la Taverne de Riverview, où je suis arrivé vers 19 h 30, peut-être un peu plus. J'ai pris quelques photos, puis j'ai vu mon oncle Howard Griselda et il m'a raccompagné chez moi.

— Il était en votre compagnie à 20 heures ?

— C'est exact.

— Vous voulez dire à partir du moment où vous avez quitté la Taverne ?

— Oui, c'est bien ça.

— Là, je suis un peu perplexe. Vous avez pris votre voiture pour vous rendre à la Taverne après la manifestation ?

— Oui.

— Et vous avez rencontré Howard Griselda à la Taverne ?

— Je l'ai rencontré là, oui.

— Et lui, comment s'est-il rendu de la manifestation à la Taverne de Riverview ?

— C'est à lui que vous devrez poser la question.

— Vous ne savez pas ?

— Quel rapport ça peut avoir avec l'accident ?

— Ce que j'essaie de comprendre, c'est avec quelle voiture vous êtes retourné à Pleasant Grove.

— Avec la mienne.

— C'est une Volkswagen rouge ?

— Oui.

— Où était la voiture de votre oncle ?

— Je ne saurais le dire. Personnellement, je l'ignore.

— Quand vous l'avez rencontré à la Taverne, il était dans sa voiture ?

— Non.

— Où était-il ?

— Dans la mienne.

— À quel moment y est-il monté ?

— Quelle importance ?

— J'essaie de déterminer la distance que vous avez parcourue en compagnie de Howard Griselda.

— Je l'ai pris chez lui.

— Bon, on a fini par y arriver. Vous êtes allé en voiture depuis la manifestation jusqu'à Pleasant Grove, où vous avez pris Howard Griselda chez lui, et ensuite, vous êtes allés ensemble à la Taverne de Riverview. C'est bien ça ?

— Oui.

— Pourquoi ne l'avez-vous pas dit plus tôt ? Est-ce un crime d'être vu en compagnie de Howard Griselda ?

— Non, bien sûr.

— À la Taverne, vous êtes entré pour prendre des photos ?

— Oui.

— Et Howard Griselda attendait dans la voiture ?

— Oui.

— Pourquoi ça ?

— Il a préféré ne pas entrer.

— Tout cela me rend profondément perplexe. Il est resté assis dans la voiture pendant que vous preniez des photos ?

— Oui.

— Pourquoi n'est-il pas entré ?

— Il faudra que vous lui posiez la question.

— OK, poursuivons. À quelle heure avez-vous quitté la Taverne ?

— Je n'en suis pas certain. Vers 21 heures.

— 21 heures ? Moi, j'y étais encore.

— Je donne juste une estimation.

— C'est vous qui conduisiez ?

— Oui, c'était moi.

— Voyons un peu. Vous habitez un appartement au sud de la ville, n'est-ce pas ?

— Oui, c'est exact.

— Vous avez raccompagné Howard Griselda chez lui, et puis vous êtes rentré chez vous ?

— Oui.

— De plus en plus étrange. Howard Griselda est venu chez moi vers 22 heures. Vous étiez avec lui ?

— Qu'est-ce que tout ça a à voir avec l'accident, qui s'est produit à 20 heures ?

— La montre de Kellums s'est arrêtée sur cette heure-là, c'est vrai, mais peut-être qu'elle ne marchait pas bien. Pour ce que j'en sais, vous pouvez avoir déposé Howard Griselda chez lui et être reparti vers la Genesee.

— Eh bien, non, ce n'est pas ce que j'ai fait.

— Vous ne pouvez pas le prouver. Pour l'instant, vous n'avez rien prouvé du tout. Vous pourriez l'avoir déposé et être quand même retourné à la Genesee à temps pour renverser LaVon Kellums.

— Non, je n'aurais pas pu.

— Encore une fois, vous ne pouvez pas le prouver. Vous n'avez pas couvert la période de temps concernée. Je crois que je ferais mieux d'organiser une séance d'identification, pour voir si Kellums vous reconnaît.

— J'étais avec Mr Griselda quand il est passé chez vous.

— Pourquoi êtes-vous venus chez moi ?

— Ça n'a rien à voir avec cette affaire.

— Peut-être bien, mais il n'y a aucun doute que vous essayez de me cacher quelque chose. Donc, vous étiez dans la voiture pendant que Howard Griselda discutait avec moi.

— C'est bien ça.

— Et ensuite, vous l'avez raccompagné chez lui.

— Oui, c'est ce que j'ai fait.

— Et vous êtes rentré chez vous juste après ?

— Oui.

— Pourquoi avez-vous pris des photos de Miss Staffe à la Taverne ?

— C'est elle qui me l'a demandé. Pour les archives du journal.

— Vous avez fait tout ce chemin jusqu'à Pleasant Grove pour prendre Howard Griselda chez lui, et tout le chemin inverse jusqu'à Riverview, rien que pour prendre quelques photos de Miss Suzanne Staffe ?

— Quelle importance peuvent avoir mes motivations ? Je n'ai pas renversé LaVon Kellums, et Mr Griselda peut en témoigner.

— OK, c'est tout.

On apporte la déclaration, Lloyd la lit et la signe. Joe l'apporte à Howard Griselda.

— Tout cela est très bizarre, dit-il. Vous confirmez ces activités délirantes ?

Griselda, qui a l'air un peu abattu, lit le document.

— Ça me semble globalement exact, dit-il enfin. Je vais signer.

— Mais pourquoi, Howard, pourquoi ? Toutes ces activités nocturnes quand un homme de votre âge pourrait être tranquillement au lit chez lui, bien au chaud ?

— Mes activités ne vous regardent en rien, Joe.

— En tant que shérif, je l'espère pour vous, Howard. Vous déclarez donc que vous avez été en compagnie de Lloyd de 19 h 30 à 22 heures.

— Oui, approximativement. Il n'a écrasé personne pendant cette période.

— Eh bien, je suis obligé de l'accepter, au moins provisoirement. Vous allez pouvoir écrire un article disant que mes deux principaux suspects sont Lloyd Griselda et son oncle Howard Griselda, mais que j'ai été obligé de les relâcher faute de preuves, surtout après que Lloyd a lavé sa voiture à fond et réparé quelques gnons dans son pare-chocs.

— Je n'aime pas beaucoup vos insinuations, Joe.

— Désolé, mais écrivez l'article comme je vous l'ai dit.

— Je ne ferai rien de la sorte.

Deux jours plus tard, Joe reçoit une plainte de Ralph Henigson, le concessionnaire Dodge à Aurora. Il possède une puissante vedette au port de Riverview, et il affirme qu'un certain Bill Jiggs, une personnalité locale, a menacé de faire sauter son bateau.

— Ce vieux fou me fait peur, parce qu'il est dangereux. Les skieurs nautiques n'osent pas s'en approcher, il leur tire dessus avec une carabine à plomb.

— Pourquoi vous en veut-il autant ?

— Il n'aime pas les vagues que fait ma vedette. C'est un gros bateau, ça fait forcément des vagues. Je n'y peux rien, à part me traîner comme un escargot en passant à côté de sa péniche.

Joe ne veut pas se mettre Ralph Henigson à dos, c'est un homme influent.

— Je vais lui en toucher deux mots. Nous arriverons peut-être à un compromis. Vous pourriez ralentir près de son amarrage, et il ne fera pas sauter votre bateau.

Joe trouve Bill Jiggs au port de Riverview en train d'acheter de l'essence à Leona Eklund, qui semble énervée et qui lui dit qu'il ferait mieux d'acheter son essence ailleurs. Jiggs rétorque qu'il va la signaler à la Standard Oil, et qu'on lui retirera sa licence. Leona Eklund réplique vertement et Bill Jiggs est hors de lui quand Joe peut enfin lui parler. Jiggs affirme que Henigson a l'habitude de naviguer à toute vitesse sur la rivière, soulevant des vagues de deux mètres qui font tanguer sa péniche dans tous les sens. Joe lui explique que c'est un risque bien connu quand on habite sur une péniche. Jiggs s'en va en secouant la tête.

Une macabre découverte semble exonérer Lloyd Griselda. À marée basse, un pêcheur trouve une Volkswagen rouge enfoncée dans la boue de la rivière, là où elle est sortie de la route. Il y a deux corps à l'intérieur, une jeune femme et un nourrisson. Son permis de conduire indique qu'elle s'appelle Ileda Wilkin, résidente de Pomona. Joe appelle à cette adresse, mais apprend qu'elle remonte à trois ans, et que personne ne sait rien sur cette femme.

Deux jours s'écoulent. Dans la soirée du 20 juin, trois personnes sont assassinées. Leona Eklund est tuée d'un coup de feu tiré par la fenêtre de sa maison. Ralph Henigson est tué d'un coup de feu à bord de son bateau. Dusty Rhodes est tué d'un coup de feu sur le seuil de sa caravane.

Les balles sont de calibre 30.06, toutes tirées par la même arme.

CHAPITRE IV

Joe mène l'enquête : Leona Eklund, Dusty Rhodes, Ralph Henigson… Quelqu'un les haïssait tous les trois.

Il soupçonne Dakota Slim, qui vit dans une communauté hippie sur une petite île, se nourrissant exclusivement de produits naturels : racines et feuillages, glands, coquillages, poisson-chat et mûres. Il effectue aussi des vérifications sur Bill Jiggs.

CHAPITRE V

Miranda bavarde au téléphone avec son amoureux fantôme. Joe finit par lui adresser un ultimatum :

— C'est complètement ridicule. Dis à ce Don Juan invisible de montrer son visage, ou sinon… !

— Papa, je t'en prie, ne dis pas des choses comme ça. Il est incroyablement intelligent, il sait tout sur tout.

— S'il est si intelligent que ça, demande-lui qui a tué ces trois personnes.

— D'accord, je vais lui demander.

Miranda pose la question.

— Il dit qu'il sait, mais qu'il ne veut pas le dire.

— Ah bon ? (Joe est impressionné malgré lui.) Et pourquoi ça ?

— Il dit qu'étant donné les circonstances, il aurait pu faire pareil.

— Dis-lui que le père de la fille qu'il aime saute dans tous les sens comme un chat échaudé pour essayer de trouver l'assassin.

— Il dit que ça, il le sait aussi, mais qu'il s'en fiche.

— Ah, vraiment ? Demande-lui comment il le sait.

L'admirateur inconnu de Miranda refuse de révéler quoi que ce soit. Joe est troublé et mal à l'aise.

* * *

Les appels téléphoniques cessent brusquement. Miranda est d'abord tendue, puis inquiète. Son humeur se communique à Joe. Ce silence téléphonique est presque sinistre.

Joe a essayé de trouver l'identité de ce mystérieux correspondant.

Miranda ne peut fournir aucun indice, sauf qu'il aimait la mer et rêvait de pouvoir naviguer sur un voilier dans les régions les plus reculées de l'océan Indien.

Chapitre VI

Joe va rendre visite à Bill Jiggs sur sa péniche. Jiggs est un vieil homme irascible, soupçonné de toutes sortes de petits délits tels que pêcher la nuit à la lampe par un trou percé dans le plancher de sa péniche, et tirer sur les amateurs de ski nautique.

Après avoir examiné Joe d'un air soupçonneux, il finit par dire :

— Ouais, bon, montez à bord. Au début, j'ai cru que vous étiez le garde-pêche.

Joe inspecte la péniche. Il voit un fusil de chasse, une carabine, et une carabine à plomb.

— Laquelle vous utilisez pour chatouiller les skieurs ? demande-t-il.

Jiggs fronce les sourcils.

— Qu'est-ce que ça peut vous faire ?

— Il y a eu des plaintes.

— Ah, je vois. Bon, je ne sais rien là-dessus. Il y a des tas d'abeilles et de guêpes dans les environs. Si un imbécile de skieur se fait piquer pendant qu'il se livre à ses acrobaties et qu'il casse ma vaisselle, je ne vais pas sortir mon mouchoir.

— Vous feriez peut-être mieux de vous amarrer ailleurs.

— J'étais là le premier.

— C'est possible, mais imaginez que vous creviez l'œil de quelqu'un ?

— Je vise un peu mieux que ça. Avec ces grosses fesses qui ressortent, c'est difficile de rater son coup. Enfin, si jamais je faisais une chose pareille.

— Quel est le calibre de cette carabine ?

— Du 30.06. Pourquoi ?

— Des gens ont été tués avec une 30.06, il y a une semaine de ça.

— Pas avec celle-là.

— Ça vous ennuierait que je l'examine ?

— Bien sûr que ça m'ennuierait.

— Ma foi, je vais peut-être bien devoir l'examiner quand même. Vous avez menacé Henigson.

— Si vous étiez ballotté dans tous les sens par ce monstre qu'il appelle un bateau, vous menaceriez aussi. Qu'est-ce qu'on est censé faire ? Rester assis bêtement et supporter tout ça sans rien dire ? Je croyais qu'on était en Amérique.

— Vous avez traité Mrs Eklund de tous les noms, et vous avez juré de vous venger.

— Et alors ? Henry a accepté mes chèques pendant des années. Elle l'a obligé à arrêter parce qu'elle n'aimait pas me voir au bar. Elle essaie de se donner des airs, et j'imagine que je ne suis pas ce qu'elle appellerait quelqu'un de la haute !

— Vous avez dit à Dusty Rhodes que vous l'enverriez en enfer avant qu'il puisse vous faire bouger d'ici avec sa pelleteuse.

— C'est bien possible que je l'aurais fait.

— Tout bien considéré, je crois que je ferais mieux de vérifier votre carabine.

— Ne touchez pas à mes affaires, shériff, sauf si vous avez une autorisation légale pour ça.

— Vous avez une idée de qui a pu tuer ces gens ?

— Je n'y ai même pas réfléchi.

Joe va jeter un coup d'œil à un paquet enveloppé dans du papier journal.

— Qu'est-ce que vous avez là ? demande-t-il.

— Pas grand-chose.

— Un jeune bar rayé, peut-être ?

Un titre du journal attire son attention :

LE DESCENDANT DU CONCEPTEUR DU CLIPPER
MEURT DES SUITES D'UNE LONGUE MALADIE

Donald Stang, âgé de 20 ans, dont l'arrière-arrière-grand-père était Donald Stang, concepteur et constructeur du célèbre clipper *China Pearl*...

Le reste a été déchiré. Joe regarde plus attentivement : c'est un numéro du *Clarion* daté de juin.

Chapitre VII

Joe tire avec la carabine 30.06 dans un seau d'eau et récupère la balle. Il retourne à Pleasant Grove.

Il se rend dans les bureaux du *Clarion* où il lit le reste de l'article. Howard Griselda lui demande si son enquête avance.

— J'ai trois enquêtes en cours. Qui était le chauffard qui s'est enfui ? Qui a tué Mrs Eklund, Ralph Henigson et Dusty Rhodes ? Qui téléphonait à ma fille ? Je viens juste d'en résoudre deux.

— Vous savez qui appelait votre fille ?

— Oui. Donald Stang, ou en tout cas, c'est ce qu'il semblerait.

— Hmm. Le chauffard ?

— Votre neveu n'a plus à s'inquiéter. C'était une dame qui s'appelait Ileda Wilkin, et qui est tombée avec sa voiture dans la rivière. On peut clore le dossier sur cette affaire.

CHAPITRE VIII

Joe se rend à l'hôpital. Le jeune Donald Stang occupait une grande chambre à deux lits, avec un téléphone. Dans le lit d'en face, un vieil homme qui a peu d'informations :

— Il savait qu'il allait mourir, mais il ne s'est jamais plaint. Toutes les infirmières ont pleuré quand il est mort.

Si c'était bien Donald Stang qui appelait sa fille, et s'il connaissait effectivement l'identité de l'assassin, Joe se demande bien comment il l'a su. Le vieil homme lui dit :

— Donald n'a jamais parlé d'un meurtre. Il passait beaucoup de temps à bavarder au téléphone.

Joe rend visite à la famille de Donald Stang.

— A-t-il laissé des documents ?

Il y en a : des dessins de voiliers, d'îles avec des cocotiers, de couchers de soleil sur l'océan.

— Un journal intime ?

— Non.

— Avait-il des amis ? Quelqu'un à qui il aurait pu se confier ?

La famille ne sait pas.

***

Joe hésite sur ce qu'il doit dire à Miranda. Il conclut qu'elle a le droit de savoir la vérité. Elle est extrêmement affectée. Elle finit par dire :

— Je me demande comment il a pu savoir quelque chose sur les meurtres. Le vieil homme qui partageait sa chambre, peut-être ? Serait-ce lui l'assassin ?

Joe n'y avait pas pensé. Il vérifie, et apprend que ce vieil homme a été hospitalisé trois jours avant les meurtres. Ça ne peut pas être lui le coupable.

CHAPITRE IX

Joe a essayé de trouver un membre de la famille d'Ileda Wilkin. La police de Pomona ne lui a été d'aucune aide. Son adresse est ancienne, personne ne se souvient d'elle.

Dans son sac, il y a la photo d'un homme barbu.

Joe se rend dans la communauté hippie pour parler à Dakota Slim. En chemin, il s'arrête à l'endroit où Ileda Wilkin a dévalé la pente. Dans les buissons, il trouve une lampe torche. Il poursuit sa route vers la communauté et trouve Dakota Slim. Il entend un léger grognement de cochon émis par un grand hippie coiffé d'un chapeau de paille.

— Ah, tu veux jouer au cochon ? lui dit Joe. Ça te va bien.

— Ne vous frottez pas à lui, conseille Dakota Slim. Il a une formation de yoga.

— Bon, passons, dit Joe qui sort du sac d'Ileda Wilkin son permis de conduire et la photo du barbu. L'un d'entre vous connaît-il cette femme ou cet homme ?

La sœur d'Ileda Wilkins vit dans la communauté. L'homme est le mari d'Ileda.

— Il a quitté la communauté et il s'est rangé. Ileda dit que c'est un vrai ringard !

— Comment s'appelle-t-il ? Il faut que je l'informe que sa femme est morte.

— LaVon Kellums.

CHAPITRE X

Joe débarque dans l'atelier du mécanicien.

— Comment ça se fait que vous ne m'avez pas dit qu'Ileda Wilkins était votre femme ?

— Vous ne me l'avez pas demandé.

— Bon, alors, qu'est-ce qui s'est passé, là-bas ? Vous n'avez pas été renversé comme vous l'avez dit.

LaVon Kellums grimace un sourire.

— J'ai bien été renversé. J'ai essayé de stopper une voiture, et elle m'est rentrée dedans.

— Pourquoi ne vous êtes-vous pas présenté pour identifier votre femme ?

Kellums hausse les épaules, impassible.

— Elle était morte. Le bébé était mort. Rien d'autre ne m'intéressait.

— Je vois. En attendant, c'est le comté qui paye les frais d'enterrement. Vous y avez pensé, à ça ?

Kellums hausse à nouveau les épaules.

— Vous aviez une grosse lampe torche. Quel genre de voiture vous a percuté ?

— Une Volkswagen. Je crois bien qu'elle était rouge.

— Donc, vous étiez dans la voiture. Qui conduisait ?

Kellums se raidit.

— Ilena.

— Montrez-moi votre permis de conduire, dit Joe.

— Pour quoi faire ? Je ne conduis rien du tout.

Joe tend la main.

— Allez, donnez-le-moi. N'oubliez pas que vous êtes dans une situation sacrément délicate.

— Je n'en ai pas. On me l'a retiré.

— Pourquoi ?

— Conduite en état d'ivresse.

— Ah, les choses commencent à venir par petits bouts, dit Joe. Je soupçonne que c'est vous qui conduisiez ce soir-là. Vous vous êtes flanqué dans le fossé, et vous aviez des tas de raisons de rester discret là-dessus.

— Pensez ce que vous voudrez.

— C'est ce que je fais… Ma foi, à votre place j'aurais peut-être fait pareil.

— Vous allez m'arrêter ?

— Je ne sais pas pour quel motif je ferais ça, à moins que vous n'ayez quelque chose à avouer ?

LaVon Kellums s'esclaffe et se remet à son travail.

— Aucune chance.

— Vous n'avez pas pu identifier le conducteur de la voiture qui vous a percuté ?

— Non.

* * *

Joe se dit qu'il a enfin réussi à éclaircir le mystère, même si ça ne sert à rien.

Chapitre XI

L'enquête est au point mort. Joe se creuse la tête pour savoir ce qu'il pourrait faire maintenant. Personne ne semble avoir de vrai mobile pour tuer Mrs Eklund, ou Dusty Rhodes, ou Ralph Henigson, et encore moins les trois.

Suzanne vient voir Joe, en tant qu'avocate de Dakota Slim. Captain Henry refuse de servir Dakota Slim ou ses congénères. D'après elle, cette discrimination est contraire à la Constitution, et elle veut que Joe impose ce point de vue à Captain Henry.

Joe est dubitatif.

— Je ne crois pas que la Cour Suprême ait encore statué à cet égard…

— Je me ferai un plaisir d'établir un cas d'école avec cette situation.

— Non, ne faites pas ça, dit Joe. J'en toucherai deux mots à Captain Henry un de ces jours.

— Pourquoi pas maintenant ?

Avec ses cheveux roux, ses traits réguliers et ses yeux bleus étincelants, Suzanne Staffe a la beauté d'une reine. Par galanterie, Joe accepte.

— Vous n'avez jamais été mariée, Suzanne ?

— Non.

Joe et Suzanne Staffe se rendent au bord de la Genesee. À la Taverne de Riverwiew, les affaires marchent comme à l'habitude. Captain Henry semble tout à fait capable de gérer son établissement sans l'aide de sa femme.

Quand Joe et Suzanne arrivent, il est en train de pêcher avec le vieux Bill Jiggs. Joe et Suzanne déjeunent. Par pure curiosité, Joe lui demande pourquoi Lloyd Griselda la prenait en photo.

Suzanne rit d'un air moqueur.

— Mr Griselda prenait des photos d'une autre personne qu'il ne voulait pas mettre sur ses gardes.

Joe se frotte le menton.

— Je me demande bien qui ça pouvait être… (Il repense à la scène.) Non, pas moi, quand même… Pourquoi me prendre en photo ? Qu'est-ce que je faisais donc de si intéressant ?

Suzanne Staffe le dévisage avec curiosité.

— Un problème, shérif ?

— Non, pas vraiment. Presque rien. Je viens juste de penser à quelque chose.

Suzanne Staffe insiste pour téléphoner à Howard Griselda afin que la politique de discrimination de Captain Henry soit portée à la connaissance du public. Griselda dit qu'il va les rejoindre à la Taverne.

* * *

Howard Griselda entre dans le restaurant, accompagné de Lloyd. Ils s'installent à la table de Joe et Suzanne. Howard Griselda sort sa pipe et la bourre avec une condescendance tranquille.

Joe dit :

— Vous savez, Howard, je crois que vous donneriez la moitié de votre fortune rien que pour pouvoir me coller une sale affaire sur le dos.

— De quoi vous plaignez-vous, shérif ?

— Je ne me plains pas. C'est vraiment trop drôle. Je viens juste de comprendre. Votre neveu Lloyd ne connaît pas ma fille Miranda. Il me voit avec cette ravissante jeunesse, et il croit qu'il me tient. Il prend des photos, il vous en parle, et vous jubilez tellement que vous vous précipitez chez moi pour m'entendre tenter de justifier mes crimes. Ce coup-là, Howard, vous avez vraiment l'air bête.

— Je ne suis qu'un journaliste, Joe. Mon métier est de tenir le public informé.

— Je suis étonné que vous n'ayez pas quand même publié l'article. Le titre vient tout de suite à l'esprit :

HIER SOIR, LE SHÉRIFF JOE BAIN
N'A PAS SÉDUIT UNE MINEURE

Griselda exhale un nuage de fumée.

— Cet aspect ne m'est pas venu à l'idée.

Quelques hippies s'approchent à bord d'une vieille barque. Dakota Slim entre dans la salle avec ses amis. L'employée refuse de les servir. Suzanne Staffe ordonne à Joe d'arrêter la direction. Joe explique qu'il ne peut arrêter personne à moins qu'un crime n'ait été commis, ou qu'un juge ait signé un mandat.

Captain Henry revient avec Bill Jiggs et LaVon Kellums. Il dit à la serveuse.

— Oublie tout ça. Sers-les exactement comme si c'étaient des êtres humains.

— Ça n'aurait pas plu à Leona, proteste la serveuse.

— Ça vous épargne le voyage à Washington, dit Joe à Suzanne Staffe. Captain Henry est maintenant dans votre camp. Même le vieux Jiggs a le droit de venir ici. Si seulement je réussissais à trouver l'assassin, nous pourrions tous être heureux et rentrer chez nous.

Howard Griselda repart courageusement à l'attaque :

— J'imagine que vous n'avez fait absolument aucun progrès dans cette affaire ?

— Je ne dirais pas vraiment ça, répond Joe. En fait, j'ai une assez bonne idée de… mais je ferais mieux de me taire à ce stade. L'assassin pourrait m'entendre. Vous n'aurez qu'à mettre la même chose que d'habitude :

LE SHÉRIFF JOE BAIN EN PERD SON LATIN :
LE TRIPLE ASSASSIN COURT TOUJOURS

Joe se lève.

— Je vous souhaite à tous une excellent soirée.

D'un ton sarcastique, Howard Griselda dit :

— Après la prochaine élection, Joe, venez me voir à mon bureau. Je pourrais peut-être vous confier la rédaction de mes titres.

— J'espère bien qu'on n'en arrivera pas là, répond Joe tristement.

Il sort dans le crépuscule tombant.

— Quel homme étrange ! dit Suzanne Staffe. Il semble avoir l'intelligence instinctive d'un animal sauvage !

Howard Griselda rétorque en grognant :

— Il est aussi dénué de principes qu'un chat de gouttière, si c'est ça que vous voulez dire. Un de ces jours, il n'arrivera pas à retomber sur ses pattes.

* * *

Lloyd Griselda rejoint sa voiture qu'il a garée sous les peupliers. Une silhouette se dessine dans l'ombre.

— C'est votre voiture ?

Lloyd essaie de distinguer l'inconnu.

— Oui, pourquoi vous me demandez ça ?

— Vous aimeriez peut-être savoir que je vais vous tuer.

Les genoux de Lloyd Griselda se mettent à trembler.

— Attendez deux secondes ! Vous vous trompez sur la personne ! Je ne vous ai jamais rien fait !

— Si, vous m'avez fait quelque chose. Quand j'avais besoin d'aide, quand je vous ai supplié de m'aider, vous ne vous êtes pas arrêté et vous m'avez projeté dans le fossé. Ma femme s'est vidée de son sang et mon bébé est mort étouffé. Trois autres personnes sont passées sans s'arrêter. Je me suis juré de les tuer, et c'est ce que j'ai fait.

— Ce n'est pas une raison pour me tuer ! bredouille Lloyd. Je ne savais pas que vous étiez dans un tel pétrin !

La voix est implacable.

— Vous avez refusé de m'aider. Vous avez tué ma femme et mon enfant.

Une lampe torche éclaire le visage de LaVon Kellums.

— Ça suffit comme ça, dit Joe Bain. Je vais prendre cette arme. Donnez-la-moi !

LaVon Kellums tire sur la lampe torche, que Joe tenait à bout de bras sur le côté. Joe s'empare de lui et de son fusil.

* * *

Lloyd Griselda est indigné.

— Vous vous êtes servi de moi comme appât ! Vous saviez qu'il voulait me tuer !

— C'était la seule façon de l'attraper, dit Joe. Je n'avais pas l'ombre d'une preuve contre lui.

D'une voix tremblante d'émotion, Howard Griselda dit :

— Et si cet homme avait tiré tout de suite, au lieu de prendre son temps pour s'expliquer ? Vous auriez été moralement responsable du meurtre !

— J'étais assez sûr que LaVon voudrait d'abord parler un peu, répond Joe. Après tout, il avait quelque chose à dire : sa femme est mourante, il essaie d'arrêter une voiture, et Lloyd le balance dans le fossé. Il y a largement de quoi être contrarié. Considérez simplement que vous avez eu de la chance, Lloyd.

Lloyd respire un grand coup.

— Oui, pour ça, j'ai de la chance. J'aurais pu être tué, là !

— Quelquefois, il faut savoir prendre des risques pour obtenir des résultats, lui dit Joe. Finalement, ça s'est assez bien terminé.

* * *

LaVon Kellums est en prison. Suzanne Staffe a accepté d'assurer sa défense. Joe et elle quittent le tribunal. Il est presque minuit.

Joe dit :

— Je me sens fatigué, mais d'une façon assez agréable. Ne parlons plus de crimes. Regardez cette pleine lune, là-haut : elle me donne envie de me détendre. Quelle est la situation au point de vue whisky, chez vous ?

Il lui passe le bras autour de la taille : elle est étonnamment souple. Il s'arrête un instant pour scruter le parking.

Suzanne lui demande :

— Qu'est-ce qu'il y a ?

— Ça ressemblerait bien à Lloyd Griselda de rôder dans le coin avec son appareil photo… Je ne le vois nulle part.

— Qu'il rôde tant qu'il voudra, déclare Suzanne Staffe. Je suis majeure.

Table des matières

À propos de l'auteur

Jack Vance est né en 1916 en Californie, dans une famille aisée qui a connu des revers de fortune alors que Jack était encore enfant. Jeune homme, il est donc obligé d'occuper une série d'emplois ingrats avant de pouvoir suivre des cours à l'université de Californie, à Berkeley : génie minier, physique, journalisme et littérature anglaise. À la fin de ses études, alors que l'Amérique entre en guerre, il s'engage comme simple matelot dans la marine marchande. Plus tard, il travaille comme mécanicien de chantier, arpenteur, céramiste et charpentier avant que sa production de romans et de nouvelles dans les domaines de la science-fiction, de la fantasy et du policier ne lui permette de vivre de son écriture et de s'y consacrer à plein temps.

En plus de soixante ans de carrière, sa production a été prodigieuse et lui a valu de nombreux honneurs : trois prix Hugo, un prix Nebula, un prix World Fantasy pour l'ensemble de son œuvre ainsi qu'un prix Edgar-Allan-Poe décerné par l'Association américaine des auteurs de romans policiers. L'Association des écrivains de SF et de Fantasy lui a décerné le titre de Grand Maître, et il a été admis dans le Science Fiction Hall of Fame en 2001.

Il a su explorer une variété de genres en en repoussant les limites, que ce soit de la fantasy sombre (en particulier le cycle de la Terre mourante, qui a influencé de nombreux auteurs), des space opéras interstellaires, de la fantasy héroïque (la trilogie Lyonesse), ou encore des romans policiers dont le personnage principal est shérif d'un comté rural de Californie (la série Joe Bain). Une histoire vancienne est souvent centrée sur un protagoniste extrêmement compétent plongé dans des situations périlleuses sur une planète où l'aventure est son lot quotidien, ou encore sur une jeune personne qui s'embarque pour une odyssée semée d'embûches dans des régions peuplées d'ennemis redoutables...

Vers la fin de sa carrière, un groupe de fans à travers le monde s'est constitué pour rétablir ses œuvres sous leur forme originelle, en restaurant des textes malmenés ou amputés par des éditeurs surtout préoccupés par le nombre de pages qu'ils pouvaient caser dans un magazine « pulp ». Le résultat a été la Vance Integral Edition, version définitive de l'œuvre vancienne en 44 volumes magnifiquement reliés. Spatterlight publie à présent les textes du projet VIE sous la forme d'ebooks et de livres imprimés à la demande.

Ce livre a été imprimé en utilisant Adobe Arno Pro comme police de caractères principale, avec NeutraFace pour la couverture.

Cet ouvrage a été créé à partir des archives numériques de la Vance Integral Edition, une série de 44 volumes produits sous l'égide de l'auteur par un groupe de ses lecteurs répartis à travers le monde. Le projet VIE exprime sa reconnaissance à l'aide éditoriale que lui a apportée Norma Vance, ainsi qu'à la collaboration du Département des collections spéciales de l'université de Boston, dont la collection consacrée à John Holbrook Vance a été une source importante de matériau textuel.

Remerciements particuliers à R.C. Lacovara, Patrick Dusoulier, Koen Vyverman, Paul Rhoads, Chuck King, Gregory Hansen, Suan Yong et Josh Geller pour leur aide précieuse dans la préparation des versions finales des fichiers sources.

Composition et mise en page : Joel Anderson

Direction artistique et dessin de couverture : Howard Kistler

Correction et quatrième de couverture : Patrick Dusoulier

Direction : John Vance, Koen Vyverman

www.ingramcontent.com/pod-product-compliance
Lightning Source LLC
Chambersburg PA
CBHW031945240626
47153CB00003B/862